精通模具数控系列

精通 UG NX 5 注塑模具设计

野火科技　主　编

钟平福　李锦标　编　著

清华大学出版社

北　京

内 容 简 介

本书由具有 10 年实际工作和 5 年教学经验的资深专家编写,全书共 10 章,主要讲解 UG NX 注塑模具设计模块中各种功能的实际应用技巧,包括模具工业概述、UG 系统简介、UG 自动分模、Moldwizard 功能、修复 IGES 数据技巧、快速解决方案在模具中的应用、手动分模等内容,并辅以大量的实例讲解,最后还安排了信号接收盒多腔模实例演练、面盖模具设计综合实例演练、显示器面板模具设计综合实例演练。

本书内容经典实用、简明易懂,打破单一软件指令讲解的惯例,用实例来解说软件功能,通过典型的实例来分解软件学习的枯燥性。本书专为实现模具设计一体化解决方案而编写,既可作从事模具设计的初、中级用户的自学用书,也可作为大中专院校及技工学校的教材。

图书在版编目(CIP)数据

精通 UG NX 5 注塑模具设计/野火科技主编;钟平福,李锦标编著.—北京:清华大学出版社,2009.6
(精通模具数控系列)
ISBN 978-7-302-20140-3

Ⅰ. 精…　Ⅱ. ①野…　②钟…　③李…　Ⅲ. 注塑—塑料模具—计算机辅助设计—应用软件,UG NX5
Ⅳ. TQ320.66-39

中国版本图书馆 CIP 数据核字(2009)第 067648 号

责任编辑:黄　飞　杨作梅
装帧设计:杨玉兰
责任校对:李玉萍
责任印制:何　芊

出版发行:清华大学出版社　　　　　　　　　地　　　址:北京清华大学学研大厦 A 座
　　　　　http://www.tup.com.cn　　　　　邮　　　编:100084
　　　社　总　机:010-62770175　　　　　邮　　　购:010-62786544
　　　投稿与读者服务:010-62776969,c-service@tup.tsinghua.edu.cn
　　　质　量　反　馈:010-62772015,zhiliang@tup.tsinghua.edu.cn
印　刷　者:北京市清华园胶印厂
装　订　者:三河市溧源装订厂
经　　销:全国新华书店
开　　本:190×260　印张:23　字数:550 千字
版　　次:2009 年 6 月第 1 版　　印　　次:2009 年 6 月第 1 次印刷
　　　　　附光盘 1 张
印　　数:1~4000
定　　价:39.80 元

精通模具数控系列编委会

专业面向企业
面向生产实际

序　言

改革开放 30 年，我国取得了许多令世界瞩目的成就，同时激发了国人复兴中华民族的热情和信心。中央适时提出了"工业强国"口号，相继出台发展职业教育重大政策和一系列措施，迎来了我国职业教育第一个春天。如何实现工业强国的理想？有识之士都明白，是否工业强国的主要衡量指标是现代制造业是否发达，而模具数控产业是现代制造业的基础和核心。因此，我认为，要想成为工业强国，必先成为"模具强国"。

可喜的是我国有许多专家、学者，尤其是具有一线模具数控经验的技能型人才，他们怀着"模具报国"的强烈责任心，一直孜孜不倦，默默耕耘着，他们将自己的经验编写成书籍教材，为我国模具数控产业的中高级人才的培训做出了巨大的贡献。以李锦标为带头人的野火科技团队在教研活动中，以一线企业生产经验为依据，积极探索应用型技能人才培养的科学方法，在多年教学探索、实训活动中不断完善应用型模具数控人材培养的课程体系，在广东省模具工业协会模具行业认证考试中心、模具设计师国家职业标准技能培训示范教学和鉴定试点、全国首家紧缺人才培养工程"模具数控工程师"考证中心以及各地合作学校推广使用，取得了巨大成功。

更加令人敬佩的是野火科技的全体同仁，携理论与实践兼修的特殊优势，创办了自己的模具数控工程师培训认证学校——新东粤模具工业学校，他们敢于挑战自我，把一线生产经验和理论成果再放到模具数控应用教学中检验，因此，我完全有理由相信："精通模具数控系列"丛书和新东粤模具工业学校一定会给中国模具工业做出更多、更大的贡献。

国家紧缺人才模具数控工程师广东省考证中心常务理事

野火科技·新东粤模具工业学校董事会主席

作为世界制造与设计中心的中国，传统制造业发展缓慢的现状严重制约了经济发展的步伐。国家信息产业部提出大力发展模具数控产业，以取代传统制造业。但与此同时，中国模具数控业正存在模具数控技术应用型人才严重短缺的问题。据统计，中国在未来 20 年内将紧缺 500 万模具数控人才，其中具有"改造性"的技术人才最为紧缺，因为改造意味着实际解决。

"精通模具数控系列"丛书是专门针对应用型模具设计与数控加工专业方向编写的，内容面向企业、面向生产实际，包含大量的典型模具设计、典型数控加工实例，这些实例均是广东地区模具企业为解决实际问题而总结出来的方案，特别适用于"改造性"人才的学习与提高。

"精通模具数控系列"丛书采用通俗而生动的语言，使刚接触模具行业的新手也能轻松读懂，也可以使在模具企业生产第一线工作的技术工人产生亲切感和认同感。

广东省职业技能鉴定指导中心模具设计与制造专家组组长

模具设计师国家职业技能鉴定所所长

李锦标在生产一线实践磨炼 10 多年，现创办了野火科技并带领团队把多年经验著书立说，还独自创立了野火科技培训基地·新东粤模具工业学校，把在工厂的实际经验以书籍出版或直接面授的方式传授给热爱模具的有志者，从 2005 年起至今，野火科技团队培养模具数控专业师资 156 人，培养模具数控工程师 1500 多人，深受业内人士爱戴。中国工业的发展离不开大家的努力和无私的奉献，本书是汇集企业一线的技术和多年师资与工程培训的经验编写。这套"精通模具数控系列"丛书以公开出版发行的方式奉献给社会，将模具数控培训的专业知识与更多学子共同分享。

湖南省模具设计与制造学会常务理事　　　

中南大学教授 博士生导师

从"老三样"的电视机、冰箱、洗衣机，到时下流行的 MP3、录音笔、数码相机，这些产品的生产都离不开模具设计与数控加工，模具设计师是从事企业模具的数字化设计的专业人员，包括型腔模与冷冲模。据统计，我国模具行业目前从业人员有 600 多万，但模具设计师仅 60 万。据劳动部门调查显示，目前企业对模具数控人才的需求越来越大，在北京、广东、浙江等地，模具设计人员、模具开发人员、模具维修人员等已成为人才市场最紧缺的人才之一，尽管许多企业打出"年薪 10 万"的招聘启事，但也不一定能招到合适的人才。

以李锦标为带头人的野火科技独立创办了新东粤模具工业学校，是一家为国家信息产业部进行"国家紧缺人才培养工程"专业培训和考证标准的学校，是广东省唯一指定的"模具与数控工程师" 考证中心，野火科技·新东粤是一所专注"模具设计和数控技术"领域的强势技术培训学校，野火科技强势地把模具与数控标准技术写成精通模具数控教材，推向珠三角企业及学校，书籍内容是根据用人单位的需求为读者量身定做的一套就业前强化指导培训教材，其中包括"模具设计师就业强化指导"及"数控加工就业强化指导"，目的是为了在就业前强化技术与工厂的接轨，提前学会进入工厂的工作模式。

湖南省模具设计与制造学会副理事长　　　陈健美

湖南涉外经济学院教授

前　言

Unigraphics(简称 UG)是集 CAD\CAE\CAM 于一体的三维参数化软件，包含计算机辅助工业设计、知识驱动自动化、数据交换和其他特殊应用等功能。从 20 世纪 70 年代以来，UG 经历了基于图纸(1974 年)、基于特征(1988 年)、基于过程(1995 年)和基于知识(2000 年)的发展阶段，功能不断得到扩展，在 CAD/CAE/CAM/PLM 等领域占有的市场不断扩大，有独领风骚之势。

UG 软件在 CAD 方面的建模和造型分为两个模块——实体造型和自由曲面造型。在造型功能方面，除其他软件所具有的通用功能外，UG 软件还拥有灵活的复合建模、齐备的仿真照相、细腻的动画渲染和快速的原型工具，仅复合建模就可让用户在实体建模、曲面建模、线框建模和基于特征的参数建模中任意选择，使设计者可以根据工程设计的实际情况来确定最佳建模方式，从而得到最佳设计效果。

本书共 10 章，介绍了模具工业的概述、UG 系统简介、自动分模与综合实例演练、Moldwizard 其他功能、修复 IGES 数据技巧、快速解决方案在模具中的应用、手动分模与综合实例演练、信号接收盒多腔模实例演练、面盖模具设计综合实例演练、显示器面板模具设计综合实例演练等知识。本书由资深企业设计专家、高级讲师精心规划与编写，具有以下特点。

➜　权威特色

由国家"模具设计师"职业技能鉴定所命题科科长、广东省职业技能鉴定中心(考试)授权(CAM)高级讲师、计算机辅助制造(CAM)考评员、高级模具设计工程师、国家模具设计师考试考前指导师按照企业需求精心策划并亲自编写。

➜　内容新颖

用 UG NX 5 版本作为教学软件，介绍专业动态、软件的模块功能、典型实例的实际解决技巧，并配合综合实例剖析，巩固学习的效果。

➜　内容经典

内容安排完全从读者的可接受角度出发，从 UG NX 5 分型的本身功能开始介绍，以手把手形式介绍 Moldwizard 自动分模的典型流程，接着介绍 IGES 数据出错的解决方案及模具应用中斜顶和滑块的解决方案，接着介绍自动分模失败时用手动分模的解决方案，最后配上综合实例演练对学习的内容进行剖析应用，以巩固读者所学的知识。

➜　企业适用性强

本书分析企业常见问题，引领读者认识并发现问题，然后分析问题并解决问题，如 IGES 曲面出错的原因及出错的种类，解决的方法与种类，归纳出避免出错的技巧，真正体现解决一体化方案。

➜　安排合理、通俗易懂

本书的章节结构经过精心策划、合理安排，依照最佳的学习接受方向进行教学。知识由浅入深、由基础到高级、由原理到应用、由发现到解决，逐步提高读者操作软件与解决问题的能力。

另外，读者可通过本书所附光盘中的源文件、结果文件和部分实例章节的操作视频来快速学习 UG，也可以到野火科技网站(http:// www.yahocax.com)获取技术支持和讨论。

本书具有很强的实用性和操作性，既可作为模具设计爱好者和从事模具设计的初、中级用户的自学用书，也可作为大中专院校及技工学校的教材。本书由钟平福、李锦标编著，在本书的编写过程中，我们力求精益求精，但由于学识有限，难免存在一些疏漏或不足之处，敬请广大读者和专家批评指正。

目　　录

精通模具数控系列

精通模具数控系列

第1章 模具工业的概述

本章主要知识点

➤ 我国模具工业的发展前景
➤ CAD/CAE 技术在模具设计中的应用
➤ 模具生产流程简介
➤ 模具制造成型车间简介

随着科学技术的不断进步和社会的高速发展，对产品的更新换代越来越快。无论是工业产品还是家电产品，大多数都应用模具成型。因此，产品对模具的精度要求越来越高、越来越普及。由于模具是典型的技术密集型产品，为了表达清楚设计意图，设计人员必须花费大量的时间来绘制模架、顶杆、滑块等结构相对固定的零部件。目前，CAD/CAE 的发展，为广大模具设计人员提供了方便。特别是近几年来，模具 CAD/CAE 技术发展很快，应用范围日益扩大，并取得了可观的经济效益。

1.1 我国模具工业的发展前景

1.1.1 中国模具工业的现况

模具是指利用其本身特定形状来成型具有一定形状和尺寸制品的工具。模具生产技术水平的高低，已成为衡量一个国家产品制造水平高低的重要标志，因为模具在很大程度上决定着产品的质量、效益和新产品的开发能力。美国工业界认为：模具是美国工业的基石，日本工业界认为：模具是促进社会繁荣的动力，国外将模具比喻为"金钥匙"、"进入富裕社会的原动力"，中国经济的高速发展对模具工业提出了越来越高的要求，也为其发展提供了巨大的动力。由于近几年市场需求的强大拉动，中国模具工业高速发展。按产量排名，中国模具产量位居世界第三，一直以每年 15%左右的增长速度快速发展，但与发达国家相比，我国存在的问题是低档模具供过于求，中高档模具自配率只有总量的 50%，供不应求，中国模具工业无论在技术上，还是在管理上，都存在着较大差距。特别在大型、精密、复杂、长寿命模具技术上，差距尤为明显，中国每年需要大量进口此类模具。在模具产品结构上，中低档模具相对过剩，市场竞争加剧而且价格偏低，降低了许多模具企业的效益；而中高档模具的开发能力较弱，技术人才严重不足，科研开发和技术攻关投入少。

近几年，模具行业结构调整和体制改革步伐加大，主要表现在：大型、精密、复杂、长寿命、中高档模具及模具标准件发展速度高于一般模具产品；塑料模和压铸模比例增大；专业模具厂数量及其生产能力增加；"三资"及私营企业发展迅速；股份制改造步伐加快等。从地区分布来看，以珠江三角洲和长江三角洲为中心的东南沿海地区发展快于中西部地区，南方的发展快于北方。目前发展最快、模具生产最为集中的省份是广东和浙江，江苏、上海、安徽和山东等地近几年也有较大发展。

从未来的发展机会来看，我国经济仍处于高速发展期，国际上经济全球化发展趋势日趋明显，这就为我国模具工业的高速发展提供了良好的条件与机遇。一方面是国内模具市场将继续高速发展；另一方面是国际上将模具制造逐渐向我国转移的趋势和跨国集团到我国进行模具的国际采购趋向也十分明显。因此，展望未来，国际、国内的模具市场总体发展趋势前景美好，预计中国模具工业将在良好的市场环境下继续得到高速发展。行业结构调整和产业升级过程中机会与风险并存，如何抓住机会、规避风险是模具企业需特别关注的。

1.1.2　中国模具工业的发展趋势

中国模具工具的发展趋势如下。

- 模具日趋大型化。
- 模具的精度将愈来愈高。10 年前精密模具的精度一般为 5 微米，现已达到 2～3 微米，1 微米精度的模具也将上市。
- 多功能复合模具将进一步发展。新型多功能复合模具除了冲压成型零件外，还担负叠压、攻丝、铆接和锁紧等组装任务，对钢材的性能要求越来越高。
- 热流道模具在塑料模具中的比重也将逐渐提高。
- 随着塑料成型工艺的不断改进与发展，气辅模具及适应高压注塑成型等工艺的模具也将随之发展。
- 标准件的应用将日益广泛。模具标准化及模具标准件的应用将极大地影响模具制造周期，提高模具的质量和降低模具制造成本。
- 快速经济模具的前景十分广阔。
- 随着车辆和电机等产品向轻量化发展，压铸模的比例将不断提高。同时对压铸模的寿命和复杂程度也将提出越来越高的要求。
- 以塑代钢、以塑代木的进程进一步加快，塑料模具的比例将不断增大。由于机械零件的复杂程度和精度的不断提高，对塑料模具的要求也越来越高。
- 模具技术含量将不断提高。

1.1.3　今后需大力发展的模具产品

今后需大力发展的模具产品如下。

- 汽车覆盖件模具(轿车所需)。
- 精密冲压模具(多工位级进模、精冲模)。
- 大型塑料模具(汽车和家电用)。
- 精密塑料模具(塑封模、多层、多腔、多材质、多色、薄壁精密塑料模)。
- 大型薄壁精密复杂压铸模和镁合金压铸模具。
- 子午线橡胶轮胎模具(活络模)。

- 新型快速经济模具。
- 多功能复合模具。
- 模具标准件(模架、导向件、推管推杆、弹性元件、热流道元件)。

1.1.4 今后需提高的关键技术

今后需提高的关键技术如下。

- 用计算机、网络通信、软件技术等信息技术带动和提升模具制造技术。
- 模具设计技术(CAD/CAE/CAM 一体化技术)。
- 模具加工技术(CAM)、高速铣削技术(HSM)。
- 快速成型制造技术、激光加工技术、直接金属成型技术。
- 信息化工程、逆向工程、并行工程、敏捷制造等技术、先进的精密测量技术。
- 高性能、高品质的新型模具材料及制造新工艺。
- 模具热流道技术、新型模具标准件。
- 先进的模具修复和抛光技术。
- 模具制造的现代化管理技术。

1.2 CAD/CAE 技术在模具设计中的应用

模具行业是国家工业发展的重要基础行业,各种先进技术应首先应用于模具行业。CAD/CAE 技术,正越来越广泛地应用在模具行业中。

1.2.1 模具 CAD/CAE 的基本概念

1. CAD 定义

CAD(Computer Aided Design)是利用计算机软、硬件系统辅助人们对产品或工程进行总体设计、绘图、工程分析等设计活动的总称,是一项综合性技术。

2. CAE 定义

CAE (Computer Aided Engineering)即计算机辅助工程技术,是以现代计算力学为基础,以计算机仿真为手段的工程分析技术,是实现模具优化的主要支持模块。对于模具 CAE 来讲,目前局限于数值模拟方法,对未来模具的工作状态和运行行为进行模拟,以及早发现设计缺陷。

1.2.2 模具 CAD/CAE 技术的发展过程

1. CAD 技术的发展过程

(1) 20 世纪 50 年代后期至 70 年代初期,此阶段为初级阶段——线框造型技术。

(2) 20 世纪 70 年代初期至 80 年代初,此阶段是第一次 CAD 技术革命——曲面(表面)造型技术。

(3) 20 世纪 80 年代初期至 80 年代中期,此阶段是第二次 CAD 技术革命——实体造型阶段。

(4) 20 世纪 80 年代中期至 90 年代初期，此阶段是第三次 CAD 技术革命——参数化技术。

> **野火专家提示：** 参数化设计是指用几何约束、工程方程与关系来定义产品模型的形状特征，也就是对零件上的各种特征施加各种约束形式，从而达到设计一组在形状或功能上具有相似性的设计方案。目前能处理的几何约束类型基本上是组成产品形体的几何实体公称尺寸关系和尺寸之间的工程关系，故参数化技术又称为尺寸驱动几何技术。

(5) 20 世纪 90 年代初期至今，此阶段是第四次 CAD 技术革命——变量化技术。

> **野火专家提示：** 变量化设计(Variational Design)是指通过求解一组约束方程组，来确定产品的尺寸和形状。约束方程组可以是几何关系，也可以是工程计算条件。约束结果的修改受到约束方程驱动。变量化技术既保持了参数化原有的优点(如基于特征、全尺寸约束、全数据相关、尺寸驱动设计修改等)，同时又克服了它的许多不利之处(如解决实体曲面问题等)。应用变量化技术具有代表性的软件是 SDRC/I-DEAS。

2. CAE 技术的发展过程

(1) 20 世纪 60～70 年代处于探索阶段，有限元技术主要针对结构分析问题进行发展，以解决航空航天技术发展过程中遇到的结构强度、刚度以及模拟实验和分析。

(2) 20 世纪 70～80 年代是 CAE 技术蓬勃发展时期，出现了大量的机械软件，软件的开发主要集中在计算精度、硬件及速度平台的匹配、计算机内存的有效利用以及磁盘空间的利用上，而且有限元分析技术在结构和场分析领域获得了很大的成功。

(3) 20 世纪 90 年代 CAE 技术逐渐成熟壮大，软件的发展向各 CAD 软件的专用接口和增强软件的前后置处理能力方向发展。

目前，CAE 软件系统的一个特点是与通用 CAD 软件的集成使用，即在用 CAD 软件完成零件或装配部件的造型设计后，自动生成有限元网格并进行计算或进行结构动力学、运动学等方面的计算，如果分析计算的结果不符合设计要求则重新修改造型和计算，直到满足要求为止，极大地提高了设计水平和效率。

1.2.3　CAD/CAE 技术在模具设计中的应用

传统的模具设计要经过"概念设计—分析—样品生产—分析—设计—分析—生产"这样繁杂的过程后才能最终确定那些复杂的模具原形。随着计算机的发展，CAD/CAE 技术逐渐取代了传统的模具设计理念和设计方法，这种技术使得模具在进行真实的生产(包括样品生产)之前可以通过计算机应用软件进行精确的结构设计、结构分析以及成型仿真。

1. CAD/CAE 技术和模具结构设计

模具结构设计应用相应的 CAD 软件，根据要实现的功能、外观和结构要求，先设计草图，然后生成相应的实体，接着进行子装配和总体装配，仿真模具开模过程，检查干涉情况，并进行真实渲染。整个过程也可以从上到下进行修改，每个过程的参数都可以改变，并可以设定参数间的关联性。

1) 草图重建技术

草图设计是整个模具设计的基础。现在的草图重建技术已经发展得非常成熟，它是模具设计人员用二维和三维设计草图进行三维建模的关键技术，能够对草图的各个尺寸和相关的约束进行修改和重建。目前草图重建技术已经比较成熟，一些大型的 CAD/CAE 软件系统，如 Pro/ENGINEER、UG 等都提供草图设计模块。

2) 曲面特征设计

随着人们对产品质量和美观性要求的不断提高，又由于曲面特征具有的诸多优点，在产品外形设计中，曲面特征设计成为模具设计的一个重要部分。目前 CAD 业界涌现出一批像 EDS 的 UG、PTC 的 Pro/ENGINEER 等一系列优秀的 CAD 软件，它们的三维实体建模、参数建模及复合建模技术，实体与曲面相结合的造型方法，以及自由形式特征技术为模具设计提供了强有力的工具。

3) 变量装配设计技术

装配设计建模的方法主要有自底向上、概念设计和自顶向下三种方法。自底向上方法是先设计出详细零件，再拼装产品。而自顶向下是先有产品的整个外形和功能设想，再在整个外形里一级一级地划分出产品的部件、子部件，一直到底层粗糙的零件。由于有些模具的结构非常复杂，在模具设计时只有采用自顶向下的设计方法，变量装配设计才支持自顶向下的设计。

> 野火专家提示：变量装配设计对概念设计产生的设计变量和设计变量约束进行记录、表达、传播和解决冲突，以满足设计要求，使各阶段设计(主要是零件设计)在产品功能和设计意图的基础上进行，所有的工作都是在产品功能约束下进行和完成。变量装配技术也是实现动态装配设计的关键技术，所谓动态是指在设计变量、设计变量约束、装配约束驱动下的一种可变的装配设计。

4) 真实感技术

真实感技术是应用 CAD 软件本身具有的渲染技术，赋予已经设计出来的模型诸如颜色和材质属性，在不同外部条件(如光线)下观察模型的外观是否达到原先所设想的美观性要求，如 Pro/ENGINEER 的"渲染"模块和 UG 中的"VISUALIZATICN"子命令等。

2. CAD/CAE 技术和模具结构分析

模具设计已经不仅仅停留在对外观和结构的设计上，它已经扩展到对模具结构分析的领域。对已经设计出的模具，运用 CAE 软件(尤其是有限元软件)对其进行强度、刚度、抗冲击试验模拟、跌落试验模拟、散热能力、疲劳和蠕变等分析。通过分析检验前面的模具结构设计是否合理，分析出结构不合理的原因和位置，然后在 CAD 软件中进行相应的修改，接着再在 CAE 软件中进行各种性能检测，最终确定满足要求的模具结构。

基于有限元分析软件的应用，关键是网格的划分、模拟计算方法和成型接触处理等。

此外，提供给软件进行 CAE 分析的数据也尤为重要，生产条件、设备性能、产品要求、材料特性等都将给模具的 CAE 分析的准确性带来影响。

1) 强度和刚度分析

强度和刚度是模具设计中最重要的一项性能要求。运用 CAE 技术，通过对模具施加约束和载荷等外部条件来模拟模具的真实应用情况，分析模具的强度和刚度是否达到规定要求。模具 CAE 技术已经用于注塑模、压铸模、锻模、挤压模、冲压模等模具的优化，并在实际中指导生产。在工程实际中，一般应用 ANSYS、ALGOR、DEFORM 等进行分析计算。

2) 抗冲击试验模拟

CAE 技术能够用于分析随时间变化的载荷，如交变载荷、爆炸与冲击载荷、随机载荷和其他瞬态力等对结构的影响。如 CAE 技术对瞬态分析、模态分析、谐波响应分析、响应谱分析和随机振动进行分析，为分析产品在特殊与恶劣的环境和工作条件下的物理响应、可靠性与耐用性等提供了完整的评估与解决方案。

3) 跌落试验模拟

CAE 技术也可以用于分析结构由于碰撞或跌落产生的力、变形、应力、位移、振动响应、产品的结构强度、联接设计、刚度性质、抗冲击性能、防爆性能及对整个系统工作稳定性和完整性做出定量评估。

4) 散热能力分析

现在的 CAE 技术可以模拟模具中的温度分布，通过模拟大功率电子元件产生的能量以及通过传导、对流和辐射散发出的热量来确定模具的热分布，然后再对各种材质模具的散热能力进行初步分析。

5) 疲劳和蠕变分析

在模具设计中，对于那些可能在集中载荷、循环载荷和常值位移作用下的模具，或处于低温或者高温条件工作的模具产品，进行初步的疲劳分析和蠕变分析是非常必要的，这种分析不需要考虑外部的每一个条件，但是这种分析的结果具有很大的参考价值，如果出现不合理的情况，就可以重新进行设计，避免后面不必要的设计和分析。例如：ANSYS 专用的疲劳分析软件模块 FE-SAFE 就可以实现在各种材料模式下进行高低温环境和长期载荷作用下的变形和失效问题的研究。

3. CAD/CAE 技术和模具成型仿真

模具成型是一个非常复杂的过程，有非常多的影响因素，因此对于复杂结构的模具就需要进行成型仿真，检验前面所设计的模具在成型时的强度和刚度是否达到要求，只有满足了成型要求，初步设计工作才能最终完成。

1) 冷冲压成型

冷冲压模具主要用于金属和非金属材料的冷态成型。通过仿真，CAE 技术可以检测成型过程中模具材料的强度水平是否达到要求，热处理是否发挥了模具的强韧性等。

2) 热作成型

热作模具用于高温条件下的金属或非金属成型，模具是在高温下承受交变应力和冲击力，工作成型温度往往较高，对于金属模具还要经受高温氧化及烧损，在强烈的水冷条件下经受冷热变化引起的热冲击作用。热作模具作为热加工的成型工具，被广泛应用于各类压铸模、挤压模、注塑模、热压模和锻模中。

1.2.4 CAD/CAE 技术在模具设计中的发展方向

模具 CAD/CAE 技术在传统的应用基础上还要不断适应新的环境和新的挑战，寻求新的发展。

(1) 逐步提高 CAD/CAE 系统的智能化程度。人工智能是计算机的几大功能之一，将人工智能引入 CAD/CAE 系统，使其具有专家的经验和知识，具有学习、推理、联想和判断的能力，从而达到设计自动化的目的。目前提高智能化程度的路径有两条：一是继续研究专家系统技术的应用；二是开展 KBE(基于知识工程)技术的研究，主要是开发基于 KBE 的专用工具。

(2) 研究模具的运动仿真技术，即冲模的冲压过程与注射模的运动仿真。因为冲模与注射模的结构复杂，在冲压与注射过程中，一些模具零件的运动难免产生干涉现象，特别是级进模还可能存在条料运动与模具运动的干涉，而在设计中这些现象难以发现，故只有采用仿真技术在计算机上显示其运动状态，即时改正错误的设计，以避免生产中出现问题。

(3) 协同创新设计将成为模具设计的主要方向，制造业垂直整合的模式使得世界范围内的产品销售、产品设计、产品生产和模具制造分工更明确。模具企业间通过 Internet 网络进行异地协同设计和制造，根据企业自身的信息化程度和企业间合作的层次不同，采用的技术手段和方案有很大不同。

(4) 模具 CAD 技术应用的 ASP 模式，将成为发展方向。由于当今模具行业已经成为高新技术最密集的行业，任何企业都不可能拥有全部最新出现的技术，因此将出现 CAD 技术应用的 ASP 模式，即产生各种专门技术的应用服务单位，为模具行业的各个企业提供技术服务，应用服务包括逆向设计、快速原型制造、数控加工外包、模具设计、模具成型过程分析等诸多方面。

(5) 基于网络的模具 CAD/CAE 集成化系统将深入发展。现代 CAD/CAE 系统已经实现了从单机到局域网的转变，目前正在与企业的 Intranet 整合。在企业行为国际化的大潮下，在 Intranet 的大环境下建立 CAD/CAE 系统不久将成为现实。

模具 CAD/CAE 系统的高智能化程度也会大大提高。在智能化软件的支持下，如今的模具 CAD/CAE 技术不再是对传统设计与计算方法的模仿，而是在先进设计理论的指导下，充分运用本领域专家的丰富知识和成功经验，其设计结果必然更具有合理性和先进性。

1.3 模具生产流程简介

由产品到模具的过程是一个复杂而又综合的过程，也是经历了相当多个工序的过程，但模具生产周期必须短暂而又具有高的技术含量。如果想设计高质量、寿命长的模具，那么我们就必须了解模具的生产过程，这样就可以和实际完全接轨，真正实现"低成本、高效率、超前预测"。模具生产流程如图 1-1 所示。

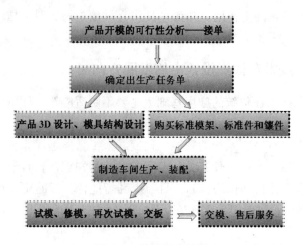

图 1-1　模具生产流程

1.4　模具制造成型车间简介

　　设计必须联系实际，设计的模具模型能否加工，这对设计师来说是个相当严肃的问题。认识车间内模具制造机床对模具设计工艺有很大帮助，以下是车间部分加工机床简介，如图 1-2 所示。

图 1-2　加工机床简介

1.4.1　三坐标抄数机

　　模具设计的前期工作是产品模型的成型工作过程，精密模具在于零件尺寸精确、制造尺寸精确、加工精确等。之前我们是用手工抄数，用高度尺、卡尺等测点，抄点连线误差较大，坐标测量机解决了这一难题，三坐标抄数机可对大型塑件进行测量，精度相当高。目前三坐标抄数机有探头与激光型两种，如图 1-3 所示为三坐标抄数机。

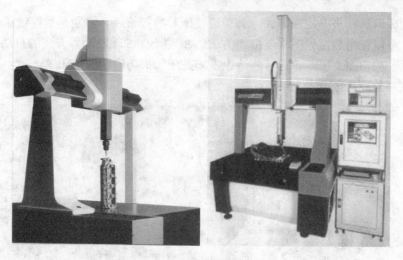

图 1-3　三坐标抄数机

1.4.2　车床

　　车床主要是指以工件旋转作为主运动，车刀在平面内作横向、纵向直线运动或复合进给运动，对工件进行车削加工的机床。车床主要用于回旋体零件的加工，在模具制造中主要用于导套、导柱，推杆、顶杆和具有回旋表面的凸模(型芯)、凹模(型腔)回转型面，以及内外螺纹等模具零件的加工，在模具制造中常用。如图 1-4 所示为数控车床。

图 1-4　数控车床

1.4.3　铣床

　　铣床是以铣刀为主运动，工作台沿 X、Y、Z 等方向作进给运动的切削加工机床。在模具制造中，铣床是功能最为强大的切削机床之一，主要是因其进给运动形式多样，它的工作台可以实现横向、纵向、升降以及绕某些坐标轴的旋转运动，特别适用于空间表面的切削加工，如各种平面、沟槽、孔、曲面的加工。根据主轴的位置不同可以分为卧式万能铣床和立式铣床两种；根据控制方式分为普通铣床和数控铣床。特别是数控铣床，在计算机的控制下，可以使用数控程序实现机床的 2.5 轴、3 轴、5 轴联动等方式的自动控制加工，可以完成复杂的曲面加工。在模具制造中铣床是应用最为广泛的机床之一，如图 1-5 所示为普通铣床与数控铣床。

图 1-5　普通铣床与数控铣床

1.4.4　磨床

磨床是以砂轮高速旋转为主运动，以砂轮架的间歇进给和工件随工作台的往复运动作为进给运动来完成工件的磨削加工，它主要进行工件水平面、垂直面、斜面磨削加工，也可以通过对砂轮进行成型修整来完成形状比较简单的曲面，还可以把砂轮换上锯碟对模具钢进行开料处理，如图 1-6 所示。

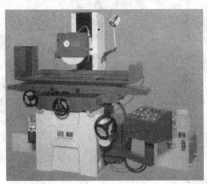

图 1-6　磨床

1.4.5　电火花机床

电火花加工机床在加工时，是在液体绝缘介质中，通过机床的自动进给调整装置，使工具电极与工件之间保持一定的放电间隙，然后在工件与工具电极之间施加强脉冲电压，击穿绝缘的介质层形成能量高集中的脉冲放电，使工件与工具电极的金属表面因产生的高温(10000~12000℃)被熔化甚至被汽化，同时产生爆冲效应，使被腐蚀的金属颗粒抛出加工区域。电火花主要用于在加工过程中切削方法难以加工甚至根本就无法加工的高熔点、高硬度、高韧性的材料以及形状复杂的工件。在一些模具企业，为了达到精度，一些切削机床可以加工的工件也用电火花加工，因为工具电极方便抛光，所以电火花机床是精密模具加工不可缺少的机床之一，如图1-7所示为电火花机床。

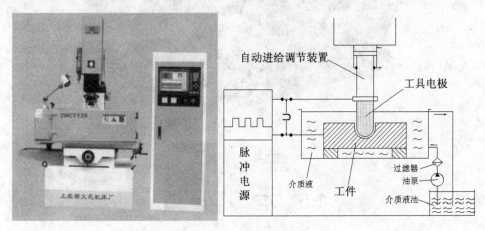

图1-7 电火花机床及工作原理

1.4.6 线切割

线切割的工作原理与电火花机床一样，也是通过电极与工件之间的脉冲放电所产生的电腐蚀作用，对工件进行加工的。其工作过程是根据工件的形状和尺寸，按规定的格式编写程序，通过线切割的数控装置，将输入的程序转化为脉冲放电信号，控制伺服系统使机床进给系统产生相应切割运动轨迹，来完成工件的切割加工，如图1-8所示。

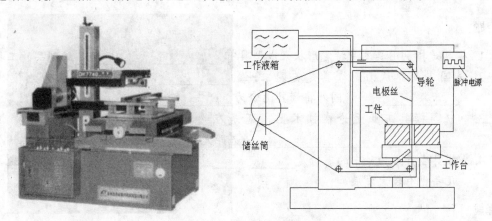

图1-8 线切割机床及工作原理

1.4.7 模具成型注塑机

模具制造的目的就是产品生产，实现这一方案的是注塑机，了解注塑机对我们进行模具设计也有帮助，因为模具排位除了市场需求、制造工艺的复杂程度外还要考虑注塑机的型号，型号不同每次的射胶量也不同。如图1-9所示为注塑机。

精通模具数控系列

图 1-9　注塑机

1.5　本章小结

　　本章主要介绍了我国模具的现状和发展方向，要想生产质量高、寿命长的模具，就必须了解模具生产过程和模具制造工艺，从车间机床开始认识是培养模具人才的出发点。模具生产技术水平的高低，已成为衡量一个国家产品制造水平高低的重要标志，发展模具工业任重而道远。

1.6　习题精练

填空题

1. 模具是指利用其本身特定形状来成型具有_____和_____的制品的工具。

2. 美国工业界认为：模具是美国工业的_____，日本工业界认为：模具是_____，国外将模具比喻为_____。

3. 中国模具工业无论在技术上，还是在管理上，都存在较大差距。特别在_____差距尤为明显。

4. 模具生产最为集中的省份是_____，_____和_____等地，近几年也有较大发展。

选择题

1. 塑料模具中塑料是指(　　)。

　　A. 模具材料是塑料　　　　　　　　　　B. 产品材料是塑料

　　C. 模具和产品都是塑料　　　　　　　　D. 以上皆不是

2. 中国模具产量居全世界(　　)。

　　A. 第一位　　　　　　B. 第二位　　　　　　C. 第三位　　　　　　D. 第四位

3. 车床的加工范围( )。

    A. 方形   B. 椭圆形   C. 三角形   D. 圆形

4. 中国中高档模具自配率只有总量的( )。

    A. 20%   B. 30%   C. 40%   D. 50%

问答题

1. 什么叫模具?
2. 简单列举模具的种类?
3. 我国模具的现状?
4. 模具在企业中的生产流程是什么?
5. 简单列举出 5～8 种模具加工的机床?
6. 什么叫电极? 电极包含哪几种?

精通模具数控系列

第 2 章　UG NX 系统简介

本章主要知识点

- ➤ UG 软件的发展史
- ➤ UG 产品的特点
- ➤ UG 模块介绍
- ➤ UG Moldwizard 简介
- ➤ 安装简体中文版 UG NX 5
- ➤ UG Moldwizard 5.0 的安装

　　Unigraphics(简称 UGS)软件由美国麦道飞机公司开发，于 1991 年 11 月并入世界上最大的软件公司——EDS(电子资讯系统有限公司)，该公司通过实施虚拟产品开发(VPD)的理念提供多极化的、集成的、企业级的软件的产品与服务的完整解决方案。

　　UG 由第 19 版开始改名为 NX 1，此后又相继发布了 NX 2、NX 3，其多国语言版本，在安装时可以选择所使用的语言。并且 UG NX 的每个新版本均是对前一版本的更新，在功能上有所增加，而各个版本在操作上没有大的改变，因而本书可以适用于 UG NX 各个版本的学习。

　　同以往使用较多的 AutoCAD 等通用绘图软件比较，UG 直接采用统一的数据库、矢量化和关联性处理、三维建模同二维工程相关联等技术，大大节省了用户的设计时间，从而提高了工作效率。

　　UG 的应用范围特别广泛，涉及汽车与交通、航空航天、日用消费、通用机械以及电子工业等领域。其中在美国航空航天工业已安装了 15000 多套 UG 软件，并且该软件几乎据有整个俄罗斯航空市场和北美汽车发动机市场。同时，美国通用汽车、波音、GE 喷气发动机等公司都是 UG 软件的重要用户。

　　自从 1990 年 UG 软件进入中国以来，得到了越来越广泛的应用，在汽车、航天军工模具等诸多领域大展身手，现已成为我国工业界主要的大型 CAD/CAE/CAM 软件。

2.1　UG 软件的发展史

　　从广泛得到应用的 UG NX 1 到现在刚刚面市的 NX 6，各个版本的改进与提高都力求完美。从 UG NX 2 开始采用基于约束的特征建模和传统的几何建模为一体的复合建模技术，虽然在曲面造型、数控加工方面是 UG 的强项，但在相关的 CAE 方面就较为薄弱。为了弥补不足，UG 提供了分析软件 NASTRN、ANSYS、PATRAN 接口，机构动力学软件 IDAMS 接口，注塑模分析软件 MOLDFLOW 接口等。UG NX 4 在特征和自由建模方面提供了更加广阔的功能，使用户可以更快、更高效、更高质量地设计产品。在这个过程中，UG 经历了很多变更，下面为读者介绍 UG 系列软件创建以来的发展道路。

1960 年，McDonnell Douglas Automation 公司成立。

1976 年，收购了 Unigraphics CAD/CAE/CAM 系统的开发商——United Computer 公司，UG 的雏形问世。

1983 年，UG Ⅱ上市。

1986 年，Unigraphics 汲取了业界领先的、为实践所证实的实体建模核心——Parasolid 的部分功能。

1989 年，Unigraphics 宣布支持 UNIX 平台及开放系统的结构，并将一个新的与 STEP 标准兼容的三维实体建模核心 Parasolid 引入 UG。

1990 年，Unigraphics 作为 McDonnell Douglas(现在的波音飞机公司)的机械 CAD/CAE/CAM 的标准。

1991 年，Unigraphics 开始了从 CAD/CAE/CAM 大型机版本到工作站版本的转移。

1993 年，Unigraphics 引入复合建模的概念，可以将实体建模、曲线建模、框线建模、半参数化及参数化建模融为一体。

1995 年，Unigraphics 首次发布了 Windows NT 版本。

1996 年，Unigraphics 发布了能自动进行干涉检查的高级装配功能模块、最先进的 CAM 模块以及具有 A 类曲线造型能力的工业造型模块。它在全球迅猛发展，占领了巨大的市场份额，已经成为高端及商业 CAD/CAE/CAM 应用开发的常用软件。

1997 年，Unigraphics 新增了包括 WEAV(几何连接器)在内的一系列工业领先的新增功能。WEAV 这一功能可以定义、控制、评估产品模板，被认为是在未来几年中业界最有影响的新技术。

2000 年，Unigraphics 发布了版本 V17，该版本使 UGS 成为工业界第一个可以装载包含深层嵌入"基于工程知识"(KBE)语言的世界级 MCAD 软件产品的供应商。

2001 年，Unigraphics 发布了版本 V18，该版本对旧版本的对话框进行了调整，使得在最少的对话框中能完成更多的工作，从而简化了设计。

2002 年，Unigraphics 发布了 UG NX 1，该版本继承了 V18 的优点，改进和增加了许多功能，使其功能更强大、更完美。

2003 年，Unigraphics 发布了版本 UG NX 2。该版本基于最新的行业标准，它是一个全新支持 PLM 的体系结构。EDS 公司同其主要客户一起，设计了这样一个先进的体系结构，用于支持完整的产品工程。

2004 年，Unigraphics 发布了版本 UG NX 3，它为用户的产品设计与加工过程提供了数字化造型和验证手段，针对用户的虚拟产品的设计和工艺设计的需要，提供经过实践验证的解决方案。

2005 年，Unigraphics 发布了版本 UG NX 4，它使得开发与应用更加简单和快捷。

2007 年 5 月，UGS 公司发布了 UG NX 5，它是新一代数字产品开发软件，帮助用户以更快的速度开发创新产品，实现更高的成本效益。

2008 年 3 月，UGS 公司发布了 UG NX 6，它是最新的 NX 体系结构，改进和增加了许多功能，使其功能更强大、更完美。

2.2　UG 产品的特点

UG 所采用的基于过程的设计向导、嵌入知识的模型、自由选择的造型方法、开放的体系结构以及协作式的工程工具，都只是 UG 帮助用户提升产品质量、提高生产力所采用的众多独特技术中的一部分。该软件不仅具有强大的实体造型、曲面造型、虚拟装配和产生工程图等设计功能，而且在设计过程中可以进行有限元分析、机构运动分析、动力学分析和仿真模拟，因此提高了设计的可靠性。同时，可用建立的三维模型直接生成数控代码，用于产品的加工。另外它所提供的二次开发语言 UG/Open GRIP、UG/Open API 简单易学，实现功能多，便于用户开发专用 CAD 系统。

2.3　参数化建模特征

UG NX 5 融合了线框模型、曲面造型和实体造型技术，该系统在建立统一的关联数据库基础上，提供工程意义的完全结合，从而使软件内部各个模块的数据都能够实现自由切换。特别是该版本软件以基本特征操作作为交互操作的基础单位，能够使用户在更高层次上进行更为专业的设计和分析，实现了并行工程的集成联动。

2.3.1　UG NX 5 介绍

UG NX 5 实现了 CAD/CAM/CAE 三大系统紧密集成，用户在使用 UG 强大的 实体造型、曲面造型、虚拟装配及创建工程图等功能时，使用 CAE 模块进行有限元分析、运动学分析和仿真模拟，可以提高设计的可靠性；根据建立的三维模型，还可以由 CAM 模块直接生成数控代码来进行产品加工。

伴随 UG 版本的不断更新和功能的不断扩充，该软件正朝着专业化和智能化方向发展，其主要技术特点如下所述。

1．智能化的操作环境

伴随 UG NX 版本的不断更新，其操作界面也在不断改进，绝大多数功能都可通过按钮操作来实现，并且在进行对象操作时，具有自动推理功能。

UG NX 5 在整个界面以及对话框等方面都有很大的改变，其中在工具对话框中增加了多个面板，同时在各个模块中执行每个操作步骤时，在绘图区上方的信息栏和提示栏中将提示操作信息，便于用户作出正确的选择。

2．参数化特征建模造型技术

传统的实体造型系统都是用固定尺寸值来定义几何元素，为了避免产品反复修改，新一代的 UG NX 5 增加了参数化设计功能，使产品设计伴随机构尺寸的修改和使用的环境的变化而自动修改，节约了大量的设计时间。参数化设计的一种表现方式，即使用关系式建立模型尺寸间约束。

2.3.2 UG NX 设计流程

UG NX 5 设计操作都是在部件文件的基础上进行，并且在 UG NX 专业设计过程中通常具有固定的模式和流程。

UG NX 的设计流程主要按照实体、特征或曲面进行部件的建模，然后进行组件装配，经过结构或运动分析来调整产品，确定部件最终机构特征和技术要求，最后进行专业的制图并加工成真实的产品。

2.4 功能模块和特征

在 UG NX 中，为方便设计者进行模块化设计，提供了 60 多种功能模块及子模块，不同的功能模块应用具有各自的操作环境。

要查看这些功能模块，可在启动 UG NX 软件后，将鼠标指针移至工具栏位置，右击并在弹出的快捷菜单中选择【应用模块】命令，打开【应用模块】工具栏。下面简要介绍几种常用的功能模块。

2.4.1 UG/CAD 模块及设计特点

因为 UG NX 是强大的 CAD 专业模块，因而该软件必定能够实现 CAD 设计功能，即建模、工程图、装配、工程设计等功能。

1. UG/CAD 模块介绍

UG 的 CAD 模块拥有很强的 3D 建模能力，这早已被许多知名汽车厂家及航天工业界企业所肯定。CAD 建模由许多功能独立的子模块构成，常用的有基本环境模块、建模模块、制图模块、装配模块和注塑模模块。

- ↘ 基本环境模块是 UG NX 最重要的模块，其他所有的 CAD/CAE/CAM 模块都建立在该模块的基础上。它支持一些关键的操作，例如打开 UG 零部件文件、创建 UG NX 零部件文件、环境设置、动画渲染、打印出图等，总之，设计者的大部分操作都是在该模块中完成的。
- ↘ 建模模块为设计者提供了实体建模、特征建模和自由曲面建模等先进的造型及辅助功能。
  - ◆ 实体建模模块：该模块集成了基于草图约束的特征建模算法，提供了强有力的复合建模工具，使用户能充分利用传统的实体、面、线框造型优势。
  - ◆ 特征建模模块：该模块使用工程特征定义设计信息，并提供了多种标准的设计特征，可以对这些特征进行参数化定义。
  - ◆ 自由曲面建模模块：该模块用于建立形状复杂的曲面形状，例如叶片或叶轮等复杂的工业零部件的造型设计。它将实体建模和曲面建模技术合并，组成一个功能强大的建模工具组并使建立的曲面造型能够快速被编辑。
- ↘ 制图即为工程图，制图模块可使设计人员方便、快捷地获得三维实体建模投影，并通过投影生成完全相关的二维工程图，绘制剖视图，执行零部件尺寸和公差标注。而且，当改变三维模型中的一些尺寸时，由于该软件的相关性，可直接改变二维模型中的相关部分，这将大大提高用户的设计效率。

- ➦ 装配模块提供了装配件参数化建模，能够非常准确地表达部件之间的关系。该装配体中的各个零部件之间都保持关联性，这样为工程人员之间的数据共享和产品协作开发奠定了良好的基础。

- ➦ 注塑模模块为设计者提供了一个与 UG 的三维建模环境完全整合的模具设计环境，通过该模块可逐步引导用户进行模具设计工作，例如通过该模块创建模具型腔、型芯和对应的模架机构。另外，使用该模块还能够帮助模具设计人员检查设计是否合理，并且能够检查出不适合注塑模几何体并予以修正，同时，三维模型的每次改变均会自动地更新模具的型腔和型芯。

2. UG/CAD 设计特点

从以上各应用模块的介绍可知，UG NX 是一种 CAID(计算机辅助工业设计)和 CAD 的集成软件，通过该软件能够迅速而准确地将抽象思维转化为实际产品设计。

此外，UG NX 所提供的自由形状、建模和造型功能，不仅可以实现专业化设计，同时支持后续设计和加工人员在不同时间、对同一个产品的协同工作。并且该软件是拥有以上三个完整的建模方法的产品开发系统，允许将非参数化的模型加入到特征操作中，从而使设计者按照自己的工程设计标准直接进行专业设计。

2.4.2　UG/CAM 模块及加工特征

UG NX 不仅在 CAD 专业模块方面有广阔的发展空间，同时在 CAM 加工模块更有独特的优势，包含型腔、型芯铣削，固定轴铣削，车削加工和线切割等多个加工模块，如下所述。

1. UG/CAM 模块介绍

UG NX 系统提供了各种复杂零件粗精加工类型，用户可根据零件机构、加工表面形状和加工精度要求选择适合的加工类型，在加工类型中包含了多个加工模板，应用各加工模板可快速建立加工操作。

- ➦ 平面铣削：该方式用于平面轮廓或平面区域的粗精加工，刀具平行于工件进行多层次加工。该操作创建了可去除平面层中的材料量的刀轨，为精加工做准备。

- ➦ 固定轴曲面轮廓铣削：该铣削方式可将空间的驱动几何投射到零件表面，驱动刀具以固定轴形式加工曲面轮廓，主要用于曲面的半精加工与精加工。

- ➦ 可变轴曲面轮廓铣：与固定轴铣相似，只是在加工过程中可变轴铣的刀轴允许摆动，可满足一些特殊部位的加工需要。

- ➦ 顺序铣削。用于连续加工一系列相接表面，并对面与面之间的交线进行精加工；用于在切削过程中需要精确控制每段刀具路径的场合，可以保证相接表面光顺过渡。

- ➦ 车削加工：车削加工模块提供了加工回转类零件所需要的全部功能，包括粗车、精车、切槽、车螺纹和打中心孔等。

➥ 线切割加工：线切割加工模块支持线框模型程序编制，提供多种走刀方式进行线切割加工。

2. UG/CAM 加工特点

UG NX 5 的 CAM 加工模块主要包括机工和机床构造模块，其主要功能是生成加工刀路路径，对刀路进行后置处理，从而生成 NC 代码。该软件在这些领域使用最新的加工切削技术，例如，高速切削加工、样条插补及数字检查确认。

2.4.3 UG/CAE 模块及分析特点

在产品的设计、加工、装配和调试等操作之前或设置过程中，需要对制品进行分析和检测，从而提前发现制品设计过程中的错误，提高制品设计的效率。

1. UG/CAE 模块介绍

UG NX 系统提供模型的多种分析方式，其中最重要的分析方式有 3 种，分别介绍如下。

➥ 运动分析：运动分析模块可对任何二维或三维机构进行运动学分析、动力学分析和设计仿真，并且能够完成大量的装配分析，如干涉检查、轨迹包络。该模块交互的运动学模式允许用户同时控制 5 个运动副，可以分析反作用，并用图表示各构件间的位移、速度、加速度的相互关系，同时反作用力可输入到有限元分析模块中。

➥ 结构分析：该模块能将几何模型转换为有限元模型，可以进行线性静力分析、标准模态与稳态热传递分析和线性屈曲分析，同时还支持对装配部件(包括间隙单元)分析，分析结果可用于评估各种设计方案，优化产品设计，提高产品质量。

➥ 注塑流动分析：使用该模块可以帮助模具设计人员确定注塑模的设计是否合理，可以检查出不适合的注塑模几何体并予以修正。

2. UG/CAE 分析特点

UG/CAE 分析功能是可以进行质量自动评测的产品开发系统，提供简便易学的性能仿真功能，使任何设计人员都可以进行高级的性能分析，创建出高质量的模型。

UG NX 5 通过向导指导仿真以及基于知识的仿真，使用户能够在产品生产之前即可了解产品的性能，从而更加高效地生产出高质量的产品来满足更高性能的需求。同时，UG NX 5 为企业质量提供了高效的解决方案，使整个企业和供应链能以电子的、无纸化的表格形式创建、浏览和共享质量信息。

2.4.4 其他功能模块及设计特点

UG 在 CAE/CAM 方面表现出很强大的功能，提供了其他专用产品所需要的完整计算机辅助设计/制造功能，比如钣金、二次开发和管路设计等多个专业模块，分别介绍如下。

1. 钣金模块

钣金模块提供了基于参数、特征方式的钣金零件建模功能，从而生成复杂的钣金零件，并且对其进行参数化编辑。使用钣金模块还能够定义和仿真钣金零件的制造过程，对钣金模型进行展开和重叠的模拟操作，并根据三维钣金模型为后续的应用生成精确的二维展开图样数据。

2. 二次开发

UG/Open 二次开发模块为 UG 软件的二次开发工具集，便于用户进行二次开发工作，利用该模块可对 UG 系统进行专业化剪裁和开发，满足用户的开发要求。它主要包括以下几个模块。

- UG/Open Menuscript：该开发工具可以对 UG 软件操作界面进行用户化开发，无需编程即可对 UG NX 5 的标准菜单进行重新添加、重组或裁剪，或在 UG 软件中集成设计者自己开发的软件功能。
- UG/Open UIStyle：该开发工具是一个可视化编辑器，用于创建类似 UG 的交互界面，利用该工具，设计者可直接为 UG/Open 应用程序开发独立于硬件平台的交互界面。
- UG/Open API：该开发工具提供 UG 软件直接编程接口，支持 C、C++、Fortran 和 Java 等主要高级语言。
- UG/Open GRIP：该开发工具是一个类似 APT 的 UG 内部开发语言，利用该工具可生成 CN 自动化或自动建模等用户特殊应用。

3. 管路的布置设计

该模块提供管路中心线定义、管路标准件、设计准则定义和检查定义，用于在 UG NX 装配环境中进行管路布置和设计，包括软、硬管路，暗埋线槽等设计。

此外，该模块可自动生成管路明细表、管路长度等关键数据，并可进行干涉检查，通过查找管路标准件库添加或更改管路；还允许定义设计或修改准则，系统将按定义的规则进行自动检查。

2.5　Moldwizard 简介

Moldwizard 是 UG 注塑模向导，注塑模向导应用于塑胶注射模具设计及其他类型模具设计，注塑模向导的高级建模工具可以创建型腔、型芯、滑块、斜顶以及镶件等，而且非常容易使用。同时注塑模向导可以提供快速的、全相关的 3D 实体解决方案。

注塑模向导借助 UG NX 的全部功能，并用到了 UG/WAVE 及主模型技术，使用注塑模向导具有如下优点。

- 注塑模向导提供设计工具和程序来自动进行高难度的、复杂的模具设计任务。同时能提供完整的 3D 模型用来加工，如果产品设计发生变更，也不会再浪费多余的时间，因为产品模型的变更是同模具设计完全相关的。

➤ 分型是基于一个塑胶零件模型的生成型腔、型芯的过程。分型过程是塑胶模具设计的一个重要部分，特别是对于复杂外形的零件来说，通过关键的自动工具，分型模块让这个过程非常自动化。此外，分型操作与原始塑胶模型是完全相关的。

➤ 模架及组件库包含在多个目录(catalog)里。自定义组件包括滑块和抽芯，镶件和电极也都在标准件模块里有提供，标准件模块可以用来放置组件，并生成合适大小的腔体，而且能够保持相关性。

➤ 注塑模向导提供了一种友好的方式来管理不同种类的标准件。可以使用库里面的标准件，也可以按要求自定义标准件库。

> **野火专家提示**：注塑模向导的功能只有在 UG 的建模及基础环境(Gateway)模块打开时才可用，如果在使用 UG 的零件列举、制图或者加工模块时，则要先切换到基础环境模块，然后使用注塑模向导。在注塑模向导的模具装配里面有一些表达式是与组件动态链接的，因此不能执行部件清理选项删除未使用的表达式。否则，内部的表达式链接将失效。

2.6 安装简体中文版 UG NX 5

经过前面的简单介绍，读者已经对 NX 5 软件有了初步的认识，下面介绍 NX 5 软件的安装过程。

步骤 1：打开安装光盘，双击 图标，系统弹出 NX 5 Product Installation 对话框，如图 2-1 所示。

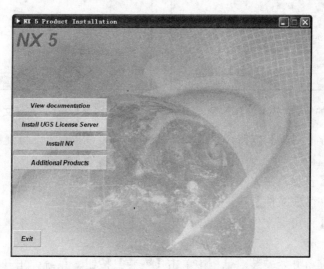

图 2-1 NX 5 Product Installation 对话框

步骤 2：在 NX5 Product Installation 对话框中单击 Install UGS License Server 按钮，系统弹出【选择安装程序的语言】对话框，选择【中文(中国)】选项，如图 2-2 所示，接着单击【确定】按钮，系统弹出如图 2-3 所示的对话框。

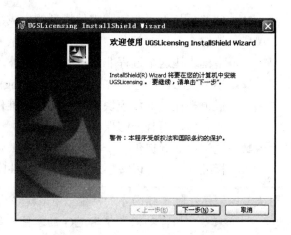

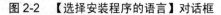

图 2-2　【选择安装程序的语言】对话框　　　　图 2-3　使用许可证安装向导对话框

步骤 3： 单击【下一步】按钮，系统弹出【目的地文件夹】设置界面，指定安装的目录盘，如图 2-4 所示。

步骤 4： 单击【下一步】按钮，系统弹出【许可证文件】设置界面，如图 2-5 所示。

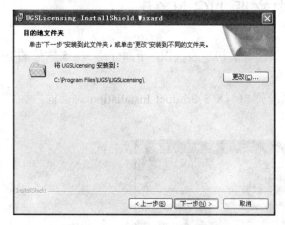

图 2-4　【目的地文件夹】设置界面　　　　图 2-5　【许可证文件】设置界面

步骤 5： 单击【浏览】按钮，系统弹出【浏览至 UGS 公共许可证文件】对话框，如图 2-6 所示。

步骤 6： 在【查找范围】下拉列表框中选择正确的许可证文件，接着单击【打开】按钮，系统返回【许可证文件】对话框。

步骤 7： 在【许可证文件】对话框中单击【下一步】按钮，系统弹出准备开始安装对话框，如图 2-7 所示。

步骤 8： 在准备开始安装对话框中单击【安装】按钮，系统弹出开始安装对话框，如图 2-8 所示。

步骤 9： 当系统复制完文件后，会弹出许可证完成安装对话框，接着单击【完成】按钮，完成许可证文件的安装操作，如图 2-9 所示。

步骤 10： 在 NX5 Product Installation 对话框中单击 Install NX 按钮，系统弹出【选择安装程序的语言】对话框，选择【中文(中国)】选项，如图 2-10 所示，单击【确定】按钮，系统弹出 NX 5 安装欢迎对话框，如图 2-11 所示。

图 2-6　【浏览至 UGS 公共许可证文件】对话框

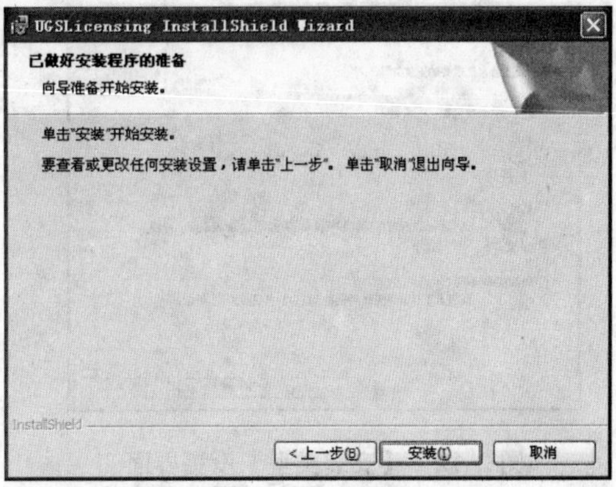

图 2-7　准备开始安装对话框

图 2-8　开始安装对话框

图 2-9　完成许可证安装对话框

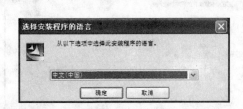

图 2-10　【选择安装程序的语言】对话框

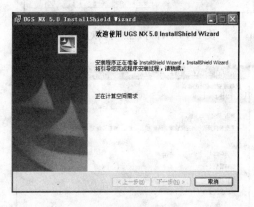

图 2-11　欢迎对话框

步骤 11：单击【下一步】按钮，系统弹出【安装类型】设置界面，如图 2-12 所示。

步骤 12：在【安装类型】设置界面中不做任何更改，单击【下一步】按钮，系统弹出【目的地文件夹】设置界面，如图 2-13 所示，接着再单击【下一步】按钮，系统弹出许可证服务器对话框，如图 2-14 所示。

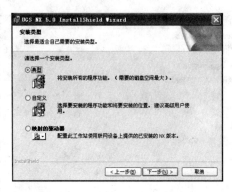

图 2-12　【安装类型】设置界面　　　　图 2-13　【目的地文件夹】对话框

步骤 13： 在许可证服务器对话框中不做任何更改，单击【下一步】按钮，系统弹出【NX 语言选择】设置界面，如图 2-15 所示，接着选中【中文(简体)】单选按钮，然后单击【下一步】按钮，系统弹出准备开始安装对话框，如图 2-16 所示。

步骤 14： 单击【安装】按钮，系统弹出安装进度对话框，如图 2-17 所示。

图 2-14　许可证服务器对话框　　　　图 2-15　【NX 语言选择】设置界面

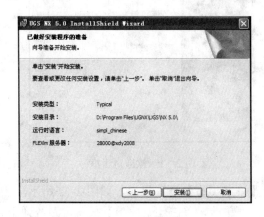

图 2-16　准备开始安装对话框　　　　图 2-17　安装进度对话框

步骤 15：复制完文件后，系统弹出 NX 5 安装完成对话框，接着单击【完成】按钮，完成 NX 5 的安装操作，如图 2-18 所示。

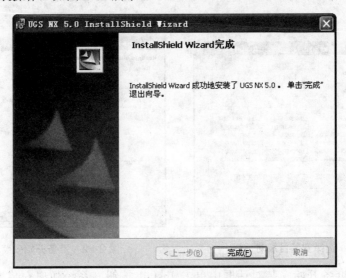

图 2-18 完成 NX 5 安装对话框

2.7 UG Mold Wizard 5 安装

在前面章节已经介绍了 UG Mold Wizard 的相关功能及其用途，本节将介绍它的安装过程。

步骤 1：打开 NX 5 Mold Wizard 光盘，接着双击 setup_win32 对象，系统弹出 NX 5 Mold Wizard 欢迎对话框，如图 2-19 所示。

步骤 2：在 NX 5 Mold Wizard 对话框中单击 Next 按钮，系统弹出安装目录对话框，如图 2-20 所示。

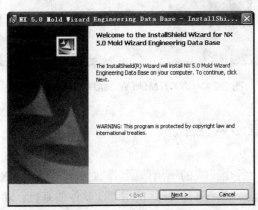

图 2-19 NX 5 Mold Wizard 对话框   图 2-20 安装目录对话框

步骤 3：在安装目录对话框中单击 Change 按钮，系统弹出 NX 5 选择安装目录对话框，如图 2-21 所示。

步骤 4：单击 MOLDWIZARD 文件夹，接着单击 OK 按钮，系统返回安装目录对话框。

步骤 5：在安装目录对话框中单击 Next 按钮，系统弹出准备开始安装对话框，如图 2-22 所示。

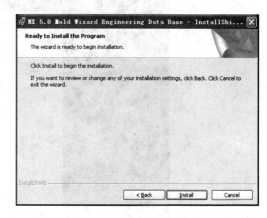

图 2-21　选择安装目录对话框　　　　　图 2-22　准备开始安装对话框

步骤 6：在准备开始安装对话框中单击 Install 按钮，系统弹出安装进度对话框，如图 2-23 所示。

步骤 7：复制完文件后，系统弹出 NX 5 Mold Wizard 安装完成对话框，如图 2-24 所示，接着单击 Finish 按钮，完成 NX 5 Mold Wizard 的安装操作。

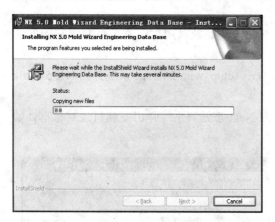

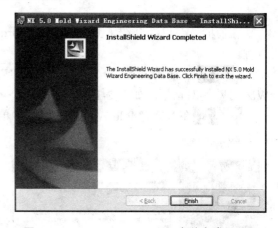

图 2-23　开始安装对话框　　　　　图 2-24　NX 5 Mold Wizard 安装完成对话框

2.8　本 章 小 结

本章主要介绍了 UG 软件的产生及发展史，各个模块的适用范围，同时介绍了 UG NX 5 简体中文软件以及 Mold Wizard 5.0 的安装方法。这些知识都是使用 UG 软件的基础，希望读者通过本章的学习，为后面学习 UG 软件打下良好的基础。

2.9　习 题 精 练

问答题

1. UG NX 的设计流程是怎样的？
2. UG 注塑模向导具有哪些优点？
3. UG/CAD 具有什么模块及设计特点？

第3章 UG自动分模与综合实例演练

本章主要知识点

- ➥ 设计工艺分析
- ➥ 项目初始化
- ➥ 加载模具坐标系
- ➥ 产品收缩率的计算
- ➥ 工件设置
- ➥ 型腔布局
- ➥ 模具工具应用
- ➥ 分型

3.1 设计工艺分析

在模具设计之前首先要消化原始资料，综合考虑模具结构，对各种结构的利弊一一分析，从而得出合理可行的方案。其次考虑模具的制造与生产过程，如加工是否方便、模具寿命长短等。如图 3-1 所示是香熏盖的产品图纸。

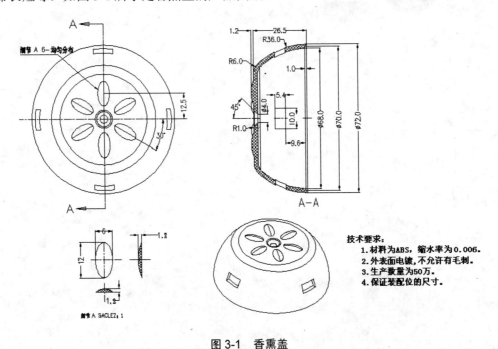

技术要求:
1. 材料为ABS，缩水率为0.006。
2. 外表面电镀，不允许有毛刺。
3. 生产数量为50万。
4. 保证装配位的尺寸。

图 3-1 香熏盖

当设计者拿到如图 3-1 所示的产品图纸时，首先要了解产品结构、尺寸大小、技术要求等，然后才做模具设计，如表 3-1 所示为工艺分析过程。

表 3-1　工艺分析过程

分析项目	工艺方案图解	工艺分析
脱模斜度	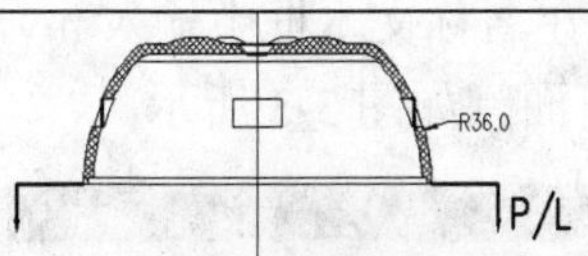	产品内外侧壁为 R 面，所以在设计时可以不考虑脱模斜度
分型面		分型面在产品截面最大轮廓处，侧孔利用前后模插穿
型腔布局	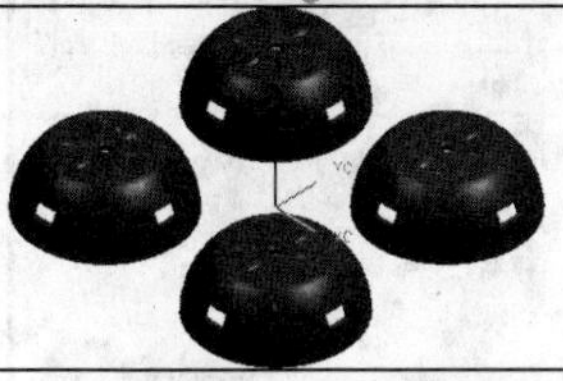	从技术要求出发，产品批量大，故排一模四件
浇注系统		外观没有特殊说明，为方便加工可选择使用大水口模架，考虑使用侧壁进胶
冷却系统	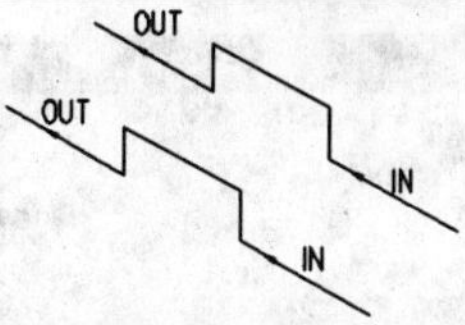	模仁使用镶件式，冷却使用阶梯式，以防漏水
顶出系统	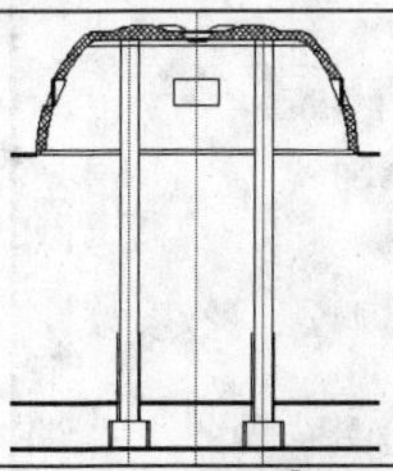	型芯上表面没有特殊要求，故利用 4 支顶针均匀顶出
对位装置	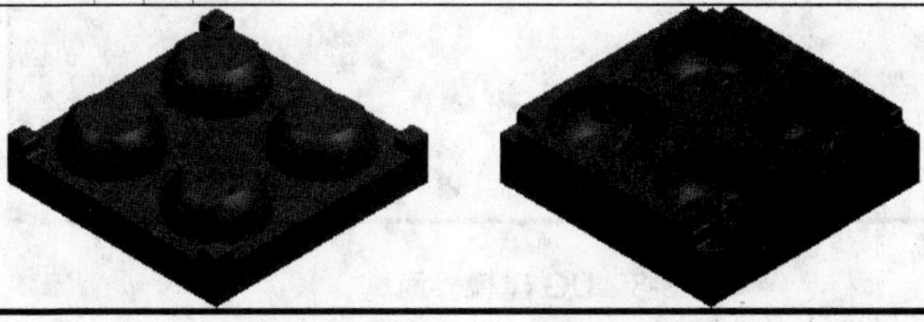	侧孔利用前后模擦穿，为了模具复位准确，故设置对位装置工艺

精通模具数控系列

3.2　启动【注塑模向导】工具条

步骤 1: 运行 NX 5 软件。

步骤 2: 选择主菜单的【文件】|【新建】命令，或单击工具条中的 modell.prt 按钮，系统将弹出【文件新建】对话框，如图 3-2 所示，接着在名称文本框中输入 mv，其余参数采用系统默认设置，单击【确定】按钮进入 UG 建模界面，如图 3-3 所示。

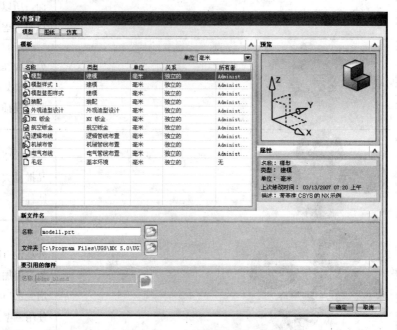

图 3-2　【文件新建】对话框

图 3-3　UG 建模界面

步骤3: 如图3-4所示，在标准工具条中选择【开始】|【所有应用模块】|【注塑模向导】命令，系统弹出【注塑模向导】工具条，如图3-5所示。

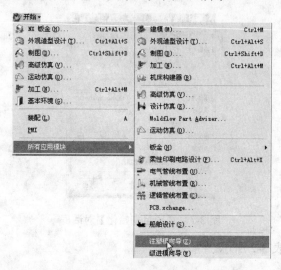

图3-4 注塑模向导的启动过程

图3-5 【注塑模向导】工具条

3.3 项目初始化

项目初始化是使用注塑模向导的第一步，在初始化的过程中，注塑模向导将自动产生一个模具装配结构，此装配结构是由模具所必需的标准组件组成。从【塑模向导】具条中单击 按钮，系统弹出【打开部件文件】对话框，如图3-6所示。

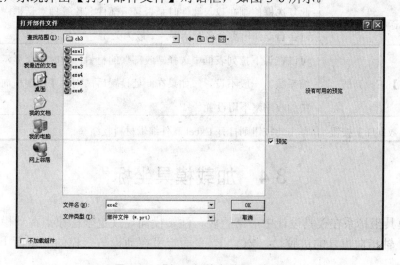

图3-6 【打开部件文件】对话框

在【打开部件文件】对话框中选择相关部件后，单击 OK 按钮后系统便会弹出【项目初始化】对话框，如图 3-7 所示。

图 3-7　【项目初始化】对话框

具体参数解析如表 3-2 所示。

表 3-2　【项目初始化】对话框中各选项说明

选　项	说　明
【初始化】选项卡	设置创建模具装配的目录以及相关文件的名称
【配置】选项卡	可以经过预先配置好的相关模架直接加载进注塑模向导
【投影单位】选项组	注塑模向导可以调用英、公制的产品模型，并自动调用英、公制的模架装配
【项目路径】文本框	自动将文件放置在初始化对话框里设置的项目路径下，一般以公司模具编号设置
【项目名】文本框	项目名的默认值与产品模型名称是一样的，一般可默认
【重命名对话框】复选框	此复选框控制在载入部件时是否显示部件名称管理对话框，多腔模设计时会自动弹出重命名对话框，一般为关闭
【部件材料】下拉列框	可以在该下拉列表框中选择塑胶部件的材料，同时也会显示该材料的收缩系数。一般不设置，如果在此处设置后，则在【注塑模向导】工具条中的收缩率不用设置
【编辑材料数据库】按钮	单击此按钮则打开 Excel 软件编辑材料收缩率

3.4　加载模具坐标

定义模具坐标系在模具设计中非常重要，注塑模向导规定坐标原点在动模板与定模板的中心。Z 轴指向模具的进胶口，XC-YC 平面定义在动模与定模的分型面上，如图 3-8 所示。

定义模具坐标系的方法是先利用 UG 中的工作坐标系定义到规定的位置，然后单击  按钮进行加载模具坐标，单击 按钮，系统弹出【模具 CSYS】对话框，如图 3-9 所示。

图 3-8　模具坐标系

图 3-9　【模具 CSYS】对话框

具体参数解析如表 3-3 所示。

表 3-3　【模具 CSYS】对话框中各项说明

选　项	说　明
【锁定 X 值】复选框	系统会将 X 值固定
【锁定 Y 值】复选框	系统会将 Y 值固定
【锁定 Z 值】复选框	系统会将 Z 值固定，是系统默认选项
【当前 WCS】单选按钮	系统会以当前的 WCS 坐标与模具坐标匹配
【产品体中心】单选按钮	模具坐标设置在产品体的中心
【边界面中心】单选按钮	模具坐标将设置在选择面的中心

3.5　收　缩　率

收缩率是一个比例系数，它用于塑胶产品模型冷却时收缩后的补偿，注塑模向导将产生的放大了的产品造型命名为"shrink part"，收缩率可以在整个模具设计过程中任意修改和调整比例系数，收缩率对话框与建模中的比例对话框类似，提供了"均匀的"、"轴对称"和"常规"三种比例类型。计算收缩率时要按照材料供应商所提供的收缩比例或按照客户的要求计算收缩率，如果两者都没提供，则可按模具设计经验来确定其收缩率。

在【注塑模向导】工具条中单击 按钮，系统弹出【比例】对话框，如图 3-10 所示。系统默认为均匀比例，但用户可以在其下拉列表框中选定其他收缩类型，其他参数解析如表 3-4 所示。

图 3-10　【比例】对话框

表 3-4　【比例】对话框中各项说明

选　项		说　明
均匀	缩放点	选择模型上的点作为应用收缩率的基准
	比例因子	只提供【均匀】文本框
轴对称	Scale Axis	选择模型的比例方向，如指定 Z 轴，则表示 Z 轴可变，其他轴为均匀比例
	比例因子	提供了【沿轴向】与【其他方向】两个文本框
常规	Scale CSYS	选择轴作为比例的参考坐标系
	比例因子	提供了【X 向】、【Y 向】、【Z 向】三个文本框

3.6　工　件　设　置

工件是指模具中的型腔与型芯部分，也是我们常说的镶件。在工件对话框中提供了标准长方体以及用户自定义两种，定义方式分为"距离容差"与"参考点"两种，同时还提供了当前产品的最大尺寸值及工件尺寸值。工件尺寸大小可以按照公司的定料进行设置或者是按照自己的模具设计经验进行设置。

在【注塑模向导】工具条中单击 按钮，系统弹出【工件尺寸】对话框，如图 3-11 所示，对话框的参数解析如表 3-5 所示。

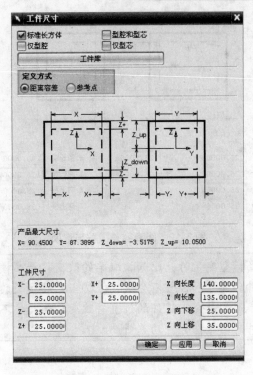

图 3-11 【工件尺寸】对话框

表 3-5 【工件尺寸】对话框中的选项说明

选 项		说 明
【标准长方体】复选框		是系统默认选项，创建出的对象为标准的长方体
【型腔和型芯】复选框		通过用户自行创建工件，创建的工件用在型腔和型芯
【仅型腔】复选框		通过用户自行创建工件，创建的工件仅用在型腔
【仅型芯】复选框		通过用户自行创建工件，创建的工件仅用在型芯
【工件库】按钮		工件库是系统自带的标准件，工件库提供了成型镶件的尺寸、外形，如矩形、圆形和带倒圆角的矩形
【定义方式】选项组	【距离容差】单选按钮	是通过测量产品模型并给出一个模具镶件的合适尺寸的方法创建一个镶件，该尺寸是在产品模型上加上一个最小的补偿值而得到的
	【参考点】单选按钮	是通过定义工件每边相对参考点的距离来定义工件。通常使用参考点模具坐标系
产品最大尺寸		可用于检查产品是否计算收缩率
工件尺寸		用于设置工件尺寸大小，一般保证 X、Y 向长度，及 Z 向上移和向下移文本框的参数为整数，便于机加工人员取数

3.6.1 距离容差

距离容差是通过测量产品模型并给出一个模具镶件的合适尺寸的方法创建一个镶件，该尺寸是在产品模型上加上一个最小的补偿值而得到的，如图 3-12 所示。

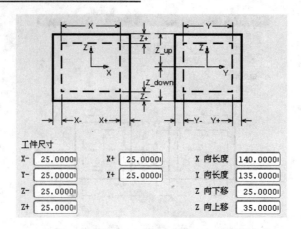

图 3-12　距离容差图解与选项

> **野火专家提示：**①当产品模型变化时，比如收缩率的改变，产品模型边界盒仍然在镶件盒内，镶件的尺寸和位置不会改变。②当产品模型的位置变化时，比如模具坐标系位置的改变，镶件的位置将改变，但尺寸不改变。③如果产品模型大于镶件时，镶件会自动更新。

3.6.2　参考点

参考点是通过定义工件每边相对参考点的距离来定义工件的，通常使用的参考点模具坐标系如图 3-13 所示。

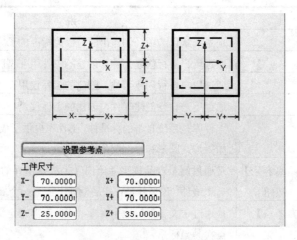

图 3-13　参考点图解与选项

3.7　型腔布局

型腔布局功能是用来添加、移除或重定位模具装配结构里的分型组件，在型腔布局中，布局组件下有多个产品节点，每添加一个型腔，就会在布局节点下面添加一个产品子装配组件。

在【注塑模向导】工具条中单击 按钮，系统弹出【型腔布局】对话框，如图 3-14 所示。布局类型有3种，如表3-6所示。

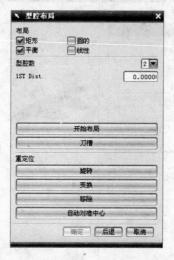

图 3-14 【型腔布局】对话框

表 3-6 型腔布局类型

类 型	对 话 框	简 图
矩形(产品排布为矩形阵列)	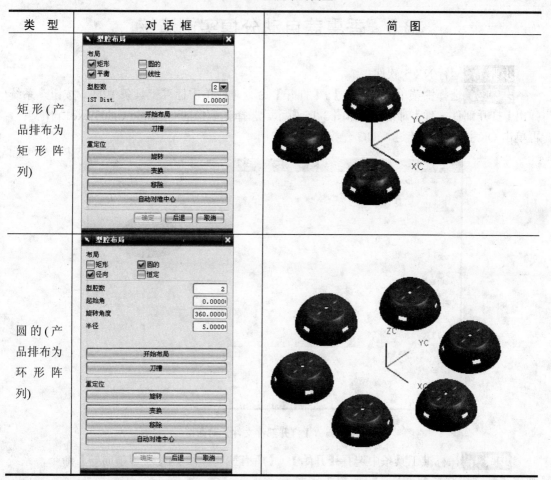	
圆的(产品排布为环形阵列)		

续表

类 型	对 话 框	简 图
线性(产品排布成一字展开,与矩形类似)	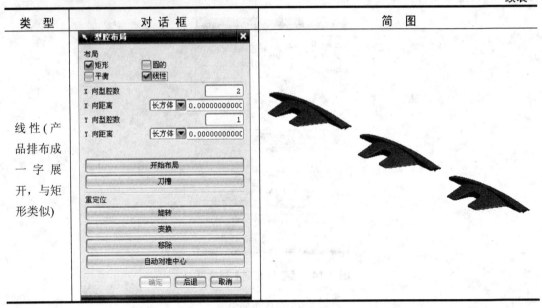	

3.8　香熏盖自动分模实例演练

步骤 1: 运行 NX 5 软件。

步骤 2: 选择主菜单的【文件】|【打开】命令,或单击标准工具条中的 按钮,系统弹出【打开部件文件】对话框,如图 3-15 所示。选择光盘中的 example\cha03\exe1.prt 文件,再单击 OK 按钮,系统进入 UG 建模环境。

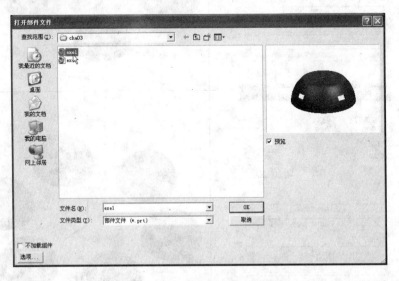

图 3-15　【打开部件文件】对话框

步骤 3: 在标准工具条中选择【开始】|【所有应用模块】|【注塑模向导】命令,系统弹出【注塑模向导】工具条,如图 3-16 所示。

图3-16 【注塑模向导】工具条

步骤4：在该工具条中单击按钮，系统弹出【打开部件文件】对话框，如图3-15所示，接着单击 OK 按钮，系统弹出【项目初始化】对话框，如图3-17所示，在此不做任何参数修改，单击【确定】按钮完成项目初始化操作。

图3-17 【项目初始化】对话框

步骤5：在【注塑模向导】工具条中单击按钮，系统弹出【模具 CSYS】对话框，如图3-18所示，不对其参数做任何修改，单击【确定】按钮完成模具 CSYS 操作。

步骤6：在【注塑模向导】工具条中单击按钮，系统弹出【比例】对话框，在【类型】卷展栏的下拉列表框中选择【均匀】选项，在【比例因子】卷展栏的【均匀】文本框中输入 1.005，然后单击【确定】按钮，完成比例操作，如图3-19所示。

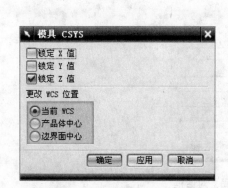

图3-18 【模具 CSYS】对话框　　　　图3-19 【比例】对话框

步骤7：在【注塑模向导】工具条中单击按钮，系统弹出【工件尺寸】对话框，如

精通模具数控系列

图 3-20 所示，在【X 向长度】文本框中输入 120，在【Y 向长度】文本框中输入 120，在【Z 向上移】文本框中输入 50，其余参数采用系统默认设置，单击【确定】按钮完成工件尺寸设置，结果如图 3-21 所示。

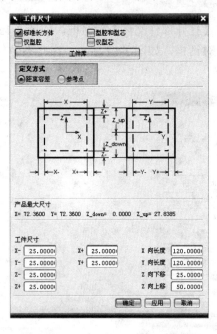

图 3-20　【工件尺寸】对话框

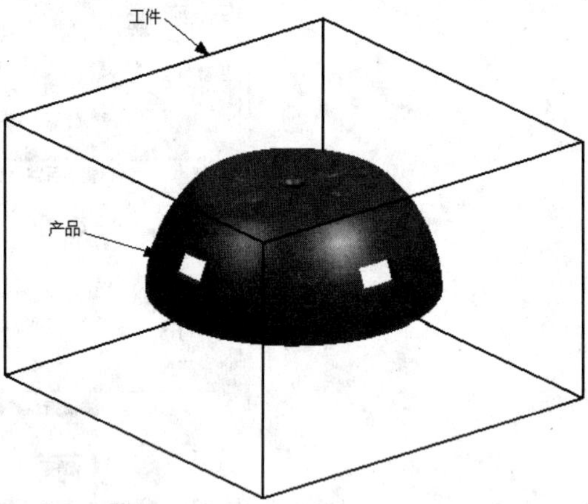

图 3-21　工件尺寸设置结果

步骤 8： 在【注塑模向导】工具条中单击 按钮，系统弹出【型腔布局】对话框，如图 3-22 所示，接着在对话框中单击【自动对准中心】按钮，其他参数采用系统默认设置，单击【后退】或【取消】按钮完成型腔布局操作。

图 3-22　【型腔布局】对话框

步骤 9： 选择主菜单中的【文件】|【全部保存】命令，保存分模基本操作。

3.9　模具工具应用

模具工具可以帮助用户创建分型几何体，包括创建箱体、分割实体、实体补片及创建扩大面等。在【注塑模向导】工具条中单击 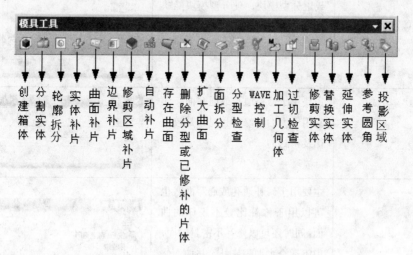 按钮，系统弹出【模具工具】工具条，如图 3-23 所示。

图 3-23　【模具工具】工具条

各功能的应用及作用如表 3-7 所示。

表 3-7　【模具工具】工具条功能介绍

按　钮	功 能 应 用	对　话　框
创建箱体	主要用于创建滑块头及斜顶头，或用于做 UG 编程的边界盒	创建箱体 类型 对象边框 选择对象 (0) Default Clearance 1 mm 设置 WCS 确定　应用　取消
分割实体	主要用于分割滑块头或斜顶头，或用于分割创建箱体或建模中多余部件，方便脱模	分割实体 允许非关联性 按面分割 由实体、片体、基准平面分割 X-Z 平面 Y-Z 平面 Z-X 平面 用户定义平面 确定　应用　取消
轮廓拆分	主要用于分割滑块头或斜顶头，使其成为活动的镶件	刀具轮廓拆分 允许非关联的 确定　取消

续表(1)

按　钮	功 能 应 用	对 话 框
实体补片	主要用于将建模中创建的实体加载进分型模块，使分型模块能默认此实物的存在	**实体补片** ⊙实体补片　○链接体 选择步骤 目标组件 exel_core_070 exel_cavity_068 确定　应用　取消
曲面补片	主要用于修补通孔或通穿面，通常用于大面积修补且对象是较规律及密封的	**选择面** 名称 确定　后退　取消
边界补片	主要用于修补通孔或通穿面，也可以用于修补比较不规律的曲面；同时还可以修补不密封的面，但不适合大面积修补。与曲面修补类似，但曲面修补只能修补规律且密封的边界，对于不规律的曲面则要用曲面特征功能去修补，但适合大面积修补	**开始遍历** 公差　0.0250 ☑按面的颜色遍历 □终止边 确定　后退　取消
修剪区域补片	利用现有的实体进行边界分割，使其成为薄片面，同时也将此片体面加载进分型模块中	**选择一个实体** □多重环选择 确定　取消
自动补片	与曲面修补类似，适合大面积修补通孔及规律曲面	**补片环选择** 环搜索方法 ⊙区域 ○自动 显示环类型 ⊙内部环边缘 ○分型边 ○不完全环边缘 自动修补 添加现有曲面 删除补片 确定　后退　取消

续表(2)

按　钮	功能应用	对　话　框
存在曲面	主要用于将建模中创建的曲面加载进分型模块，使分型模块能默认此实物的存在，利于区分上下模的区域。与实体补片相似，前者是加载实体，后者是加载片体	选择片体 名称
删除分型或已修补的片体	将已经修补好的片体对象进行删除	删除分型/曲面补片 两者皆是 分型 补片
扩大曲面	当分型面不够大时，则可使用扩大曲面功能扩大分模面，使其完全分割工件	选择面 名称
面拆分	适合用于手工创建分型线或用于分割歧义面	面拆分 选择步骤 被等斜度线拆分
分型检查	NX 5 新增功能，方便区分面颜色、属性、计算干涉、可定制组件检查清单等	分型检查 选择步骤 映射颜色和属性 UM_PART_CAVITY UM_PART_COKE 检查结果
WAVE 控制	NX 5 新增功能，WAVE Control 是控制注塑模向导项目中的 WAVE 数据，对几何体改变会自动检查片体与实体，同时受影响连接的组件将会被更新，对没有几何体改变的连接组件则不需要更新(对于连接的点、曲线、基准、区域则不对改变做检查)	WAVE 控制 带 WAVE 链接体的冻结部件 部件间的链接 比较公差　0.0050

按　钮	功能应用	对 话 框
过切检查	NX 5 新增功能，过切检查是检查对象之间的干涉状态。此功能能自动建立干涉记录，为间隙区设置默认值，利用过切检查的好处是能在不同系统和工具组件间确认设计	工具夹干涉检查
投影区域	NX 5 新增功能，投影区域当投影到 XC-YC 平面时，则系统会自动计算出实体或片体的面积，这样有助于模具设计者选用相关的模架及组件等	面积计算

3.10　分　　　型

分型是一个基于塑胶产品模型的创建型芯、型腔的过程，分型功能可以快速执行分型操作并保持相关性，在加载了工件之后，就可以使用分型功能。分型管理将各分型子命令组织成逻辑的、连续的步骤，用户可以不间断使用整个分型功能。分型步骤操作是独立的，因此就更容易操作分型过程，在分型管理器中可以设置各分型对象的可见性和编辑分型对象等。

在【注塑模向导】工具条中单击 按钮，系统弹出【分型管理器】对话框，如图 3-24 所示。

图 3-24　【分型管理器】对话框

分型管理器由设计区域、抽取区域和分型线、编辑分型线等如下几个步骤组成，具体功能及应用如表3-8所示。

表3-8 分型管理器的功能介绍

步 骤	功能应用	对 话 框
设计区域	设计区域从塑模部件验证工具开始，塑模部件验证帮助用户分析一个产品模型并为型腔和型芯的分型作准备。此功能运用过程将在后面章节讲解	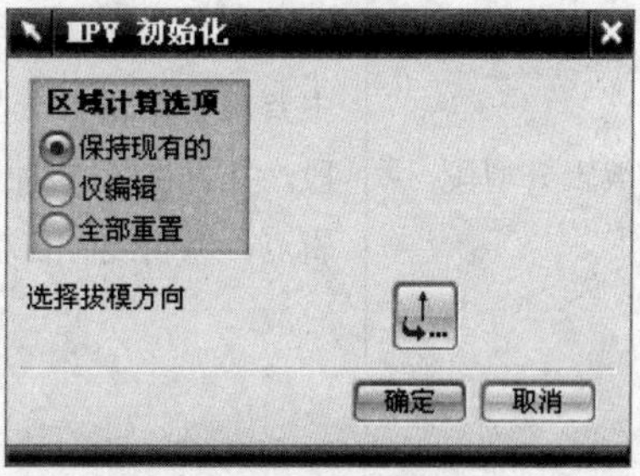
抽取区域和分型线	根据设计区域步骤的结果提取型芯和型腔区域，并自动生成分型线。此外，也提供提取型芯、型腔区域的方法	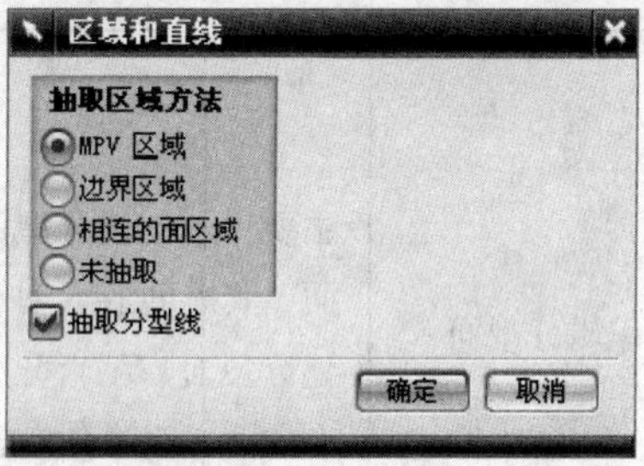
创建/删除曲面补片	曲面补片可以根据设计区域步骤的结果自动创建修补曲面。此外，也提供自动孔补片的方法，与模具工具中的自动补片一样	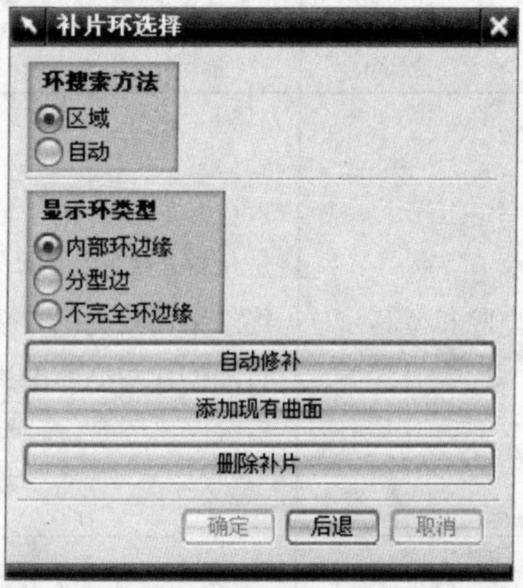
编辑分型线	用于删除和添加分型线	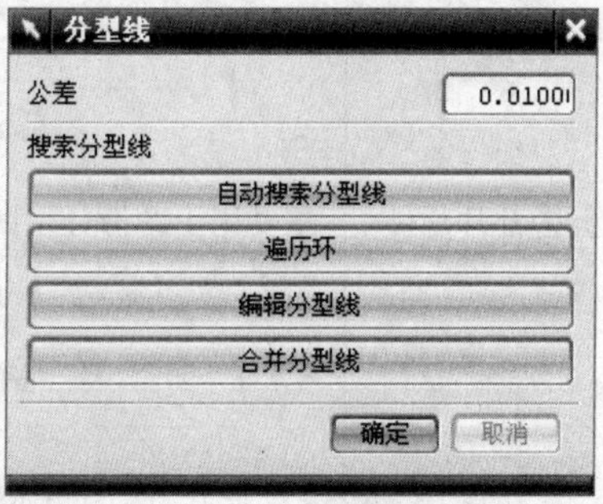

精通模具数控系列

续表

步　骤	功能应用	对 话 框
定义/编辑分型段	主要用于编辑各分型段的过渡线段，其提供了 3 种过渡方式：编辑点、编辑线、自动过渡	
创建/编辑分型面	主要用于创建分型面和编辑分型面，其提供了 5 种做面方式：创建分型面、编辑分型面、添加现有曲面、删除分型面、连接曲面	
创建型腔和型芯	是最终的结果，即分型过程的最终结果，其提供 2 种创建方式：自动创建与循序渐进	
备份分型/补片片体	主要用于备份分型面或补片面	

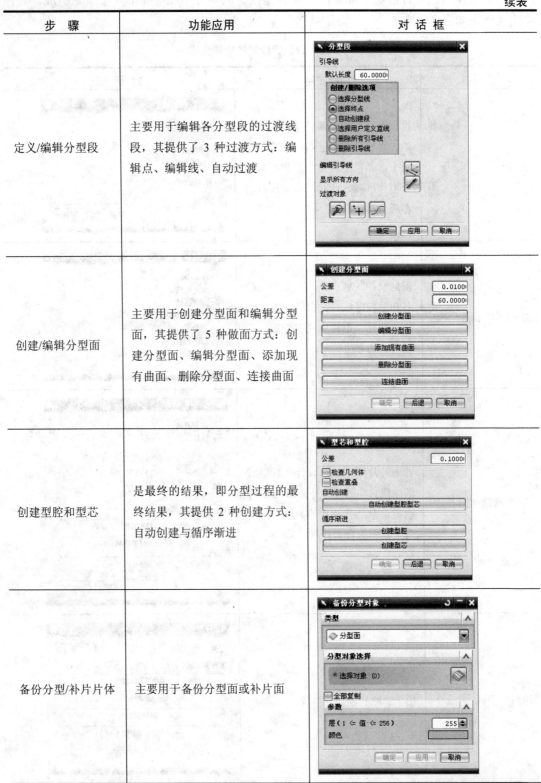

3.10.1 分型线

分型线是指分型面和实际产品的相交线，一般产品分型面可以根据产品的形状和成品从模具中的顶出方向等因素决定。分型线的选择直接影响到产品外观、分型面的创建等，如果选择分型线不合理，将造成脱模困难或加工困难等因素。产生分型线的过程有3种方式：自动搜索分型线、遍历环、提取区域和分型线。

1. 自动搜索分型线

步骤 1： 运行NX 5软件。

步骤 2： 选择主菜单中的【文件】|【打开】命令，或单击标准工具条中的 按钮，系统弹出【打开部件文件】对话框，如图3-25所示。选择光盘中的 exercises\cha03\exe1\pl_top_000.prt文件，然后单击OK按钮，系统进入UG建模环境。

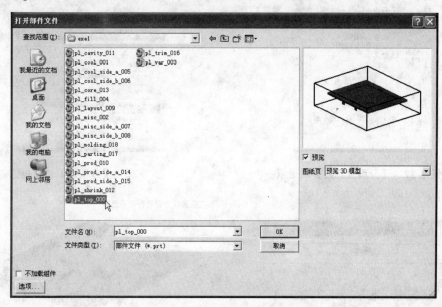

图 3-25 【打开部件文件】对话框

步骤 3： 在标准工具条中选择【开始】|【所有应用模块】|【注塑模向导】命令，系统弹出【注塑模向导】工具条，如图3-26所示。

图 3-26 【注塑模向导】工具条

步骤 4： 在【注塑模向导】工具条中单击 按钮，系统弹出【分型管理器】对话框，如图3-27所示。

步骤 5： 在【分型管理器】对话框中单击 按钮，系统弹出【分型线】对话框，如图3-28所示。

步骤 6： 在【分型线】对话框中单击【自动搜索分型线】按钮，系统弹出【搜索分型

线】对话框，如图 3-29 所示。在此不做任何更改，直接单击【应用】按钮，此时绘图区会
显示搜索到的分型线，如图 3-30 所示。

步骤 7：单击【确定】按钮返回【分型线】对话框，如图 3-28 所示，再单击【确定】
按钮完成自动搜索分型线操作并返回【分型管理器】对话框。

步骤 8：在主菜中选择【文件】|【关闭】|【全部保存并关闭】命令完成自动搜索分
型线操作。

图 3-27　【分型管理器】对话框

图 3-28　【分型线】对话框

图 3-29　【搜索分型线】对话框

红色线段为自动搜索分型线

图 3-30　自动搜索分型线

野火专家提示：①自动搜索分型线一般适合用于比较单一的或分型线比较规律的对象。
②在保存过程时，应在系统窗口中选择 pl_top_000.prt 对象进行保存。

2. 遍历环

步骤 1：选择主菜单中的【文件】|【打开】命令，或单击标准工具条中的 按钮，系
统弹出【打开部件文件】对话框，如图 3-31 所示。选择光盘中的 exercises\cha03\
exe2\tr_top_000.prt 文件，然后单击 OK 按钮，系统进入 UG 建模环境。

步骤 2：在【注塑模向导】工具条中单击 按钮，系统弹出【分型管理器】对话框，
如图 3-32 所示。

步骤 3：在【分型管理器】对话框中单击 按钮，系统弹出【分型线】对话框，如

图 3-33 所示。

步骤4：在【分型线】对话框中单击【遍历环】按钮，系统弹出【开始遍历】对话框，如图 3-34 所示。接着在绘图区选择其中一条边界作为起始线段，此时系统弹出【曲线/边选择】对话框，如图 3-35 所示。

步骤 5：然后按鼠标中键接受选择线段，直至选到线段密封为止，同时系统自动返回【分型线】对话框。

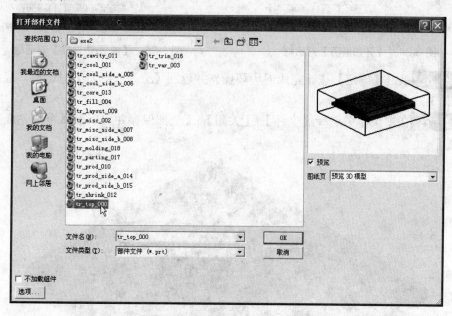

图 3-31 【打开部件文件】对话框

图 3-32 【分型管理器】对话框

图 3-33 【分型线】对话框

图 3-34　【开始遍历】对话框

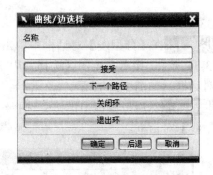

图 3-35　【曲线/边选择】对话框

步骤 6：单击【确定】按钮完成遍历环操作并返回【分型管理器】对话框，最终创建结果如图 3-36 所示。

步骤 7：在主菜单中选择【文件】|【关闭】|【全部保存并关闭】命令，完成遍历环操作。

红色为遍历环分型线

图 3-36　遍历环分型线结果

野火专家提示：① 使用遍历环分型功能时，如果选择线段方向不正确，可以单击【曲线/边选择】对话框中的【下一个路径】按钮更改方向。

② 如果选择的线段是建模中创建的曲面边界，则与它相连的边界线要手动去选择。

3. 提取区域和分型线

步骤 1：选择主菜单中的【文件】|【打开】命令，或单击标准工具条中的 按钮，系统弹出【打开部件文件】对话框，如图 3-37 所示。选择光盘中的 exercises(练习文件夹)\cha03\exe3\cl_top_019.prt 文件，然后单击 OK 按钮，系统进入 UG 建模环境。

步骤 2：在【注塑模向导】工具条中单击 按钮，系统弹出【分型管理器】对话框，如图 3-38 所示。

步骤 3：在【分型管理器】对话框中单击 按钮，系统弹出【区域和直线】对话框，如图 3-39 所示，在此不做任何修改，单击【确定】按钮完成提取区域和分型线操作，同时系统返回【分型管理器】对话框，最终创建结果如图 3-40 所示。

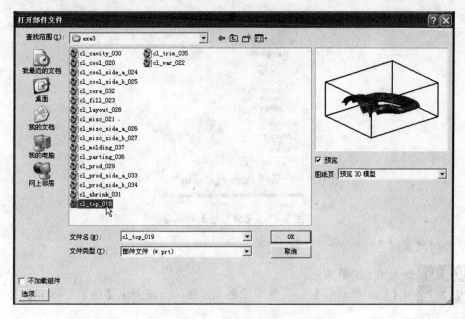

图 3-37 【打开部件文件】对话框

步骤 4： 在主菜单中选择【文件】|【全部保存】命令，保存提取区域和分型线操作。

图 3-38 【分型管理器】对话框   图 3-39 【区域和直线】对话框   图 3-40 抽取区域和分型线结果

野火专家提示： 分型线的选择一般以产品的最大轮廓线为主，但要考虑到模具结构、产品外观要求、模具制造成本等。

3.10.2 定义/编辑分型段

如果创建的分型线不在同一平面，则应该使用定义/编辑分型段操作功能。定义/编辑分型段中提供了 3 种过渡对象功能：编辑过渡对象、放置过渡点、自动过渡对象。在【分型管理器】对话框中单击▧按钮，系统弹出【分型段】对话框，如图 3-41 所示。

图 3-41　【分型段】对话框

1. 编辑过渡对象

步骤 1：接 3.10.1 小节实例。

步骤 2：在【注塑模向导】工具条中单击▧按钮，系统弹出【分型管理器】对话框，如图 3-42 所示。

步骤 3：在【分型管理器】对话框中单击▧按钮，系统弹出【分型段】对话框，如图 3-41 所示。

步骤 4：在【分型段】对话框中单击▧按钮，系统弹出【编辑过渡对象】对话框，如图 3-43 所示，接着在绘图区选择两段圆弧作为编辑过渡对象，如图 3-44 所示。

步骤 5：单击【确定】按钮返回【分型段】对话框，再单击【确定】按钮返回【分型管理器】对话框，此时编辑过渡对象操作完成。

步骤 6：在主菜单中选择【文件】|【关闭】|【全部保存并关闭】命令，保存编辑过渡对象操作。

图 3-42　【分型管理器】对话框　　图 3-43　【编辑过渡对象】对话框　　图 3-44　编辑过渡对象线段

野火专家提示： 如果分型线不在同一平面，而又有圆弧过渡，则一般是选择圆弧作为过渡对象。

2. 放置过渡点

步骤 1： 选择主菜单中的【文件】|【打开】命令，或单击标准工具条中的 ⬚ 按钮，系统弹出【打开部件文件】对话框，如图 3-45 所示。选择光盘中的 exercises\cha03\exe4\point_top_019.prt 文件，然后单击 OK 按钮，系统进入 UG 建模环境。

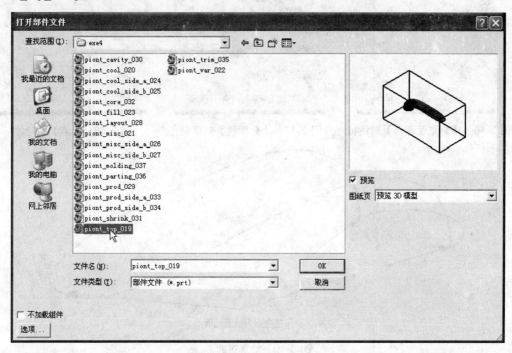

图 3-45 【打开部件文件】对话框

步骤 2： 在【注塑模向导】工具条中单击 ⬚ 按钮，系统弹出【分型管理器】对话框，如图 3-46 所示。

步骤 3： 在【分型管理器】对话框中单击 ⬚ 按钮，系统弹出【分型段】对话框，如图 3-47 所示。

步骤 4： 在【分型段】对话框中单击 ⬚ 按钮，系统弹出【点】对话框，如图 3-48 所示，接着在绘图区选择线段端点作为放置过渡点对象，如图 3-49 所示(注意：选好每个端点后必须单击【确定】按钮)。

步骤 5： 单击【取消】按钮返回【分型段】对话框，再单击【确定】按钮返回【分型管理器】对话框，此时放置过渡点操作完成。

步骤 6： 在主菜单中选择【文件】|【关闭】|【全部保存并关闭】命令，保存放置过渡点操作。

精通模具数控系列

图 3-46　【分型管理器】对话框

图 3-47　【分型段】对话框

图 3-48　【点】对话框

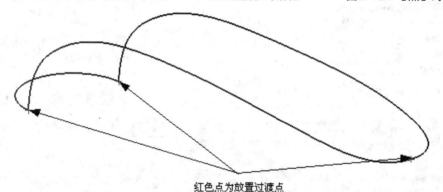

红色点为放置过渡点

图 3-49　放置过渡点

> **野火专家提示:** 当无法选取线段作为过渡对象时,则可以选择放置过渡点的方法去选择,同时可避免尖角的存在。

3. 自动过渡对象

步骤 1: 选择主菜单中的【文件】|【打开】命令,或单击标准工具条中的 按钮,系统弹出【打开部件文件】对话框,如图 3-50 所示。选择光盘中的 exercises\cha03\exe5\point_top_000.prt 文件,然后单击 OK 按钮,系统进入 UG 建模环境。

步骤 2: 在【注塑模向导】工具条中单击 按钮,系统弹出【分型管理器】对话框,如图 3-51 所示。

步骤 3: 在【分型管理器】对话框中单击 按钮,系统弹出【分型段】对话框,如图 3-52 所示。

步骤 4: 在【分型段】对话框中单击 按钮,系统弹出【自动过渡对象】对话框,如图 3-53 所示。

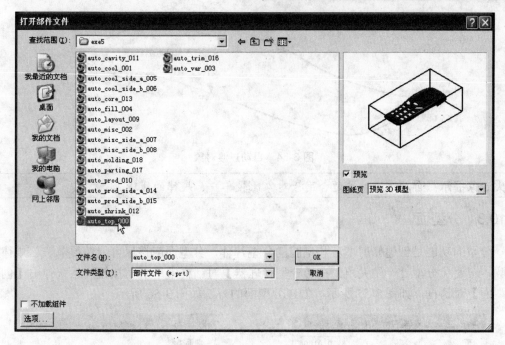

图 3-50 【打开部件文件】对话框

图 3-51 【分型管理器】对话框　　图 3-52 【分型段】对话框　　图 3-53 【自动过渡对象】对话框

步骤 5： 在【自动过渡对象】对话框中单击【过渡过渡对象】按钮，此时绘图区显示自动过渡的对象，如图 3-54 所示；接着单击【确定】按钮完成自动过渡对象操作，同时系统返回【分型段】对话框。

步骤 6： 单击【确定】按钮返回【分型管理器】对话框。

步骤 7： 在主菜单中选择【文件】|【全部保存】命令，保存自动过渡对象操作(注意：不要关闭文件，下一个练习将继续使用该文件)。

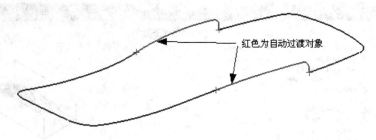

图 3-54　自动过渡对象

野火专家提示：自动过渡对象适合用于对象比较单一、规律的线段。

3.10.3　分型面

分型面功能是创建修剪型芯和型腔的分型片体，分型面应该尽可能做得单一、规律、光顺，应避免分型处产生尖角。在【分型管理器】对话框中单击 按钮，系统弹出【创建分型面】对话框，如图 3-55 所示。创建分型面的方法如图 3-56 所示。

图 3-55　【创建分型面】对话框

图 3-56　【分型面】创建方法

【创建分型面】对话框中包括"创建分型面"、"编辑分型面"、"添加分型面"等，具体应用如表 3-9 所示。

表 3-9　【创建分型面】和【分型面】对话框中的选项说明

对话框	选 项	说　明
【创建分型面】对话框	【创建分型面】按钮	单击【创建分型面】按钮，注塑模向导将自动创建分型面，默认数据值是根据产品的总体尺寸来预先设定的
	【编辑分型面】按钮	主要用于编辑已创建的分型面，特别是当分型面自动过渡不成功时，则可以使用此功能
	【添加现有曲面】按钮	如果分型面是用建模功能创建的，则要用此功能
	【删除分型面】按钮	就是将创建好的分型面删除
	【连结曲面】按钮	将几个分型面合并成一个整体

续表

对话框	选项	说明
【分型面】对话框	【拉伸】单选按钮	与实体建模拉伸一样，如果只有一个方向，则使用拉伸创建分型面
	【扫掠】单选按钮	与曲面扫掠功能一样
	【有界平面】单选按钮	比较常用的一种创建过程，类似曲面功能中的扫掠功能，单击第一、第二方向按钮时会利用扫掠功能自动创建分型面
	【扩大的曲面】单选按钮	分型线比较单一时，可直接利用扩大的曲面创建分型面，且扩大面会自动被分型线修剪
	【条带曲面】单选按钮	成放射状形成分型面
	【跳过】单选按钮	即放弃当前操作，直接进入下一步操作

3.10.4 抽取区域

抽取区域功能就是用来检查型芯面与型腔面的总和是否等于系统默认的总面数。使用抽取区域功能时，注塑模向导会在相邻的分型线中自动搜索边界面和修补面；如果系统默认的总面数不等于型芯面和型腔面的总和时，则注塑模向导会提出警告并高亮有问题的面，此时则要做相关的修补及更改。在【分型管理器】对话框中单击  按钮，系统会弹出【区域和直线】对话框，如图3-57所示，各功能如表3-10所示。

图 3-57 【区域和直线】对话框

表 3-10 【区域和直线】对话框中的选项说明

选项	说明
【MPV区域】单选按钮	与设计区域相关，必须使用了设计区域功能，MPV区域功能才起作用。主要用于创建分型线
【边界区域】单选按钮	用于检查型芯面与型腔面的总和是否等于系统默认的总面数，即本节介绍的抽取区域
【相连的面区域】选按钮	此功能是利用颜色区分各个面，如果手工分型创建分型面，这是一个不错的功能
【未抽取】单选按钮	即不抽取分型线
【抽取分型线】复选框	此选项只有在MPV区域和未抽取时激活，即自动寻找并生成分型线

在如图3-57所示的对话框中选中【边界区域】单选按钮，接着单击【确定】按钮，系

统弹出【抽取区域】对话框，如图 3-58 所示。

图 3-58　【抽取区域】对话框

3.10.5　型芯和型腔

型芯和型腔是分型的最终结果，一个为型芯一个为型腔。在【分型管理器】对话框中单击⬚按钮，系统弹出【型芯和型腔】对话框，如图 3-59 所示，在【型芯和型腔】对话框中单击【创建型腔】或【创建型芯】按钮，系统会高亮显示分型面以及所有修补面，如图 3-60 所示。

图 3-59　【型芯和型腔】对话框

图 3-60　高亮显示对象

3.11　手机壳自动分模实例演练

步骤 1：接"自动过渡"实例操作。

步骤 2：在【注塑模向导】工具条中单击▧按钮，系统弹出【分型管理器】对话框，如图 3-61 所示。

步骤 3：在【分型管理器】对话框中单击▧按钮，系统弹出【创建分型面】对话框，如图 3-62 所示。

步骤 4：在【创建分型面】对话框中单击【创建分型面】按钮，系统弹出【分型面】对话框，如图 3-63 所示，此时绘图区会高亮显示分型线段，如图 3-64 所示。

步骤5： 在【分型面】对话框中不做任何更改，单击【第一方向】按钮，系统弹出【矢量】对话框，如图 3-65 所示，接着单击 按钮。然后在【矢量方位】卷展栏中单击 按钮，改变【第一方向】矢量，最后单击【确定】按钮完成第一方向操作，如图 3-66 所示。

步骤6： 在【分型面】对话框中不做任何更改，单击【第二方向】按钮，系统弹出【矢量】对话框，如图 3-65 所示，接着单击 按钮，然后单击【确定】按钮，完成第二方向操作，如图 3-67 所示。

步骤7： 在【分型面】对话框中拖动 UV 方向滑块至一定距离，单击【确定】按钮，系统弹出【查看修剪片体】对话框，如图 3-68 所示，创建结果如图 3-69 所示(注：如果创建的分型面方向反了，则在【查看修剪片体】对话框中单击【翻转修剪的片体】按钮更改方向)。

步骤8： 同样方法，创建另一边分型面。

步骤 9： 在【创建分型面】对话框中单击【连结曲面】按钮，然后单击【确定】按钮完成连接曲面操作，连接最终分型面如图 3-70 所示，接着在【创建分型面】对话框中单击【取消】或【后退】按钮完成创建分型面操作。

图 3-61 【分型管理器】对话框 图 3-62 【创建分型面】对话框 图 3-63 【分型面】对话框

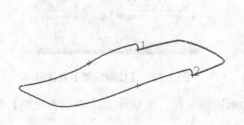

图 3-64 高亮显示分型线段   图 3-65 【矢量】对话框

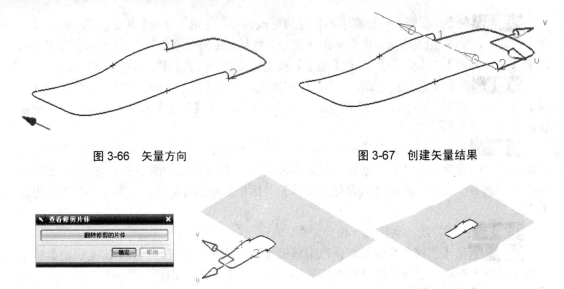

图 3-66　矢量方向　　　　　　　　　　　　　　图 3-67　创建矢量结果

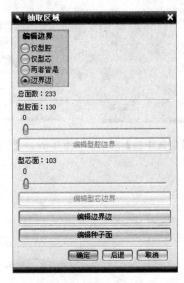

图 3-68　【查看修剪片体】对话框　　图 3-69　创建分型面结果　　图 3-70　创建分型面最终效果

步骤 10： 在【分型管理器】对话框中单击 按钮，系统弹出【区域和直线】对话框，如图 3-71 所示。

步骤 11： 在【区域和直线】对话框中选中【边界区域】单选按钮，接着单击【确定】按钮，系统弹出【抽取区域】对话框，如图 3-72 所示。

步骤 12： 在【抽取区域】对话框中不做任何更改，单击【确定】按钮，完成抽取区域操作。

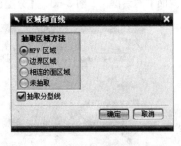

图 3-71　【区域和直线】对话框　　　　图 3-72　【抽取区域】对话框

步骤 13： 在【分型管理器】对话框中单击 按钮，系统弹出【型芯和型腔】对话框，如图 3-73 所示。

步骤 14： 在【型芯和型腔】对话框中单击【自动创建型腔型芯】按钮，系统会自动进行分割型芯与型腔，最终结果如图 3-74 所示。

步骤 15: 在主菜单中选择【文件】|【关闭】|【全部保存并关闭】命令完成分型操作。

图 3-73 【型芯和型腔】对话框

图 3-74 最终分型结果

3.12 光感器自动分型及模具工具综合应用演练

步骤 1: 运行 NX 5 软件。

步骤 2: 选择主菜单中的【文件】|【打开】命令，或单击标准工具条中的 按钮，系统弹出【打开部件文件】对话框，如图 3-75 所示。选择光盘中的 example\cha03\exe2.prt 文件，再单击 OK 按钮，系统进入 UG 建模环境。

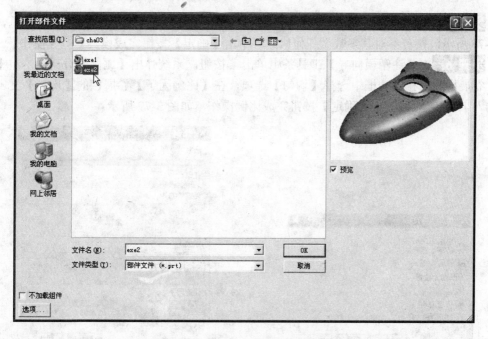

图 3-75 【打开部件文件】对话框

步骤 3: 在标准工具条中选择【开始】|【所有应用模块】|【注塑模向导】命令，系统

弹出【注塑模向导】工具条，如图 3-76 所示。

图 3-76　【注塑模向导】工具条

步骤 4： 在【注塑模向导】工具条中单击 按钮，系统弹出【打开部件文件】对话框，接着单击 OK 按钮，系统弹出【项目初始化】对话框，如图 3-77 所示，在此不做任何参数修改，单击【确定】按钮完成项目初始化操作。

图 3-77　【项目初始化】对话框

步骤 5： 在【注塑模向导】工具条中单击 按钮，系统弹出【模具 CSYS】对话框，如图 3-78 所示，接着不对其参数做任何修改，单击【确定】按钮完成模具 CSYS 操作。

步骤 6： 在【注塑模向导】工具条中单击 按钮，系统弹出【比例】对话框，在【类型】卷展栏的下拉列表框中选择【均匀】选项，在【比例因子】卷展栏的【均匀】文本框中输入 1.005，然后单击【确定】按钮完成比例操作，如图 3-79 所示。

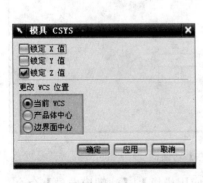

图 3-78　【模具 CSYS】对话框

图 3-79　【比例】对话框

步骤 7： 在【注塑模向导】工具条中单击 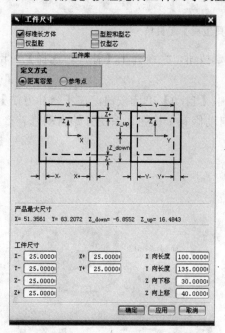 按钮，系统弹出【工件尺寸】对话框，如图 3-80 所示，接着在【X 向长度】文本框中输入 100，在【Y 向长度】文本框中输入 135，在【Z 向下移】文本框中输入 30，在【Z 向上移】文本框中输入 40，其余参数采用系统默认设置，单击【确定】按钮完成工件尺寸设置，如果如图 3-81 所示。

图 3-80　【工件尺寸】对话框　　　　图 3-81　工件尺寸设置结果

步骤 8： 在【注塑模向导】工具条中单击 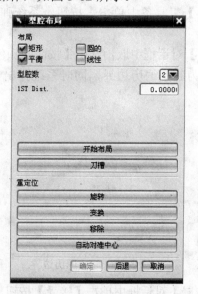 按钮，系统弹出【型腔布局】对话框，接着在对话框中单击【自动对准中心】按钮，其他参数采用系统默认设置，单击【后退】或【取消】按钮完成型腔布局操作，如图 3-82 所示。

图 3-82　【型腔布局】对话框

步骤 9：在【注塑模向导】工具条中单击 ✗ 按钮，系统弹出【模具工具】工具条，如图 3-83 所示。

图 3-83 【模具工具】工具条

步骤 10：在【模具工具】工具条中单击 按钮，系统弹出【补片环选择】对话框，如图 3-84 所示。

步骤 11：在【环搜索方法】选项组中选中【自动】单选按钮，在【修补方法】选项组中选中【型芯侧面】单选按钮，接着单击【自动修补】按钮，系统开始自动修补产品对象，完成结果如图 3-85 所示。

绿色为修补对象

图 3-84 【补片环选择】对话框　　　　　图 3-85 补片结果

步骤 12：在【模具工具】工具条中单击 按钮，系统弹出【开始遍历】对话框，如图 3-86 所示。

步骤 13：在【开始遍历】对话框中取消选中【按面的颜色遍历】复选框，在绘图区选择如图 3-87 所示的边界作为起始遍历边界，同时系统弹出【曲线/边选择】对话框，如图 3-88 所示。

起始边界

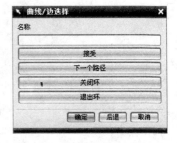

图 3-86 【开始遍历】对话框　　图 3-87 起始遍历边界　　图 3-88 【曲线/边选择】对话框

步骤 14：在【曲线/边选择】对话框中单击【接受】按钮，直至边界封闭为止，遍历最终结果如图 3-89 所示。

图 3-89　遍历修补结果

步骤 15： 选择主菜单中的【插入】|【来自曲线集的曲线】|【桥接】命令，或在【曲线】工具条中单击 按钮，系统弹出【桥接曲线】对话框，如图 3-90 所示。

步骤 16： 在绘图区选择如图 3-91 所示的边界为起点对象，接着选择如图 3-92 所示的边界为端部对象，其余参数采用系统默认设置，单击【确定】按钮完成桥接操作，结果如图 3-93 所示。

图 3-90　【桥接曲线】对话框　　　图 3-91　起点对象　　　图 3-92　端部对象

图 3-93　桥接曲线结果

步骤 17：选择主菜单中的【插入】|【网格曲面】|【通过曲线网格】命令，或在【曲面】工具条中单击 按钮，系统弹出【通过曲线网格】对话框，如图 3-94 所示。

步骤 18：在绘图区选择如图 3-95 所示的边界为主曲线 1，接着选择如图 3-96 所示的边界为主曲线 2，单击鼠标中键完成主曲线选择。

步骤 19：在绘图区选择如图 3-97 所示的边界为交叉曲线 1，接着选择如图 3-98 所示的边界为交叉曲线 2，其余参数采用系统默认设置，单击【确定】按钮完成通过曲线网格操作，结果如图 3-99 所示。

图 3-94 【通过曲线网格】对话框　　　　图 3-95 主曲线 1　　　　图 3-96 主曲线 2

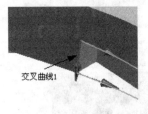

图 3-97 交叉曲线 1　　　　图 3-98 交叉曲线 2　　　　图 3-99 通过曲线网格结果

步骤 20：依照步骤 17～19 的操作过程，桥接如图 3-100 所示，通过曲线网格结果如图 3-101 所示。

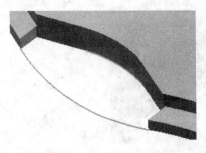

图 3-100 桥接曲线结果　　　　图 3-101 通过曲线网格结果

步骤 21：选择主菜单中的【插入】|【组合体】|【缝合】命令，或在【特征操作】工具条中单击 按钮，系统弹出【缝合】对话框，如图 3-102 所示。在绘图区选择如图 3-101 创建的面为目标片体，接着选择如图 3-99 创建的面为工具片体，其余参数采用系统默认设置，单击【确定】按钮完成缝合操作。

步骤 22：在【模具工具】工具条中单击 按钮，系统弹出【选择片体】对话框，如图 3-103 所示。

步骤 23：在绘图区选择如图 3-104 所示的面为片体对象，单击【确定】按钮完成选择片体操作。

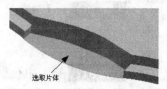

图 3-102 【缝合】对话框　　　　图 3-103 【选择片体】对话框　　　　图 3-104 选择片体对象

步骤 24：在【注塑模向导】工具条中单击 按钮，系统弹出【分型管理器】对话框，如图 3-105 所示。

步骤 25：在【分型管理器】对话框中单击 按钮，系统弹出【分型线】对话框，如图 3-106 所示。

图 3-105 【分型管理器】对话框　　　　　　图 3-106 【分型线】对话框

步骤 26：在【分型线】对话框中单击【自动搜索分型线】按钮，系统弹出【搜索分型线】对话框，如图 3-107 所示。在此不做任何更改，直接单击【应用】按钮，此时绘图区会显示搜索到的分型线，如图 3-108 所示。

步骤 27：单击【确定】按钮返回【分型线】对话框，再单击【确定】按钮完成自动搜索分型线操作并返回【分型管理器】对话框。

图 3-107　【搜索分型线】对话框　　　图 3-108　搜索分型线结果

步骤 28：为了分型面光顺过渡和方便加工，因此应该对分型线的过渡重新调整。

步骤 29：在【分型管理器】对话框中选择【曲面补片】复选框，接着单击 按钮，系统弹出【分型线】对话框，如图 3-106 所示。

步骤 30：在【分型线】对话框中单击【编辑分型线】按钮，系统弹出【编辑分型线】对话框，如图 3-109 所示。接着按住 Shift 键，同时在绘图区选择片体对象的边界为移除对象，如图 3-110 所示。

步骤 31：在绘图区选择如图 3-111 所示的边界为添加对象，单击【确定】按钮完成编辑分型线操作，结果如图 3-112 所示。

图 3-109　【编辑分型线】对话框　　图 3-110　移除对象　　图 3-111　添加对象

图 3-112　分型线创建结果

步骤 32：在【分型管理器】对话框中单击 按钮，系统弹出【分型段】对话框，如

图 3-113 所示。

步骤 33：在【分型段】对话框中单击 按钮，系统弹出【点】对话框，如图 3-114 所示，接着在绘图区选择线段端点作为放置过渡点对象，如图 3-115 所示；再单击【取消】按钮返回【分型段】对话框。

步骤 34：在【分型段】对话框中单击 按钮，系统弹出【编辑过渡对象】对话框，如图 3-116 所示，接着在绘图区选择如图 3-117 所示的边界作为过渡对象，单击【确定】按钮返回【分型段】对话框，此时分型线的过渡创建已完成，结果如图 3-118 所示。

图 3-113 【分型段】对话框   图 3-114 【点】对话框   图 3-115 放置过渡点

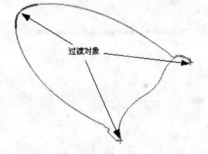

图 3-116 【编辑过渡对象】对话框   图 3-117 过渡对象选择   图 3-118 过渡对象结果

步骤 35：在【分型管理器】对话框中单击 按钮，系统弹出【创建分型面】对话框，如图 3-119 所示。

步骤 36：在【创建分型面】对话框中单击【创建分型面】按钮，系统弹出【分型面】对话框，如图 3-120 所示，此时绘图区会高亮显示分型线段，如图 3-121 所示。

步骤 37：在【分型面】对话框中不做任何更改，单击【拉伸方向】按钮，系统弹出【矢量】对话框，如图 3-122 所示，接着单击 按钮，然后在【矢量方位】卷展栏中单击 按钮，改变拉伸方向矢量，最后单击【确定】按钮完成拉伸方向操作，如图 3-123 所示。

步骤 38：在【分型面】对话框中拖动 UV 方向滑块至一定距离，单击【确定】按钮完成分型面的创建，创建结果如图 3-124 所示。

步骤 39：依照上述操作过程，完成剩余分型面的创建。

步骤 40：在【创建分型面】对话框中单击【连结曲面】按钮，然后单击【确定】按钮，完成连续曲面操作，连接曲面最终分型面如图 3-125 所示，接着在【创建分型面】对话框中单击【取消】或【后退】按钮完成创建分型面操作。

图 3-119　【创建分型面】对话框

图 3-120　【分型面】对话框

图 3-121　高亮显示对象

图 3-122　【矢量】对话框

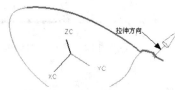

图 3-123　拉伸方向

图 3-124　分型面创建

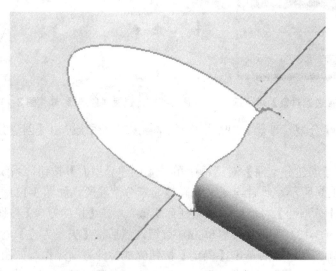

图 3-125　分型面创建结果

步骤 41：在【分型管理器】对话框中单击 按钮，系统弹出【区域和直线】对话框，如图 3-126 所示。

步骤 42：在【区域和直线】对话框中选中【边界区域】单选按钮，接着单击【确定】按钮，系统弹出【抽取区域】对话框，如图 3-127 所示。

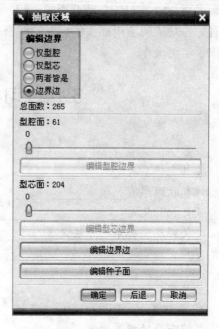

图 3-126　【区域和直线】对话框　　　　图 3-127　【抽取区域】对话框

步骤 43：在【抽取区域】对话框中不做任何更改，单击【确定】按钮完成抽取区域操作。

步骤 44：在【分型管理器】对话框中单击 ⛰ 按钮，系统弹出【型芯和型腔】对话框，如图 3-128 所示。

步骤 45：在【型芯和型腔】对话框中单击【自动创建型腔型芯】按钮，系统会自动分割型芯与型腔，最终结果如图 3-129 所示。

步骤 46：在主菜单中选择【文件】|【关闭】|【全部保存并关闭】命令完成分型操作。

图 3-128　【型芯和型腔】对话框　　　　图 3-129　分型最终结果

3.13　本 章 小 结

本章主要介绍了 UG 自动分型的流程，并介绍了如何启动注塑模向导模块、模具工具等，同时对各功能的应用都作了详细的解析，为了使读者更容易接受和学习，在各个重要部分都作了实例操作。

3.14　习 题 精 练

填空题

1. 模具坐标系有＿＿＿＿＿＿＿＿＿、＿＿＿＿＿＿＿＿＿和＿＿＿＿＿＿＿＿＿3 种。
2. 计算收缩率有＿＿＿＿＿＿＿＿＿、＿＿＿＿＿＿＿＿＿和＿＿＿＿＿＿＿＿＿3 种。
3. 项目初始化是＿＿＿＿＿＿＿＿＿＿＿＿＿＿＿＿＿＿＿＿＿＿＿＿＿＿＿。
4. 定义模具坐标系的方法是＿＿＿＿＿＿＿＿＿＿＿＿＿＿＿＿＿＿＿＿＿＿＿＿。

选择题

1. 工件定义方式有(　　　)。
   A. 距离容差　　　　　B. 点方式　　　　　C. 模具坐标　　　　　D. 收缩率
2. 型腔布局功能是用来＿＿＿＿＿＿＿＿＿模具装配结构里的分型组件(　　　)。
   A. 添加　　　　　　　B. 移除　　　　　　C. 重定位　　　　　　D. 成
3. 下列哪些功能是 NX 5 新增功能(　　　)。
   A. WAVE 控制　　　　B. 投影区域　　　　C. 过切检查　　　　　D. 分型检查

简答题

1. 简单试述设计工艺要求。
2. 试述计算收缩率的作用。
3. 简单概述型腔布局的作用。
4. 抽取区域的作用是什么？
5. 分型线有哪 3 种过渡对象？

第4章　Mold Wizard自动分模功能简介

本章主要知识点

- 模架库
- 标准件
- 滑块与斜顶
- 浇口设计
- 流道设计
- 冷却设计
- 模具修剪与腔体设计
- 模具总装图与散件图

4.1　模架库管理

模架功能可以为注塑模向导过程配置标准模架及自定义模架库，模架尺寸和配置的要求对于不同类型的项目有不同的工艺要求，为了满足不同工艺的特定要求，模架库管理提供了三个类型模架：标准模架、可互换模架和通用模架。

在【注塑模向导】工具条中单击按钮，系统会弹出【模架管理】对话框，如图 4-1 所示。

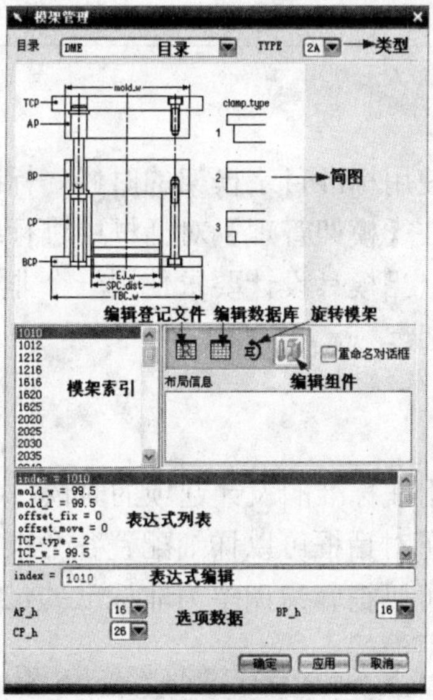

图 4-1　【模架管理】对话框

在【模架管理】对话框中包含如下开关、选项和按钮，具体解析如表 4-1 所示。

表 4-1 【模架管理】对话框中的选项说明

选　项	说　明
【目录】下拉列表框	在【目录】下拉列表框中可以选择模架。目录的选择依赖于项目单位，如果项目单位是英制的，则系统提供英制的模架，反之则选择公制的模架
类型下拉列表框	在类型下拉列表框中可以选择模架目录中提供的不同配置的模架。如 A 系列、B 系列、C 系列等
简图	简图是显示一个模架结构的图片，图片的显示由选择的目录和类型所决定
模架索引列表框	用于选择模架的长度和宽度。索引的值一般显示为：宽度×长度
【编辑登记文件】按钮	在【模架管理】对话框中单击 <u>R</u> 按钮可打开模架登记电子表格文件。模架登记文件包含以下模架管理系统的信息：配置对话框和定位库中模型的位置、控制数据库的电子表格以及简图图像
【编辑数据库】按钮	在【模架管理】对话框中单击 ▦ 按钮，系统会打开当前对话框中显示的模架的数据库电子表格文件，其包括定义特定模架尺寸和选项的相关数据
【旋转模架】按钮	旋转模架是指模架绕着 Z 轴旋转 90°
布局信息文本框	布局信息会显示型腔的最大布局尺寸值
【编辑组件】按钮	编辑组件用于编辑可互换模架的组件
表达式列表框	在模架数据库文件中列出的全部参数会显示在表达式列表框中。用户可以在表达式编辑区域编辑这些表达式来修改模架大小
表达式编辑文本框	该区域用于编辑表达式列表之外的单独参数
选项数据微调框	选项数据用于指定板厚

野火专家提示： 模架在每个部件中只能添加一次，因此在添加错误后不能删除，而只能是进行相关的编辑。

4.1.1 标准模架

标准模架适用于用户要求使用标准目录模架的时候。标准模架由一个单一的对话框进行配置，它的基本参数很容易在【模架管理】对话框中进行编辑和选择，如模具长度和宽度，板的厚度或模具开模距离。当模具设计要求使用一个非标准的配置时，如增加板或重定位组件，则可选用可互换模架。

4.1.2 可互换模架

可互换模架适用于需要使用非标准的设计选项的时候。可互换模架提供了一个具有 60 种模架板类型的叠加菜单，其子对话框可以详细配置各个组件和组件系列，可互换模架以标准结构的尺寸为基础，并且可以很容易调整为非标准的尺寸，如果可互换模架也无法满足项目的需要时，可以选择通用模架。

4.1.3 通用模架

通用模架可以通过配置不同模架板来组合成各种模架,通用模架一般在当前 60 种可互换模架选项仍不能满足要求的情况下选用。

4.1.4 模架的装配模型

注塑模向导提供了一个并应用广泛的模架系统,如果用户有标准模架之外的特殊要求,则可以自行设计模架并添加到注塑模向导的模架管理系统中。注塑模向导是一个开放式的结构,可以使用模架管理系统来组织和控制模架,而不需要编程。

创建模架的方法根据复杂程度、配置和模架系列的建模要求的不同而不同,使用参数控制配置和尺寸的简单装配模型也可能导致相似模架结构的变化。对于创建模架装配模型并没有严格的约束,用户可以按照下面的原则进行创建模架。

- 考虑自己想要的模架类型,如创建一个可以设置长、宽、高选项的两板模具装配模架。
- 定义控制模架装配的关键参数,此参数会在【模架管理】对话框中显示,应该认真设置。
- 确认自己的参数配置与模架管理系统中的电子表格的格式是否一致,在开始创建模架装配模型前,用户可以选择创建模架数据库电子表格,进行分类自己的参数控制和选项。
- 为所有参数定义一个命名规则,方便以后修改。

4.1.5 模架的装配结构

模架装配结构的组件可分为两大装配节点:固定侧(MOVEHALF)和移动侧(FIXHALF)。系统会将模架中的所有可以移动的组件部分自动装配到 MOVEHALF 节点下,将所有固定的组件部分会自动装配到 FIXHALF 节点下。有了这种装配结构,系统可以更好地控制组件的可见性。

4.2 标 准 件

在注塑模向导中的标准件管理系统是一个经常使用的组件库,同时也是一个能安装与调整组件的系统。标准件是用标准件管理系统进行安装和配置模具组件的,同时也可以自定义标准件库来匹配公司的标准件设计,并扩展到库中可以包含所有的组件或装配,其可以包含的具体内容如下。

- 标准件管理:标准件管理可从一个目录中选择模具的标准件并在模具装配中定位。标准件可广泛应用于模具的通用结构,如加载定位圈、浇口套等;也可用于个别模腔,如推杆和推管。
- 推杆:使用【标准件管理】对话框可以选择推杆类型和定位,而【顶杆后处理】对话框中提供的是推杆的成型工具,用该对话框可定义推杆的配合距离以及修剪推杆顶部形状与部件轮廓一致。

- 滑块与斜顶：【滑块与斜顶】对话框提供了一组标准件的专用集：滑块与斜顶的子装配。
- 子镶件：子镶件用于型芯或型腔容易发生磨损的区域，同时也可用于简化型芯和型腔的加工；一个完整的镶件装配由镶件头部和镶件足或体组成。
- 浇口：创建不同类型的浇口，用于控制从流道到模具型腔的塑胶材料流动。
- 流道：创建具有不同横截面形状的路径和流道，流道是指塑胶材料在充填模腔时从主浇道流向浇口的通道，用于填充模具型腔。
- 冷却：在模具装配中提供冷却通道。
- 模具修剪：模具修剪功能可以自动相关性地修剪镶件、电极和标准件，如滑块，斜顶和镶针，来形成型腔或型芯，同时还可以用于修剪 prod 节点下的子组件。如果项目中是一个多腔模具，系统将会修剪激活的多腔模成员下的组件。
- 型腔设计：用于剪切模具板或镶件中标准件或任何实体的腔体。
- 模具图：模具图包括模具装配图和模具组件图。单击模具图会自动生成模具装配图或模具组件图。

4.2.1　标准件管理

【标准件管理】对话框如图 4-2 所示。

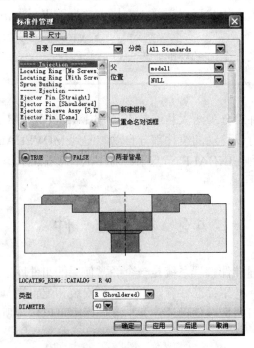

图 4-2　【标准件管理】对话框

1. 目录

【目录】下拉列表框中列出了可用的标准件库，如 DME、HASCO、MISUMI 等。其中公制的库用于用公制单位初始化的模具项目，英制的库用于用英制单位初始化的模具项目，因此在项目初始化时要考虑好单位，单位的选择取决于所选用的模架及标准件。

部件列表框列举了在【目录】下拉列表框中选定的库中包含的组件。

2. 分类

【分类】下拉列表框起到了一个过滤作用，可将部件列表框中的组件按类型分别显示，系统默认的设置是 All Standards，显示该供应商提供的所有标准件。分类选项包括：定位圈、浇口套、顶针、螺丝等。

3. 位置

【位置】下拉列表框决定添加标准件的放置方式。每个标准件都有一个默认的位置，由控制它的数据库电子表格定义的位置决定。在图 4-3 中可以看到【位置】下拉列表框中包括 NULL、WCS、WCS_XY、POINT 等定位方式，具体解析参考表 4-2。

图 4-3 【位置】下拉列表框

表 4-2 定位方式说明

定位方式	说　明
NULL	标准件原点为装配树的绝对坐标原点
WCS	将标准件的绝对坐标系定位到显示部件的工作坐标系上
WCS_XY	将标准件的绝对坐标系定位到显示部件的 WCS 的 XY 平面上(Z 为 0)
POINT	将标准件的绝对坐标系定位到显示部件的 XY 平面上的任意选择点
POINT PATTERN	将标准件的绝对坐标系定位到显示部件的 XY 平面上的任意图样点
PLANE	该方式提示用户选择一个模具装配的任意组件上的平面，标准件的绝对坐标系的 XY 平面会放置到选择的面上，然后会提示用户在选定的面上选择一个原点
ABSOLUTE	与标准的 NX 装配的绝对定位方式相同
重定位	与标准的 NX 装配的重定位方式相同
MATE	先在任意点加入标准件，然后用配对条件为标准件定位

4. 引用集

引用集选项组控制选择的标准件显示哪个引用集。引用集一共包括 3 个选项。

➥ TRUE：显示标准件几何体。

➥ FALSE：引用集包含用于放置创建腔体的几何体，为标准件安装让出空间。

➥ 两者皆是：同时显示 TRUE 和 FALSE 的几何体。

5. 图像及标准参数

【标准件管理】对话框的下半部分是所选标准件的图像，如图 4-4 所示。最底部提供的是对应于该标准件可供选择的标准参数列表，如果用户需要自定义这些参数值，可在【标准件管理】对话框中切换到【尺寸】选项卡，进行相关参数值的设定。

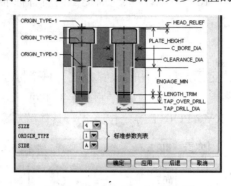

图 4-4　对照图像及标准参数

6.【尺寸】选项卡

【尺寸】选项卡用于设置表达式参数及锁定和解除锁定。若需要编辑标准件的参数列表时，可在【尺寸】选项卡中进行操作，如图 4-5 所示。这里显示所有标准的参数说明图、参数列表及编辑文本框，用户可在参数列表中选择需要编辑的参数，此时系统会高亮显示选定的参数，接着在编辑文本框中输入相对应的参数值，按 Enter 键就可完成参数编辑工作。

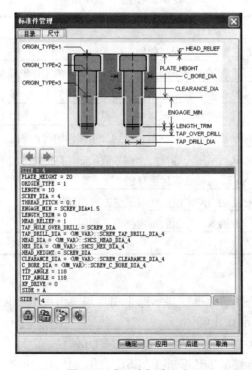

图 4-5　【尺寸】选项卡

如果要将某一参数进行锁定，则可在【尺寸】选项卡中单击🔒按钮就可以锁定尺寸值。相关的选项解析如表 4-3 所示。

表 4-3　【尺寸】选项卡中的按钮说明

按　钮	解　说
锁定🔒	锁定的尺寸不会随【标准件管理】对话框中内容的变更而改变
全部解锁🔓	全部解锁是指将锁定的对象结果解除锁定
几何表达式链接📝	几何表达式链接功能可以将标准组件的尺寸链接到模具装配的几何体中
部件间表达式链接🖐	部件间表达式链接功能可以将标准件的尺寸链接给模具装配的表达式

4.2.2　顶杆

顶杆加入的最初状态是标准的长度和形状，而顶杆的长度和形状往往需要与产品形状匹配，因此顶杆后处理提供了相关的修改选项。顶杆功能可以改变标准件功能创建的顶针长度以及设定配合的距离，由于顶杆功能要用到型腔、型芯的分型片体或已完成型腔、型芯的提取区域，所以在使用顶杆功能之前必须先创建型腔和型芯。同时在使用标准件创建顶针时，必须选择一个比要求值长的顶针，这样才可以将它调整到合适的长度。【顶杆后处理】对话框如图 4-6 所示。

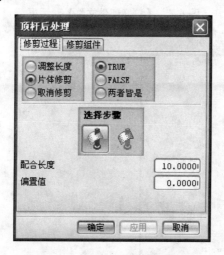

图 4-6　【顶杆后处理】对话框

4.2.3　模架与标准件实例剖析

步骤 1： 选择【文件】|【打开】命令，或单击📂按钮，系统将弹出【打开部件文件】对话框，如图 4-7 所示。打开光盘中的 exercises\cha04\exe1\exe1_top_019.prt 文件，再单击【确定】按钮，进入 UG 基本环境界面。

步骤 2： 在【注塑模向导】工具条中单击▤按钮，系统弹出【模架管理】对话框，如图 4-8 所示。

步骤 3： 在【类型】下拉列表框中选择 C 系列模架类型，在模架索引列表框中选择 2025 模架规格，在选项数据选项组中设置 AP_h 为 50mm；BP_h 为 60mm；TCP_type 为 I，其余参数采用系统默认设置，如图 4-8 所示，单击【确定】按钮，系统开始加载模架，结果如图 4-9 所示。

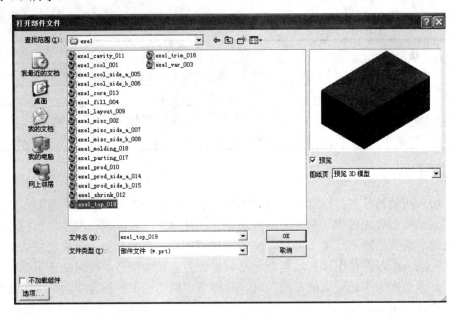

图 4-7　【打开部件文件】对话框

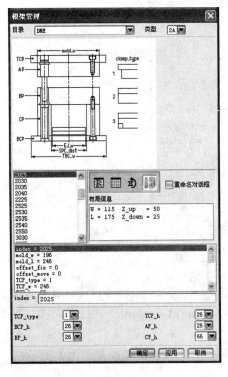

图 4-8　【模架管理】对话框

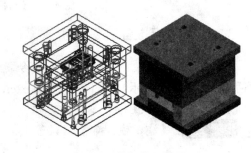

图 4-9　模架添加结果

步骤 4： 在【注塑模向导】工具条中单击 按钮，系统弹出【标准件管理】对话框，如图 4-10 所示。

步骤 5: 在【目录】下拉列表框中选择 DME_MM 选项,在【分类】下拉列表框中选择 Ejection 选项,在 CATALOG_DIA 下拉列表框中选中 5 选项,在 CATALOG_LENGTH 下拉列表中选择 160 选项,在 HEAD_TYPE 下拉列表中选择 3 选项,其余参数按系统默认,单击【确定】按钮,系统弹出【点】对话框,接着在坐标系的文本框中输入如下数字:(-21,44,0)、(-21,20,0)、(21,44,0)、(21,20,0)完成顶针的操作,如图 4-11 所示。

步骤 6: 在【目录】下拉列表框中选择 DME_MM 选项,在【分类】下拉列表框中选择 Ejection 选项。在 CATALOG_DIA 下拉列表框中选择 5 选项,在 CATALOG_LENGTH 下拉列表框中选择 125 选项,其余参数按系统默认,单击【确定】按钮,系统弹出【点】对话框,如图 4-11 所示,接着在坐标系的文本框中依序输入如下数字:(-27,20,0)、(-27,11,0)、(-27,-5.5,0)、(-27,-15,0)、(-16,-44,0)、(27,20,0)、(27,11,0)、(27,-5.5,0)、(27,-15,0)、(8,-44,0)完成顶针的操作,结果如图 4-12 所示。

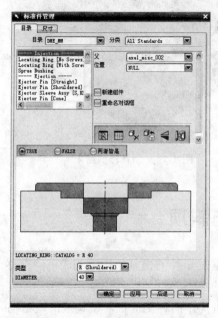

图 4-10 【标准件管理】对话框

图 4-11 【点】对话框

图 4-12 顶针加载结果

野火专家提示：BP 板已经经过型腔设计操作。

步骤 7：在【注塑模向导】工具条中单击 按钮，系统弹出【顶杆后处理】对话框，如图 4-13 所示。

步骤 8：在绘图区框选所有顶针对象，接着在【顶杆后处理】对话框中单击 按钮，其余参数采用系统默认设置，最后单击【确定】按钮完成顶针成型操作，结果如图 4-14 所示。

步骤 9：选择主菜单中的【文件】|【全部保存】命令完成模架与标准件操作。

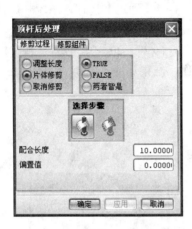

图 4-13　【顶杆后处理】对话框

图 4-14　顶针修剪结果

4.3　滑块与斜顶

当塑件的侧壁带有孔、凹槽或凸台时，成型这类塑件的模具结构需制成可侧向移动的零件，并在塑件脱模之前，将模具的可侧向移动的成型零件从塑件中抽出。带动侧向成型零件作侧向移动的整个机构称为侧向分型与抽芯机构，简称侧向抽芯机构或滑块结构。

斜顶也称内抽芯机构，当制品侧壁内表面或制品顶端内表面出现倒扣时，采用斜顶往往是非常有效的方法。其工作原理是在顶出制品的同时受斜面限制，同时作横向移动，从而使制品脱离倒扣。

在 UG 注塑模向导中提供了很方便的滑块与斜顶功能。从滑块与斜顶的结构上来看，滑块与斜顶可以分为两部分：头部和体，其中头部是信赖于产品的形状，体来自于自定义的标准件。头部的设计可以用实体头部创建，也可以利用修剪体的方法创建。

滑块和斜顶体一般由几个组件组成，如滑块主体、导轨、底板等，具体如图 4-15 所示。这些组件由 NX 的装配功能装配到一起，滑块或斜顶的大小由尺寸控制。

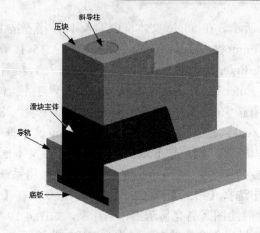

图 4-15　滑块装配示意图

4.3.1　滑块和斜顶的装配结构

滑块和斜顶组件以装配的形式加入到模具装配的坐标节点下，每一个装配都包括滑块主体、底板、导轨、压块等组件。由于滑块与斜顶属于一个特殊的产品，因此注塑模向导将滑块与斜顶的装配放置在产品装配下。

4.3.2　滑块设计实例剖析

步骤 1： 选择【文件】|【打开】命令，或单击  按钮，系统将弹出【打开部件文件】对话框，如图 4-7 所示。选择光盘中的 exercises\cha04\exe2\exe2_top_000.prt 文件，再单击 OK 按钮，进入 UG 基本环境界面。

图 4-16　【打开部件文件】对话框

步骤 2： 在【注塑模向导】工具条中单击 按钮，系统弹出 Slider/Lifter Design 对话框，如图 4-17 所示。

步骤 3： 在 Slider/Lifter Design 对话框中切换到【尺寸】选项卡，系统显示简图及相关表达式选项，如图 4-18 所示。在 angle 文本框中输入 10，接着按 Enter 键；在 angle_start 文本框中输入 5，接着按 Enter 键；在 cam_back 文本框中输入 15，接着按 Enter 键；在 cam_poc 文本框中输入 15，接着按 Enter 键；在 cam_rad 文本框中输入 1，接着按 Enter 键；在 cam_thk 文本框中输入 8，接着按 Enter 键；在 ear_wide 文本框中输入 3，接着按 Enter 键；在 gib_long 文本框中输入 57.5，接着按 Enter 键；在 gib_wide 文本框中输入 8，接着按 Enter 键；在 side_bottom 文本框中输入-15，接着按 Enter 键；在 side_long 文本框中输入 25，接着按 Enter 键；在 side_top 文本框中输入 0，接着按 Enter 键；在 solt_thk 文本框中输入 5，接着按 Enter 键；在 wide 文本框中输入 15，接着按 Enter 键，其余参数采用系统默认设置。

步骤 4： 在主菜单中选择【格式】|WCS|【动态】命令或在【实用工具】工具条中单击 WCS 动态按钮，此时绘图区高亮显示工作坐标系，如图 4-19 所示。

步骤 5： 在绘图区选择绿色实体的中心点作为 WCS 的放置点，如图 4-20 所示；接着绕 ZC 轴旋转 180°，单击鼠标中键完成 WCS 动态操作，结果如图 4-21 所示；最后在 Slider/Lifter Design 对话框中单击【确定】按钮完成滑块创建，结果如图 4-22 所示。

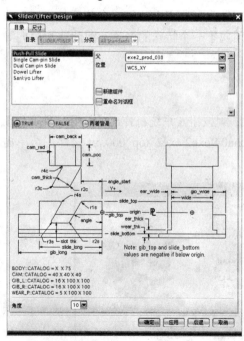

图 4-17　Slider/Lifter Design 对话框

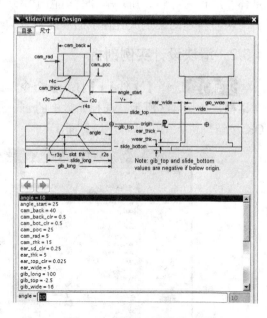

图 4-18　简图及表达式

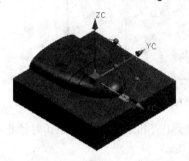

图 4-19　高亮显示 WCS

图 4-20　WCS 放置点

图 4-21　动态 WCS 操作结果

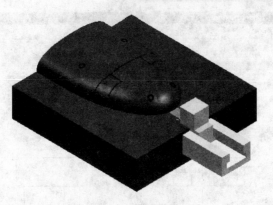

图 4-22　滑块加载结果

4.3.3　斜顶加载实例剖析

步骤 1：选择【文件】|【打开】命令，或单击 按钮，系统将弹出【打开部件文件】对话框，如图 4-23 所示。选择光盘中的 exercises\cha04\exe3\exe3_top_077.prt 文件，然后单击 OK 按钮，系统进入 UG 建模环境。

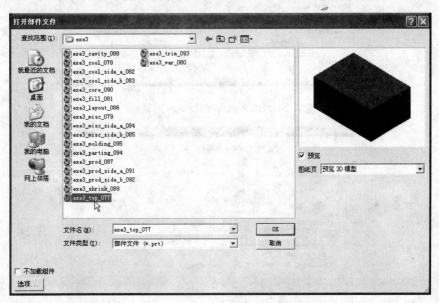

图 4-23　【打开部件文件】对话框

步骤 2：在【注塑模向导】工具条中单击 按钮，系统弹出 Slider/Lifter Design 对话框，如图 4-24 所示。

步骤 3：在【目录】下拉列表框中选择 Dowel Lifter 选项，接着在 Slider/Lifter Design 对话框中切换到【尺寸】选项卡，系统显示简图及相关表达式选项，如图 4-25 所示。

步骤 4：在 cut_width 文本框中输入 0，接着按 Enter 键确认，同样在 riser_top 文本框中输入 25，在 shut_angle 文本框中输入 0，在 start_level 文本框中输入 0，在 wide 文本框中输入 7.042，其余参数采用系统默认设置。

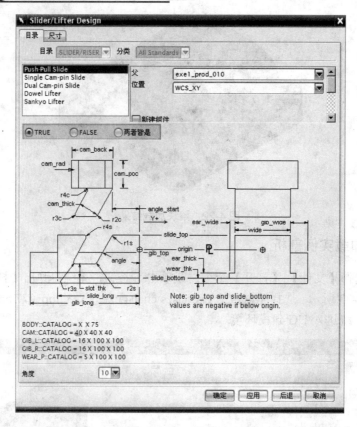

图 4-24　Slider/Lifter Design 对话框

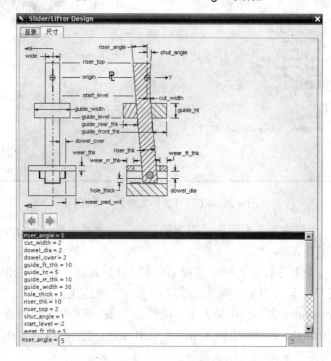

图 4-25　简图及表达式

步骤 5： 在主菜单中选择【格式】|WCS|【动态】命令或在【实用工具】工具条中单击 WCS 动态按钮 ，此时绘图区高亮显示工作坐标系，如图 4-26 所示。

步骤 6： 在绘图区选择如图 4-27 所示的中点作为 WCS 的放置点，接着绕 ZC 轴旋转 180°，单击中键完成 WCS 动态操作，结果如图 4-28 所示；最后在 Slider/Lifter Design 对话框中单击【应用】按钮，则第一个斜顶的创建完成，结果如图 4-29 所示。

步骤 7： 用同样的方法，创建另一侧斜顶，最终结果如图 4-30 所示。

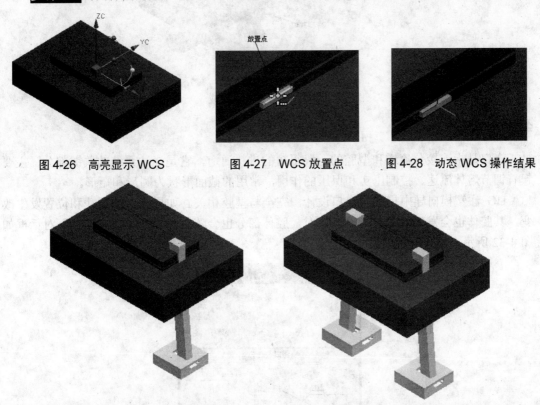

图 4-26　高亮显示 WCS　　　　图 4-27　WCS 放置点　　　　图 4-28　动态 WCS 操作结果

图 4-29　斜顶加载　　　　　　　　　　　图 4-30　斜顶加载结果

野火专家提示： 经过加载滑块及斜顶的操作过程，读者可以利用模具工具自行进行后续操作，比如滑块头与滑块主体连为一体操作、斜顶高出面的去除等。

4.4　浇注系统

从注塑机喷嘴到型腔之间的进料通道称为浇注系统，浇注系统由主浇道、分流道、次分流道、浇口和冷料井组成，如图 4-31 所示。

精通模具数控系列

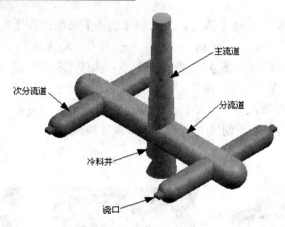

图 4-31　浇注系统组成

4.4.1　浇口

浇口是指连接分流道和型腔的一段很短的进料通道，它是浇注系统的关键部分，主要起着调节熔体流速、控制压实和保压的作用，常用的截面形状为圆形和矩形。

UG 注塑模向导中提供的浇口设计，完全与型腔相关。如果浇口的尺寸和位置发生改变，其腔体也会发生改变；删除浇口时，腔体部分也会随之删除。【浇口设计】对话框如图 4-32 所示，具体解析如表 4-4 所示。

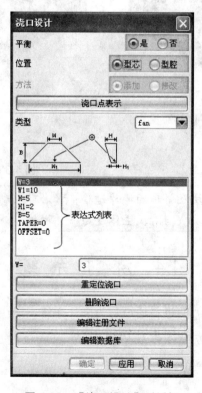

图 4-32　【浇口设计】对话框

表 4-4　【浇口设计】对话框中的各选项说明

选　项	说　明
【平衡】选项组	平衡有两种方式：平衡与非平衡。如果多腔模具中各型腔都使用相同位置的浇口，则需要采用平衡式浇口；平衡式浇口中的一个浇口发生更改、重定位或删除，则平衡浇口组中的其他浇口也会相应更改
【位置】选项组	位置是指浇口放置在模腔哪一边，如果指定型芯，则浇口会放在型芯侧，反之为型腔侧。同时浇口要根据浇口的类型进行放置，如潜浇口和扇形浇口一般只放在型腔侧或只放在型芯侧；圆形浇口则可以将中心放置在分型面上
【方法】选项组	提供两种方式：添加与修改。当选择一个浇口时，修改模式会激活，同时该浇口的相关参数会显示在编辑窗口。当选择添加选项时，则系统依照浇口类型和在此对话框中定义的参数添加一个新的浇口
【浇口点表示】按钮	用于打开另一个对话框指定浇口点，其内部解析参考表 4-5
【类型】下拉列表框	是指注塑模向导中提供的各种浇口类型
简图	用于表达不同类型的浇口图形
表达式列表框	表达式列表与类型相对应，不同浇口类型有不同的浇口参数列表
表达式编辑文本框	用于编辑表达式列表中的参数值
【重定位浇口】按钮	重新指定浇口的放置位置
【删除浇口】按钮	将现有的浇口删除
【编辑注册文件】按钮	每个浇口都登记在注塑模向导模块中且可以编辑
【编辑数据库】按钮	每个浇口模型的参数都保存在电子表格中并可以随时编辑

　　在【浇口设计】对话框中单击【浇口点表示】按钮，系统会弹出【浇口点】对话框，如图 4-33 所示，各项参数解析如表 4-5 所示。

图 4-33　【浇口点】对话框

表 4-5　【浇口点】对话框中的各按钮说明

按　钮	说　明
点子功能	打开点构造器对话框进行选择点操作
面/曲线相交	选择曲线段和一个面后，系统自动找出面与线的交点
平面/曲线相交	选择曲线段和一个平面后，系统自动找出平面与线的交点

续表

按　钮	说　明
点在曲线上	用于在曲线或边上创建一个点
面上的点	选择一个面并创建一个工作点，此工作点默认在面的中心
删除浇口点	将现有的浇口点移除

4.4.2　浇口设计实例剖析

步骤 1： 选择【文件】|【打开】命令，或单击 按钮，系统将弹出【打开部件文件】对话框，如图 4-34 所示。打开光盘中的 exercises\cha04\exe4\exe4_top_020.prt 文件，然后单击 OK 按钮，系统进入 UG 建模环境。

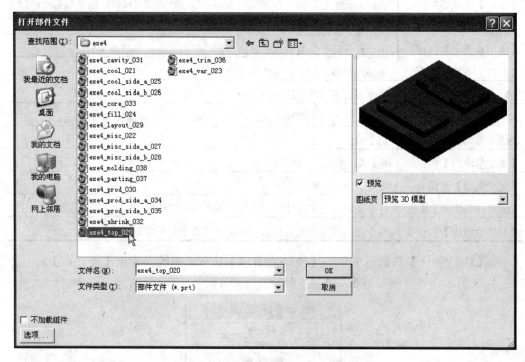

图 4-34　【打开部件文件】对话框

步骤 2： 在【注塑模向导】工具条中单击 按钮，系统弹出【浇口设计】对话框，如图 4-35 所示。

步骤 3： 在【类型】下拉列表框中选择 retangle 选项，浇口尺寸改为：L=3，H=0.3，B=2，单击【应用】按钮，系统弹出【点】对话框，如图 4-36 所示。

步骤 4： 在坐标文本框中输入(XC：0，YC：11)后，单击【确定】按钮，系统弹出【矢量】对话框，如图 4-37 所示。

步骤 5： 在【矢量】对话框中单击 按钮，接着单击【确定】按钮完成浇口设计操作，结果如图 4-38 所示。

步骤 6： 选择【文件】|【全部保存】命令，保存浇口设计操作。

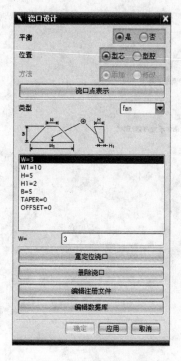

图 4-35 【浇口设计】对话框

图 4-36 【点】对话框

图 4-37 【矢量】对话框

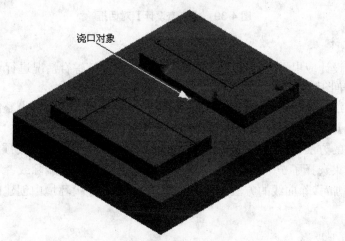

图 4-38 浇口设计结果

4.4.3 流道设计

流道是塑胶材料在填充模腔时从主流道流向浇口的通道。流道的设计包括以下内容。

↘ 流道的流动路径。

↘ 沿该路径的管道的截面形状和尺寸，截面的尺寸和形状可以在流道路径上变化。

流道功能可以创建和编辑流道的路径以及截面，流道的截面通过沿引导线扫掠的方法来创建，其创建的管道是一个单一的部件文件，需要在设计确认后从型芯和型腔中进行腔体设计后成型。流道与腔体是完全相关的，改变流道的形状和位置，相关的腔体也会随之改变，【流道设计】对话框如图 4-39 所示。

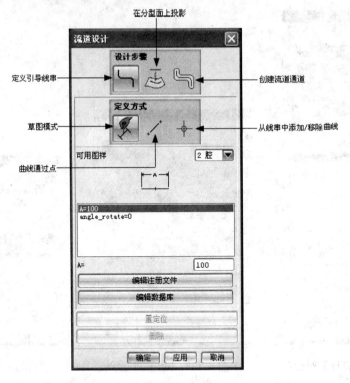

图 4-39　【流道设计】对话框

1. 引导线设计

引导线串的设计应根据流道管道、分型面和参数调整等综合情况进行考虑，它可分为 3 种方法创建：草图模式、曲线通过点和从线串中添加/移除曲线。

草图模式方法是指通过输入预先定义的参数化草图样板来创建可调整的流道引导线。即在【可用图样】下拉列表框中选择草图模式进行引导线创建。

曲线通过点的方法是指通过点的子功能创建两个点，然后选择相关预定义的形状曲线创建引导线。如果选择了一个高亮的曲线，则可以进行重定位、删除或者增加曲线长度。

从线串中添加/移除曲线的方法主要是用来添加 UG 建模环境中创建的曲线或移除引导线。

2. 在分型面上投影

在【分型面上投影】选项中包括选择步骤和复制方法。选择步骤先是选择曲线，然后选择分型面；复制方法则包括如下三种方法。

- ➥ 移动：表示创建的曲线投影到分型面，并删除原始曲线。
- ➥ 非关联复制：表示创建的曲线投影到分型面，并保留原始曲线，但投影的曲线与原始曲线没有任何关联。
- ➥ 关联复制：表示创建的曲线投影到分型面，并保留原始曲线，但投影的曲线与原始曲线保持关联性。

3. 创建流道通道

注塑模向导自动搜索工作部件中所有的引导线，接着用户可以选定横截面的类型、参数的设定、流道位置等选项创建一个沿引导线扫掠的流道通道。在【横截面】下拉列表框中提供了 5 种截面类型：圆的、抛物线的、梯形、六边形以及半圆，每个横截面都会对应不同的横截面参数。

4.4.4 流道设计实例剖析

步骤 1： 打开上一操作保存的部件(即浇口设计实例)。

步骤 2： 在【注塑模向导】工具条中单击 按钮，系统弹出【流道设计】对话框，如图 4-40 所示。

步骤 3： 在【定义方式】选项组中单击 按钮，在【引导线串形状】下拉列表框中选择 选项，单击【点子功能】按钮，系统弹出【点】对话框，如图 4-41 所示。

步骤 4： 在【点】对话框中的坐标文本框中输入(XC：0.00、YC：6.0、ZC：0.00)后单击【确定】按钮，接着再输入(XC：0.0、YC：-6.0、ZC：0.0)，单击【确定】按钮完成引导线的创建。

步骤 5： 在【设计步骤】选项组中单击 按钮，系统显示投影选项，在【选择步骤】中单击 按钮，接着在绘图区选择步骤 4 创建的引导线为投影曲线，在【选择步骤】中单击 按钮，接着在绘图区选择分型面为投影面，单击【应用】按钮完成在分型面上的投影操作。

步骤 6： 在【设计步骤】选项组中单击 按钮，系统显示创建流道通道选项，在 A 文本框中输入 5，其余参数采用系统默认设置，单击【确定】或【应用】按钮完成流道设计操作，结果如图 4-42 所示。

图 4-40 【流道设计】对话框

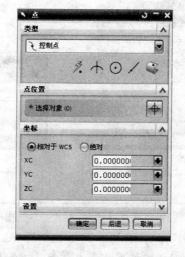

图 4-41 【点】对话框

图 4-42 流道设计结果

步骤 7： 选择【文件】|【全部保存】命令，保存流道设计操作。

精通模具数控系列

4.5 冷 却 系 统

由于对模具型腔进行填充的塑胶材料温度会达到220°～230°，甚至更高，但为了达到高速生产成型，必须在很短的时间内完成一系列的工作，这样就必须考虑冷却的问题，因此模具里面就出现了冷却系统。在塑料模具中常用的冷却方式有：用水冷却、用油冷却、用压缩空气冷却和自然冷却。

用水冷却是最常见的冷却方式，在本节也主要介绍水冷却操作。在注塑模向导中提供了两种冷却管道的创建方法：管道设计与标准件。标准件创建方法是创建冷却管道的首选方法，管道设计是辅助方法。当用户在【注塑模向导】工具条中单击 按钮时，系统会弹出【冷却组件设计】对话框，如图4-43所示；如果设置了UG安装目录下的环境变量，则单击 按钮时系统会弹出【冷却方式】对话框，如图4-44所示。

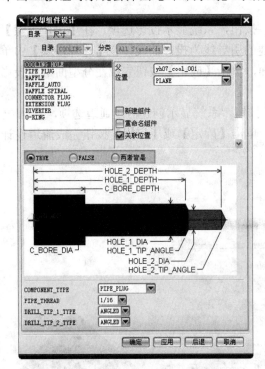

图4-43 【冷却组件设计】对话框 　　　　　　图4-44 【冷却方式】对话框

野火专家提示：如果要显示【冷却方式】对话框界面，用户应该在注塑模向导中设置如下参数：即将 UG 安装目录下\UGS\NX 5\LOCALIZATION\nx_moldwizard-simpl_chines.dps 文件用记事本打开，用查找工具把 MW_CoolUserInterface 中的 1 更改为 2。

4.5.1 标准件方法

冷却管道的模型可以从冷却部件库中输入，并由标准件管理系统来进行配置，使用标准件作为冷却管道的好处就是子组件可以附着详细的特征。标准件库包含一个 cooling 的目录，该目录包含不同的冷却组件。标准件方法可以参考 4.2 节中的介绍。

4.5.2 管道设计方法

管道设计方法使用模具装配创建冷却管道，管道设计提供的预定义方法可以保持管道和附着面的相关性，同时还可以编辑或删除引导线和管道。在冷却管道设计中，共有两个步骤，即定义引导线串及生成冷却管道。在如图 4-44 所示的对话框中单击【管道设计】按钮，系统会弹出【冷却通道设计】对话框，如图 4-45 所示，各参数选项说明如表 4-6 所示。

图 4-45 【冷却通道设计】对话框

表 4-6 【冷却通道设计】对话框中的各选项说明

管道设计步骤	选 项	说 明
定义引导线轨迹	【平衡】和【不平衡】单选按钮	平衡设计在 prod 组件中创建管道，而不平衡设计在 cool 组件中创建管道
	【定义方法】选项组	是指引导线创建的定义过程，共包括：创建和添加 UG 的曲线
	LENGTH 文本框	所有冷却引导线开始的长度都是从选择面到下个相交面之间的最大长度，要修改引导线的长度可以调整长度滑块或在文本框中输入一个值
	【位置】文本框	第一条引导线不能用位置进行重定位，之后的冷却引导线可以用位置进行重定位

续表

管道设计步骤	选　项	解　说
定义引导线轨迹	【删除引导线轨迹】按钮	是用于删除整个引导线
	【删除引导线】按钮	只是用于删除选定的引导线
	【创建/编辑引导线】按钮	主要用于决定引导线的放置方位
	【显示通道关系】复选框	主要用于显示通道的先后顺序
生成冷却管道	【孔类型】下拉列表框	用于设置孔的类型，包括螺纹孔、间隙孔两种
	【直径】下拉列表框	用于设置冷却管道直径的大小，默认为 M8×0.75
	【开始类型】下拉列表框	用于设置开始孔类型，包括平直端、沉头孔末端两种
	【端点类型】下拉列表框	用于设置端点类型，包括平直端、沉头孔末端、密封端及延伸密封端四种
	【删除冷却通道】按钮	用于删除冷却通道
	【编辑数据库】按钮	可以像标准件一样由数据库定制参数

4.5.3　标准件冷却设计

步骤 1： 选择【文件】|【打开】命令，或单击 按钮，打开【打开部件文件】对话框，如图 4-46 所示。选择光盘中的 exercises\cha04\exe5\exe5_top_000.prt 文件，然后单击 OK 按钮，系统进入 UG 建模环境。

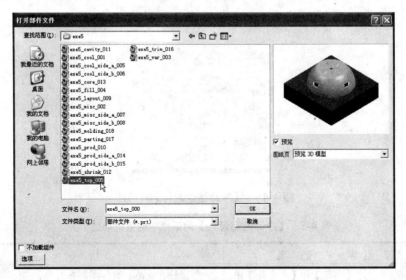

图 4-46　【打开部件文件】对话框

步骤 2： 在【注塑模向导】工具条中单击 按钮，系统弹出【冷却方式】对话框，如图 4-47 所示。

步骤 3： 在【冷却方式】对话框中单击【标准件】按钮，系统弹出【冷却组件设计】对话框，如图 4-48 所示。

步骤 4： 在【目录】列表框中选择 COOLING HOLE 选项，在 PIPE_THREAD 下拉列表框中选择 M8 选项，在【冷却组件设计】对话框中切换到【尺寸】选项卡，如图 4-49 所示。

图 4-47 【冷却方式】对话框

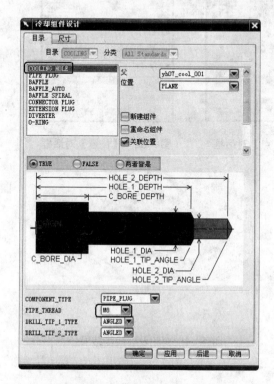

图 4-48 【冷却组件设计】对话框

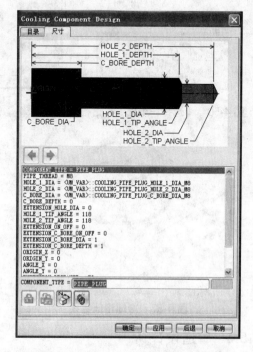

图 4-49 【尺寸】选项卡

步骤 5： 在【尺寸】列表框中设置 HOLE_1_DEPTH 为 85，HOLE_2_DEPTH 为 85，其余参数采用系统默认设置，单击【确定】按钮，系统弹出【选择一个面】对话框，如图 4-50 所示。

步骤 6： 在绘图区选择前视图表面为添加标准面的平面，系统弹出【点】对话框，如图 4-51 所示。

步骤 7： 在【类型】卷展栏的下拉列表框中选择【自动判断的点】选项，在坐标文本框中输入(XC: 30, YC: 0)后，单击【确定】按钮，系统弹出【位置】对话框，如图 4-52 所示，在此不做任何更改，单击【确定】按钮，系统返回【点】对话框，接着在坐标文本框中输入(XC: -30, YC: 0)后，单击两次【确定】按钮完成冷却设计操作，结果如图 4-53 所示。

步骤 8： 用同样的方法，完成另一侧面的冷却设计，结果如图 4-54 所示。

步骤 9： 选择【文件】|【全部保存】命令，保存标准件冷却设计操作。

图 4-50　【选择一个面】对话框　　图 4-51　【点】对话框　　图 4-52　【位置】对话框

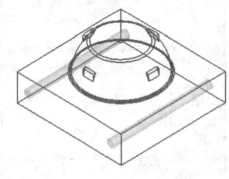

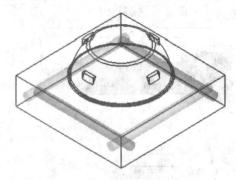

图 4-53　冷却设计结果　　　　　图 4-54　冷却设计最终结果

4.5.4　管道设计

步骤 1: 打开标准件冷却设计实例文件。

步骤 2: 在装配导航器中设置 exe5_cavity_011 为显示对象,其余为不可见的对象。

步骤 3: 在【注塑模向导】工具条中单击 按钮,系统弹出【冷却方式】对话框,如图 4-55 所示。

步骤 4: 在【冷却方式】对话框中单击【管道设计】按钮,系统弹出【冷却管道设计】对话框,如图 4-56 所示。

步骤 5: 在【定义方法】选项组中单击 按钮,接着在绘图区选择前视图的面为冷却管道放置面,然后在 LENGTH 文本框中输入 90。

步骤 6: 在【冷却管道设计】对话框中单击【创建/编辑引导线轨迹位置】按钮,系统弹出【创建/编辑引导线轨迹位置】对话框,如图 4-57 所示。

步骤 7: 在绘图区选择右侧边界线为引导线的第一方向参考线,接着在 D1 文本框中输入 15;然后选择顶面边界线为引导线的第二方向参考线,接着在 D2 文本框中输入 25,单击【确定】按钮完成创建/编辑引导线轨迹位置设置,并返回【冷却管道设计】对话框,结果如图 4-58 所示。

步骤 8: 用同样的方法,完成剩余引导线的操作,结果如图 4-59 所示。

图 4-55 【冷却方式】对话框   图 4-56 【冷却管道设计】对话框

图 4-57 【创建/编辑引导线轨迹位置】对话框

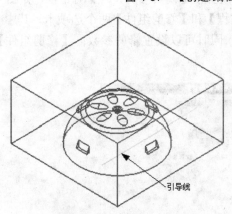

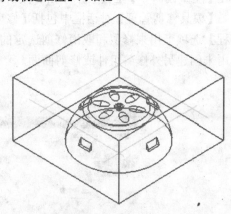

图 4-58 冷却引导线设置结果   图 4-59 冷却引导线设置的最终结果

步骤 9: 在【管道设计步骤】选项组中单击 按钮,系统显示生成冷却通道的相关选项,如图 4-60 所示。

步骤 10: 在【端点类型】下拉列表框中选择 选项,在【延伸】文本框中输入直径 5,其余参数采用系统默认设置,单击【应用】按钮完成管道设计,结果如图 4-61 所示。

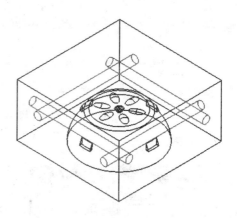

图 4-60 【冷却管道设计】对话框   图 4-61 管道设计冷却结果

4.6 模 具 修 剪

模具修剪功能可以自动相关性修剪镶件、电极和标准件，如滑块、斜顶和镶针等。模具修剪功能只能用于修剪 prod 节点下的子组件，如果项目加载的是多腔模具时，系统只会修剪激活的多腔模具成员下的组件。

在【注塑模向导】工具条中单击 按钮，系统弹出【模具修剪管理】对话框，如图 4-62 所示。【模具修剪管理】对话框中包括【修剪过程】和【修剪组件】两个选项卡，其中【修剪过程】选项卡用来修剪和取消修剪选定的体，同时可以设置修剪参数；【修剪组件】选项卡用来创建另外修剪组件或修剪曲面。

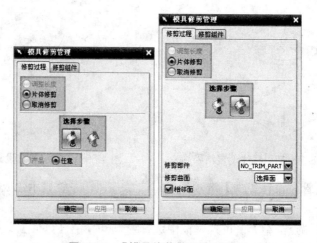

图 4-62 【模具修剪管理】对话框

4.6.1 修剪过程

修剪过程操作包括选择目标体与工具片体，在目标体选择步骤中，可以选中【片体修剪】和【取消修剪】单选按钮。选中【片体修剪】单选按钮时，系统将使用一个模具面来修剪目标体，同时该操作使用了链接几何体，生成的文件比较大，会增加更新的时间；选中【取消修剪】单选按钮时，系统将删除选定的模具修剪对象。在工具片体选择步骤中，包括【修剪部件】和【修剪曲面】两个下拉列表框，如图 4-63 所示。

1. 修剪部件

【修剪部件】下拉列表框用于定义包含修剪目标体的面的部件，同时用户也可以使用【修剪组件】选项卡上的功能进行其他组件的修剪。

2. 修剪曲面

【修剪曲面】下拉列表框用来定义上一步选择的修剪部件的面，以修剪选定的目标体，同时每个修剪部件可以有多个修剪片体。在【修剪曲面】下拉列表框中包括如下选项。

- ➥ CORE_TRIM_SHEET：用于选定型芯分型面修剪目标体。
- ➥ CAVITY_TRIM_SHEET：用于选定型腔分型面修剪目标体。
- ➥ 选择面：可以直接选择任意面并几何链接到目标体直接修剪目标。当选择多个面时，用户应该先将所选的面进行缝合操作。
- ➥ 选择片体：是指直接选择一个片体面修剪目标体。
- ➥ 相邻面：选择此选项后，系统会选择与第一个面相邻的面为修剪对象。

4.6.2 修剪组件

用于创建另外的修剪部件或修剪曲面，这些组件可以包含多个修剪片体。在【修剪组件】选项卡中，包括【修剪部件】和【修剪曲面】两个选项组，如图 4-64 所示。

1. 修剪部件

修剪部件是由部件属性 UM_TRIM_PART=0 进行识别的，通过追加该属性的方法，在修剪组件功能之外创建的任意部件都可以包含在修剪过程的相关选项中。在【修剪部件】选项组中包括新部件和删除两个选项。

- ➥ 新部件：用于定义弹出窗口中的新的修剪部件。
- ➥ 删除：用于删除修剪部件列表中的高亮显示对象。

2. 修剪曲面

修剪曲面可以编辑或删除激活的修剪部件中的修剪曲面，激活的修剪部件会高亮显示在修剪部件列表中。在【修剪曲面】选项组中包括新建修剪表面、编辑修剪表面与删除 3 个选项。

- ➥ 新建修剪表面。在【修剪曲面】选项组中单击⬜按钮，系统会执行如下操作之一：从现有修剪片体列表中选择一个修剪片体；选择选项来修剪一个新修剪曲面；选择一个现有的片体。
- ➥ 编辑修剪表面。可以选择一个其他的修剪曲面或片体，这是一个再链接的过程，任何由此曲面修剪的组件都会自动更新。

➥　删除。删除功能会删除修剪曲面列表中高亮显示的修剪曲面。

图 4-63　【模具修剪管理】对话框

图 4-64　【修剪组件】选项卡

4.7　型腔设计

在所设计的模具中，加入所有的标准件、浇口、流道和冷却管道后，最后一步就是腔体设计操作，【腔体管理】对话框如图 4-65 所示。腔体设计的概念就是将标准件里的 FALSE 体链接到目标体部件中并从目标体中减掉。

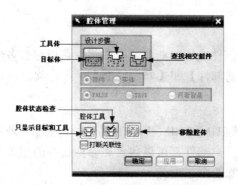

图 4-65　【腔体管理】对话框

在创建腔体过程中，为了使设计时的特征数量最少，最好在模具设计的最后创建腔体。因为在创建腔体之后，装配中的特征数量会大大增加，从而影响系统性能；如果插入的组件或标准件在目标体之外，则某些更新可能会失败。为了增加创建腔体的性能，可以选中【打断关联性】复选框。【腔体管理】对话框中各选项说明如表 4-7 所示。

表 4-7　【腔体管理】对话框中的各选项说明

选　项	说　明
【目标体】按钮	用于选择腔体设计的对象
【工具体】按钮	用于减除腔体对象

续表

选　项	说　明
【查找相交组件】按钮	显示腔体设计对象
【只显示目标和工具】按钮	显示目标体和工具体,以辅助查看腔体的剪切
【腔体状态检查】按钮	用于搜索还没有创建腔体的插入组件或标准件
【移除腔体】按钮	从选定的工具体中移除腔体

4.8　模具修剪与腔体设计实例剖析

步骤 1:选择【文件】|【打开】命令,或单击 按钮,系统将弹出【打开部件文件】对话框,如图 4-66 所示。选择光盘中的 exercises\cha04\exe3\exe3_top_077.prt 文件,然后单击 OK 按钮,系统进入 UG 建模环境。

步骤 2:在【注塑模向导】工具条中单击 按钮,系统弹出【模具修剪管理】对话框,如图 4-67 所示。

步骤 3:在【选择步骤】选项组中单击 按钮,接着在绘图区选择斜顶主体为目标体,其余参数采用系统默认设置,最后单击【确定】按钮完成模具修剪的操作,结果如图 4-68 所示。

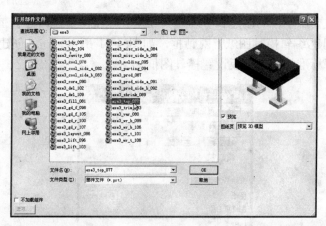

图 4-66　【打开部件文件】对话框

图 4-67　【模具修剪管理】对话框

图 4-68　模具修剪结果

步骤 4： 在【注塑模向导】工具条中单击  按钮，系统弹出【腔体管理】对话框，如图 4-69 所示。

步骤 5： 在【腔体管理】对话框中单击 按钮，然后在绘图区选择型芯为目标体；单击 按钮，然后在绘图区选择斜顶组件为工具体，其余参数采用系统默认设置，单击【确定】按钮完成型腔设计操作，结果如图 4-70 所示。

图 4-69　【腔体管理】对话框　　　　图 4-70　腔体设计结果

4.9　模具工程图

模具工程图主要用于自动创建和管理模具绘图。在【注塑模向导】工具条中单击 按钮，系统弹出【创建/编辑模具图纸】对话框，如图 4-71 所示。在【创建/编辑模具图纸】对话框中可以选择标准的制图模板设置模具图框。

图 4-71　【创建/编辑模具图纸】对话框

4.9.1 图纸

在【创建/编辑模具图纸】对话框中提供了两种图纸类型：自包含与主模型。自包含图纸在装配的顶部组件中创建；主模型图纸在一个单独的部件文件中创建。

1. 自包含图纸

创建模具装配自包含图纸的第一个步骤是从列表中选择一个图纸模板，系统会根据工作部件的单位，显示默认模板列表。例如，若工作部件是英制的，则会显示英制的默认模板。当然，用户也可以自行切换到公制并从列表中的公制模板中选择图纸模板。

【创建/编辑模具图纸】对话框显示了默认的图纸名称和图纸模板。其中默认图纸名称依赖于工作部件中的其他图纸页，系统会根据装配的尺寸选择一个默认的图纸模板。

2. 主模型图纸

主模型图纸有两种创建方法：新建主模型部件文件和打开主模型文件。在【创建/编辑模具图纸】中单击□按钮，系统会弹出【新建部件文件】对话框，定义相关的部件名称、放置目录以及单位后，单击 OK 按钮，系统会在【创建/编辑模具图纸】对话框中显示完整的路径。

在【创建/编辑模具图纸】中单击□按钮，系统会弹出【打开部件文件】对话框，可以选择现有的主模型部件并单击 OK 按钮。如果选择的部件不是当前注塑模向导中的主模型部件时，系统会显示一个错误信息并提示用户再次选择主模型部件，如图 4-72 所示；如果选择了一个正确的主模型部件文件，该文件会打开作为显示部件。

图 4-72 错误信息显示

4.9.2 模具总装图实例剖析

步骤 1： 选择【文件】|【打开】命令，或单击□按钮，系统将弹出【打开部件文件】对话框，如图 4-73 所示。选择光盘中的 finished\cha04\exe1\exe1_top_000 文件，再单击 OK 按钮，进入 UG 建模环境界面。

步骤 2： 在【注塑模向导】工具条中单击□按钮，系统弹出【创建/编辑模具图纸】对话框，如图 4-74 所示。

步骤 3： 在【创建/编辑模具图纸】对话框中不做任何更改，直接单击【应用】按钮，系统自动创建图框，并激活【视图】选项卡。

步骤 4： 在【创建/编辑模具图纸】对话框中切换到【可见性】选项卡，接着在【属性名】下拉列表框中选择 MW_SIDE，在【属性值】下拉列表框中选择 A 侧，在绘图区选择型腔、定模部分作为 A 侧显示对象，单击【应用】按钮完成上模侧操作；在【属性值】下拉列表框中选择 B 侧，接着在绘图区选择型芯、动模部分作为 B 侧显示对象，单击【应用】按钮完成下模侧操作。

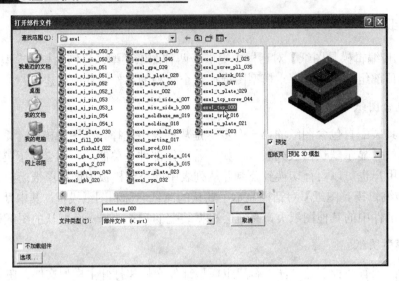

图 4-73　【打开部件文件】对话框

步骤 5：在【创建/编辑模具图纸】对话框中切换到【视图】选项卡，接着单击【应用】按钮，系统自动产生下模侧视图，如图 4-75 所示。

步骤 6：在【视图】选项卡列表中选择 CAVITY 选项，单击【应用】按钮，系统自动产生上模侧视图，如图 4-76 所示。

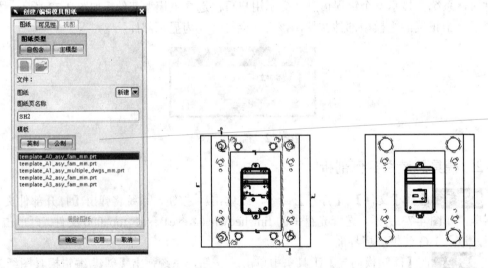

图 4-74　【创建/编辑模具图纸】对话框　　　图 4-75　下模侧视图　　　图 4-76　上模侧视图

步骤 7：在【视图】选项卡列表中选择 FRONTSECTION 选项，单击【应用】按钮，系统弹出【剖切线创建】对话框，如图 4-77 所示，接着在绘图区选择相关对象作为剖切对象，最终完成前视图剖切操作，结果如图 4-78 所示。

步骤 8：用同样的方法完成右视图剖切，结果如图 4-79 所示，完成最终模具装配工程图如图 4-80 所示。

步骤 9：选择【文件】|【全部保存】命令，保存模具装配工程图操作。

图 4-77 【剖切线创建】对话框

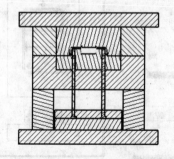

图 4-78 前视图剖面

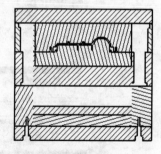

图 4-79 右视图剖面

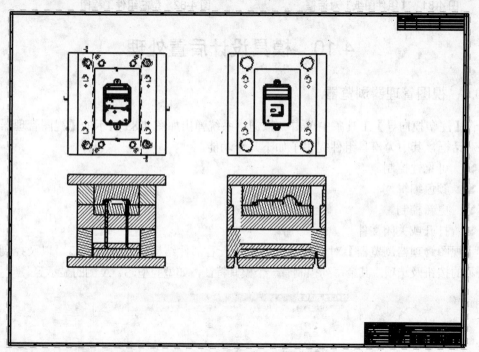

图 4-80 模具总装配图

4.9.3 模具散件图实例剖析

步骤 1： 打开 4.9.2 节保存的文件。

步骤 2： 在【注塑模向导】工具条中单击 按钮，系统弹出【组件图纸】对话框，如图 4-81 所示。

步骤 3： 在列表框中选择 exel_core_013 选项，单击【确定】按钮，系统显示图纸管理的相关选项，在【新图纸名】文本框中输入 core，在【模板名称】下拉列表框中选择template_a3_cino_mm.prt 选项，其余参数采用系统默认设置，单击【创建】按钮，系统开始创建型芯工程图，单击【确定】按钮完成模具散件图操作，结果如图 4-82 所示。

图 4-81　【组件图纸】对话框

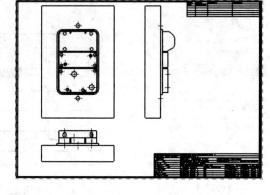

图 4-82　型芯组件工程图

4.10　模具设计后置处理

4.10.1　视图管理器浏览器

在【注塑模向导】工具条中单击█按钮，系统弹出如图 4-83 所示的【视图管理器浏览器】对话框，其中为模具组件提供了如下几个功能。

- ↘　可见性控制。
- ↘　颜色编辑。
- ↘　更新控制。
- ↘　打开或关闭文件。

【视图管理器浏览器】对话框包含一个可查看部件结构树的滚动窗口，以及控制结构树显示的按钮及选项，其余每列控制着一个模具特征，如型腔型芯、A 侧的显示等。

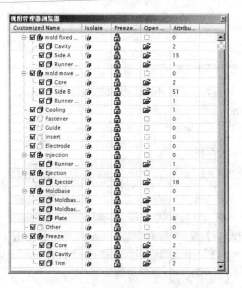

图 4-83　【视图管理器浏览器】对话框

4.10.2 删除文件

注塑模向导会自动列出不包含在设计装配中的项目目录部件文件，并可以自动在每个项目目录中创建一个回收站。用户可以在项目目录中将这些部件文件删除或移到回收站目录中，需要调用这些部件时，则可以从回收站中恢复它们；如果确认不要这些部件文件时，则可以选择清空回收站。在【注塑模向导】工具条中单击图按钮，系统会弹出【未使用的部件管理】对话框，从而可以选择删除文件，如图 4-84 所示。

图 4-84 在【未使用的部件管理】对话框中删除文件

4.11 本 章 小 结

本章主要介绍了 UG 注塑模向导中的模架库管理、标准件管理、腔体管理以及其他功能，并结合相关的实例对各功能做了详细的讲解，希望通过相关实例的操作，对读者可以起到举一反三的作用。

4.12 习 题 精 练

填空题

1. 模架库管理提供了＿＿＿＿＿＿、＿＿＿＿＿＿和＿＿＿＿＿＿3 种类型模架。
2. 在注塑模向导中的标准件管理系统是一个经常使用的组件库，同时也是＿＿＿＿的系统。
3. 流道是＿＿＿＿＿＿＿＿＿＿＿＿＿＿＿＿＿＿＿＿的通道。
4. 滑块和斜顶体一般由＿＿＿＿＿＿＿＿＿＿＿＿＿＿＿＿＿＿＿＿组件组成。

简答题

1. 用户可以按照什么原则创建模架？
2. 引用集一共包括哪几个选项？各选项表示什么？
3 简单介绍滑块与斜顶的作用与用途。

第 5 章　修复 IGES 技巧

本章主要知识点

- ↘ IGES 破面的主要类型
- ↘ 修补 IGES 破面的方法
- ↘ 打开 IGES 的方法
- ↘ 修复 IGES 破面的实例剖析
- ↘ 软件共享数据的技巧

随着科学的不断进步，各种先进 CAD/CAM 软件的出现，为模具制造业提供了诸多方便。同时各种软件有各种软件的储存格式，但为了数据之间的共享，各种软件提供了各种不同的储存格式，如常用的 iges、step、x_t、stl 等。

由于各种软件创建方式、质量要求、精度设置等各不相同，因此会在转换过程中将某些图素丢失、变形、烂面等，从而直接影响后续的工作，比如产品模型内部有破面，这样会直接影响 UG 分模，如果修补不当，会直接影响外观，下面来介绍 UG 进行 IGES 破面修补的过程。

5.1　IGES 破面的主要类型

IGES 破面的种类有曲面丢失、相邻曲面错位、相邻曲面之间存在间隙等，如表 5-1 所示。

表 5-1　破面的主要种类

序　号	种类说明	破面简图	破面修复后简图
1	曲面丢失		

续表

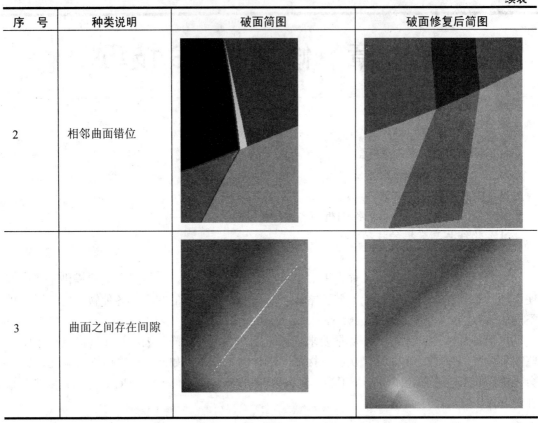

序　号	种类说明	破面简图	破面修复后简图
2	相邻曲面错位		
3	曲面之间存在间隙		

5.2　修补 IGES 破面的方法

利用 UG 修补 IGES 破面时，可以先利用 UG 的分析功能中的检查几何体功能分析破面的具体位置或自相交面的位置，然后再分别用线框显示对象。具体操作及修补方法将在后面章节介绍。

5.2.1　打开 IGES 文件的方法

从 NX 2 版本面世以来，UG 打开 IGES 的方式有两种：一种是利用 UG 的导入功能将 IGES 文件导入 UG 建模模块；另一种是直接利用打开部件文件方式打开 IGES 文件，此种方式是从 NX 2 版本面世以来才有的功能。下面我们利用实例向读者介绍这两种打开 IGES 文件的方式。

1. UG 导入方式打开 IGES

步骤 1： 运行 NX 5 软件。

步骤 2： 在标准工具条中单击 按钮，系统弹出【文件新建】对话框，如图 5-1 所示，接着不做任何更改，单击【确定】按钮完成新建文件操作，系统进入 UG 建模环境。

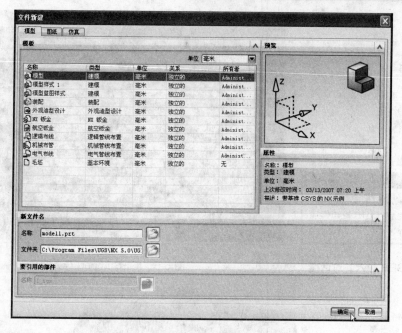

图 5-1 【文件新建】对话框

步骤 3： 选择【文件】|【导入】|IGES 命令，系统弹出【导入自 IGES 选项】对话框，如图 5-2 所示，在【导入自】卷展栏中单击 按钮，系统弹出【IGES 文件】对话框，如图 5-3 所示；选择光盘中的 example\cha05\1.igs 文件，单击 OK 按钮，系统返回【导入自 IGES 选项】对话框。

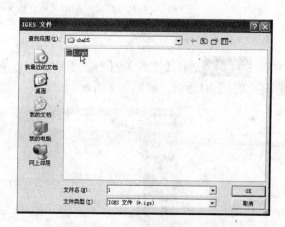

图 5-2 【导入自 IGES 选项】对话框   图 5-3 【IGES 文件】对话框

步骤 4： 在【导入自 IGES 选项】对话框中不做任何修改，单击【确定】按钮，系统弹出【IGES 导入】信息警告框，如图 5-4 所示，接着再单击【确定】按钮，系统弹出 IGES Import 导入窗口，如图 5-5 所示。

步骤 5： 直至 IGES Import 导入栏自动关闭，导入结果如图 5-6 所示。

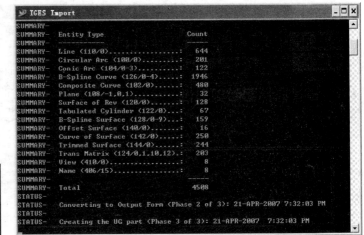

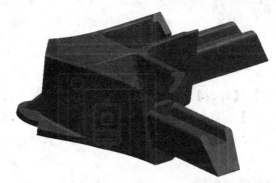

图 5-4　【IGES 导入】对话框　　　　图 5-5　IGES Import 导入窗口

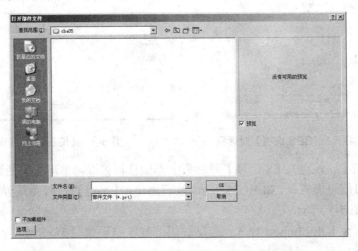

图 5-6　导入结果对象

2. 打开部件文件方式

步骤 1：选择【文件】|【打开】命令，或单击工具栏中的 按钮，系统将弹出【打开部件文件】对话框，如图 5-7 所示。

图 5-7　【打开部件文件】对话框

步骤 2： 选择光盘中的 example\cha05 文件夹，【文件类型】下拉列表框中选择 IGES 文件(*.igs)类型，如图 5-8 所示。然后选择 2.igs 文件，单击【确定】按钮系统会运算一段时间，打开的最终结果如图 5-9 所示。

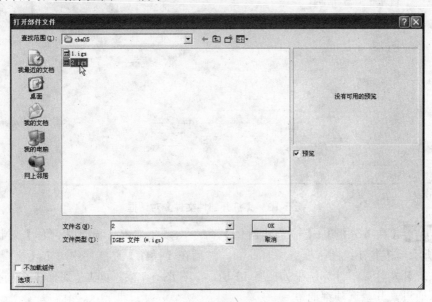

图 5-8　选择文件类型

图 5-9　打开结果

5.2.2　修补 IGES 的方法

IGES 修补过程其实有点类似 UG 中的曲面拆面，主要用于修补相交的对象，或带间隙的对象以及丢失的面，使其保持完整的外形。IGES 修补方式有很多种，如利用"修剪的片体"功能去修剪相交的对象、利用"缝合"功能将带间隙的对象缝合、利用"抽取几何体"功能抽取破面，然后逐个缝合，如果缝合不成功再利用修剪功能将不在公差范围内的对象切除，接着用曲面功能去修补等。

1. 利用缝合功能修补 IGES 的方法

步骤 1： 选择【文件】|【打开】命令，或单击工具栏中的 按钮，系统将弹出【打开部件文件】对话框，如图 5-10 所示，选择光盘中的 example\cha05\1.igs 文件，再单击 OK 按钮进入 UG 主界面。

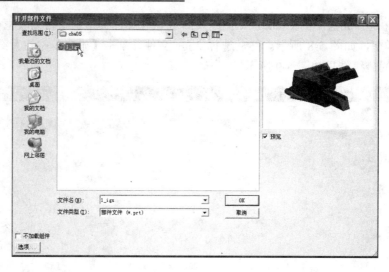

图 5-10　【打开部件文件】对话框

步骤 2：选择【分析】|【检查几何体】命令，系统弹出【检查几何体】对话框，如图 5-11 所示，接着在绘图区框选所有曲面，然后在【操作】卷展栏中单击【检查几何体】按钮，系统开始计算，计算结果如图 5-12 所示。在图 5-12 中可以看到有 3 个高亮显示结果选项未通过，其余选项都通过。

图 5-11　【检查几何体】对话框　　　　　图 5-12　检查几何体的计算结果

步骤 3：在【检查几何体】对话框中选中【微小的】复选框，然后选中【高亮显示结果】复选框，此时在绘图区会显示 4 个紫红色点，如图 5-13 所示，单击【关闭】按钮，退出检查几何体操作。

步骤 4： 选择【插入】|【组合体】|【缝合】命令，或在【特征操作】工具条中单击 📖 按钮，系统弹出【缝合】对话框，如图 5-14 所示。

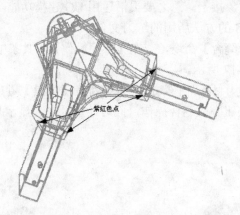

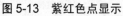

图 5-13　紫红色点显示　　　　　　　　图 5-14　【缝合】对话框

步骤 5： 在绘图区选择一个面作为目标片体，此时系统跳到【刀具】卷展栏，接着在绘图区框选择紫红色周边面，如图 5-15 所示，最后单击【确定】按钮完成缝合操作。

步骤 6： 另外一侧缝合方法同上。

步骤 7： 选择【分析】|【检查几何体】命令，系统弹出【检查几何体】对话框，如图 5-11 所示，接着在绘图区框选择所有曲面，然后在【操作】卷展栏中单击【检查几何体】按钮，系统开始计算，此时可以发现【微小的】复选框已显示通过，如图 5-16 所示。单击【关闭】按钮退出检查几何体操作，同时也完成了利用缝合功能修补 IGES 的操作。

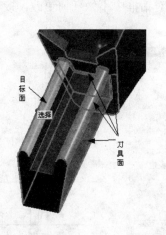

图 5-15　目标面与刀具面的选择　　　　图 5-16　【检查几何体】通过结果图

步骤 8： 选择【文件】|【全部保存】命令保存。

2. 利用修剪的片体功能修补 IGES 的方法

利用修剪的片体功能不是说用修剪功能修补破面，而是利用修剪的功能先将不规律的面、相交的面或边界去除，然后再利用曲面功能将已修剪的对象补上，如果对象中少了线段或边界时，则可以用桥接曲线功能将对象接上，总之要灵活运用 UG 建模功能。

步骤 1： 接着利用缝合功能修补 IGES 的方法所用的练习文件。

步骤 2： 选择【插入】|【组合体】|【缝合】命令，或在【特征操作】工具条中单击 按钮，系统弹出【缝合】对话框，如图 5-17 所示。

步骤 3： 在绘图区选择其中一个面作为目标片体，此时系统跳到【刀具】卷展栏，接着在绘图区框选所有面，单击【应用】按钮完成缝合操作，此时绘图区中会显示几处红色边界，如图 5-18 所示。

图 5-17　【缝合】对话框

图 5-18　对象显示红色边界

步骤 4： 在【视图】工具条中单击 按钮，此时绘图区的部件显示为线框，接着利用缩放功能局部放大相交边界部分，如图 5-19 所示。

步骤 5： 选择【插入】|【曲线】|【矩形】命令，或在【曲线】工具条中单击 按钮，系统弹出【点】对话框，如图 5-20 所示，在【点】对话框中不做任何更改，接着在绘图区绘制矩形图形，结果如图 5-21 所示。

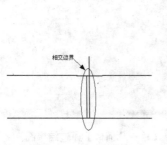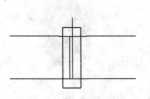

图 5-19　放大相交边界　　　图 5-20　【点】对话框　　　图 5-21　矩形图形

步骤 6： 选择【插入】|【修剪】|【修剪的片体】命令，或在【曲面】工具条中单击 按钮，系统弹出【修剪的片体】对话框，如图 5-22 所示。

步骤 7： 在绘图区选择左侧面为目标片体，接着单击鼠标中键，系统会跳至【边界对象】卷展栏，接着在绘图区选择矩形边界作为边界对象，在【修剪的片体】对话框中展开【投影方向】卷展栏，然后在【投影方向】下拉列表框中选择【沿矢量】选项，单击 按钮，系统弹出【矢量】对话框，如图 5-23 所示，在【矢量】对话框中单击 按钮，其余参数采用系统默认设置，再单击【确定】按钮完成指定矢量操作，在【修剪的片体】对话框中不做任何更改，单击【确定】按钮完成修剪的片体操作，修剪结果如图 5-24 所示。

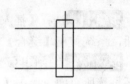

图 5-22 【修剪的片体】对话框 　 图 5-23 【矢量】对话框 　 图 5-24 修剪的结果

步骤 8： 选择【插入】|【网格曲面】|【通过曲线网格】命令，或在【曲面】工具条中单击 按钮，系统弹出【通过曲线网格】对话框，如图 5-25 所示。

步骤 9： 在绘图区选择其中两条作为主曲线，另外两条作为交叉曲线，如图 5-26 所示。

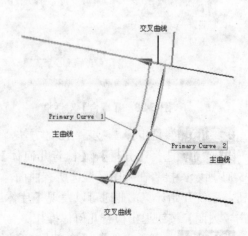

图 5-25 【通过曲线网格】对话框 　 图 5-26 主曲线与交叉曲线

精通模具数控系列

步骤 10：在【通过曲线网格】对话框中展开【连续性】卷展栏，选中【应用于全部】复选框，然后在下拉列表框中均选择【G1(相切)】选项，最后找到相应的曲面作为约束面，单击【确定】按钮完成通过曲线网格操作，结果如图 5-27 所示。

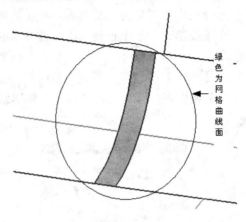

图 5-27　通过曲线网面

步骤 11：选择【插入】|【组合体】|【缝合】命令，或在【特征操作】工具条中单击 按钮，系统弹出【缝合】对话框，如图 5-28 所示。

步骤 12：在绘图区选择绿色面为目标片体，此时系统跳到【刀具】卷展栏，接着在绘图区框选所有面，单击【应用】按钮完成缝合操作，如图 5-29 所示。

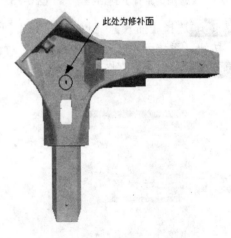

图 5-28　【缝合】对话框　　　　　　　　图 5-29　缝合结果

步骤 13：参见步骤 5～步骤 12 的方法，完成其他相交面的修补，结果如图 5-30 所示。

步骤 14：选择【分析】|【检查几何体】命令，系统弹出【检查几何体】对话框，如图 5-31 所示，接着在绘图区框选所有曲面，然后在【操作】卷展栏中单击【检查几何体】按钮，系统开始计算，此时可以发现【片体边界】复选框处已显示通过，如图 5-32 所示。单击【关闭】按钮退出检查几何体操作。

步骤 15：选择【文件】|【全部保存】命令，完成利用修剪的片体功能修补 IGES 的操作。

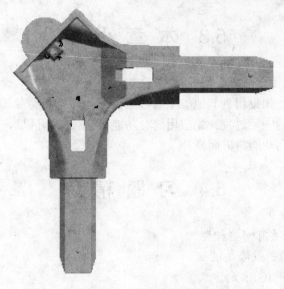

图 5-30 其他修补结果

图 5-31 【检查几何体】对话框

图 5-32 【检查几何体】操作结果

5.3　本　章　小　结

IGES 修复是模具设计师需要掌握的一门技能，在实际工作中，设计师不可能只会碰到同种软件类型的数据，如果得到其他类型的数据，设计师就需要对其进行修复。本章通过实例讲述了修复破面的一般过程：先应用缝合功能去缝合较小区域，然后检测相交边界，最后利用修剪以及曲面功能将破面修补。

5.4　习　题　精　练

1. IGES 破面主要有哪些种类？
2. 简述 IGES 的一般修复过程。
3. 简述 UG 打开 IGES 的方式。

第 6 章　快速解决方案在生成
模具中的应用

本章主要知识点

➥ 复杂机构原理介绍
➥ 分模中斜顶的快速解决方案
➥ 分模中滑块的快速解决方案
➥ UG 拆电极的快速解决方案
➥ 创建电极工程图

UG 在模具制造业中的含金量，主要取决于它在实体、曲面建模及分模方面的解决方案。本章主要介绍模具设计中斜顶、滑块、拆电极的快速解决方案在拆分模具中的应用。

6.1　复杂机构原理介绍

6.1.1　成型斜顶的原理分析

斜顶也称内抽芯机构，当制品侧壁内表面或制品顶端内表面出现倒扣现象时，采用斜顶往往是非常有效的方法。其工作原理是在顶出制品的同时受斜面限制，同时做横向移动，从而使制品脱离倒扣，斜顶机构如图 6-1 所示。

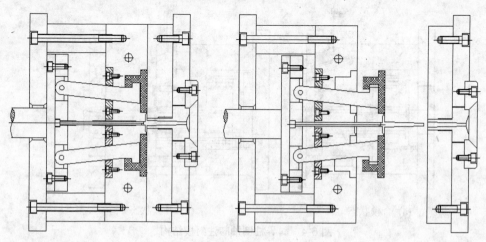

图 6-1　斜顶机构

6.1.2　成型斜顶设计工艺

为了斜顶在运动中能够顺畅，在设计中应考虑斜度大小、接触面的润滑及材质工艺。具体如下。

- 为了避免斜顶在运动时由于受翻转力矩的作用而发生卡死现象，因此斜顶的斜度不能设置太大，通常控制在 6°～8°。
- 为了斜顶杆在顶出过程中横向移动顺畅，在组装时应使斜顶杆顶端至少低于型芯 0.5mm，如图 6-2 所示。
- 为了保证斜顶杆的强度及耐磨性，应进行表面淬火处理(HRC 50C° 以上)。
- 为了防止斜顶杆在工作过程中与模具长期接触而发生"咬蚀"现象，通常在斜顶杆侧壁上添加油槽，如图 6-3 所示。

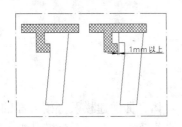

图 6-2　斜顶组装工艺

图 6-3　斜顶油槽

6.1.3　滑块结构的原理介绍

当塑件的侧壁带有孔、凹槽或凸台时，成型这类塑件的模具结构需制成可侧向移动的零件，并在塑件脱模之前，将模具的可侧向移动的成型零件从塑件中抽出。带动侧向成型零件作侧向移动的整个机构称为侧向分型与抽芯机构，简称侧向抽芯机构或滑块结构，如图 6-4 所示。

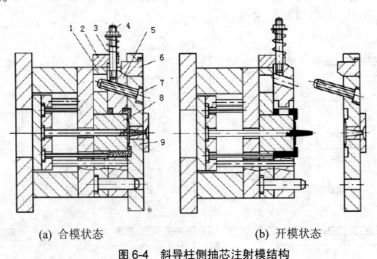

(a)　合模状态　　　　　　　　　　(b)　开模状态

图 6-4　斜导柱侧抽芯注射模结构

1—推板；2—挡块；3—弹簧；4—螺杆；5—侧型芯滑块；

6—楔紧块；7—斜导柱；8—凸模型芯；9—定模板

6.1.4 滑块结构的工艺介绍

1. 斜导柱驱动的滑块设计工艺要求

斜导柱驱动的滑块设计工艺要求如下。

- 活动型芯一般比较小，应牢固地安装在滑块上，防止在抽芯时松动滑脱。型芯与滑块的连接有一定的强度和刚度。
- 滑块在导滑槽中滑动要平稳，不要发生卡住，跳动等现象。
- 滑块限位装置要可靠，保证开模后滑块停止在一定位置而不任意滑动。
- 楔紧块要能承受注射时的压力，应选用可靠的连接方式与模板连接。楔紧块和模板可做成一体。楔紧块的斜角，一般比斜导柱倾斜角 a 大 2°～3°，否则斜导柱无法带动滑块运动。
- 滑块完成抽芯运动后，仍停留在导滑槽内，留在导滑槽内的长度不应小于滑块全长的 2/3，否则，滑块在开始复位时容易倾斜而损坏模具。
- 在防止滑块留在定模的情况下，为保证塑件留在定模上，开模前必须先抽出侧向型芯，最好采取定向定距拉紧装置。

2. 斜导柱设计工艺

斜导柱又叫斜销，它靠开模力驱动产生侧向抽芯力，迫使斜型芯滑块在导滑槽内向外移动，达到侧抽芯的目的。斜导柱的形状如图 6-5 所示，其工作端的结构可以设计成半球形和锥台形。当设计成锥台形时，必须注意倾斜角 b 应大于斜导柱倾斜角 a，一般取 $b=a+(2°～3°)$，以免端部的锥台也参与侧向抽芯。为了减少斜导柱与滑块上的斜导孔之间的摩擦，可在斜导柱工作长度的外圆轮廓铣出两个对称平面，如图 6-5(b)所示。

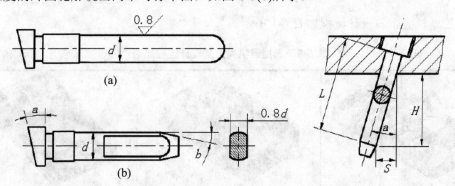

图 6-5 斜导柱的形状及斜导柱工作长度与抽芯距的关系

斜导柱抽芯相关参数的确定，如图 6-5 所示。要综合考虑抽芯距、抽拔力、开模行程，以及斜导柱的强度、刚度等。斜导柱工作长度、抽芯距及抽芯所需的开模距的计算公式如下。

$$S=L\sin a$$
$$H=S\cos a$$
$$L=S/\sin a$$

式中：S——抽芯距(mm)，一般比塑件孔深 3mm；

　　　　L——斜导柱的工作长度(mm)；

　　　　H——斜导柱完成抽芯所需的开模行程(mm)；

　　　　a——斜导柱的倾斜角；

设计斜导柱应注意以下方面。

- 为保证斜导柱的强度、刚度，斜导柱直径应≥10mm。
- 在确保抽芯距的情况下，为减少斜导柱与模具的受力，缩短斜导柱的长度，斜导柱的倾斜角度一般为 15°～25°。
- 斜导柱的长度由滑块行程、滑块高度及固定斜导柱的模板厚度决定。
- 斜导柱在开、合模过程中，只是拨动滑块沿分型或抽芯方向做往返运动，并不承担对滑块的锁紧工作，因此为避免在运动中与楔紧块互相影响，特规定斜导柱与导柱孔之间最小间隙为 0.5mm。
- 为使斜导柱能顺利插入导柱孔，导柱孔应有一定的倒角，斜导柱的倒角较大时，会影响滑块行程，所以在设计斜导柱长度时，要加上保险值。
- 斜导柱视滑块大小设计为 1～2 根，当滑块宽度超过 60mm 时，两根斜导柱应为两根或两根以上。制造时，两根斜导柱及导柱孔的各项参数应一致。
- 如果斜导柱穿过滑块，则需要在模板上为其留出足够让位空间。

6.2　遥控机壳分模中斜顶的快速解决方案

　　针对不同的制品结构，在 UG 中分模可以采取不同的解决方案，以达到提高工作效率的目的。本节我们将用生活中常见的遥控器机壳上盖为实例讲述分模中斜顶的快速解决方案。

　　遥控器机壳上盖设计流程如表 6-1 所示。

表 6-1　遥控器机壳上盖设计流程简表

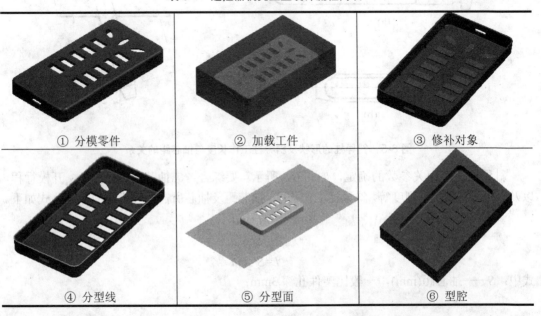

① 分模零件	② 加载工件	③ 修补对象
④ 分型线	⑤ 分型面	⑥ 型腔

续表

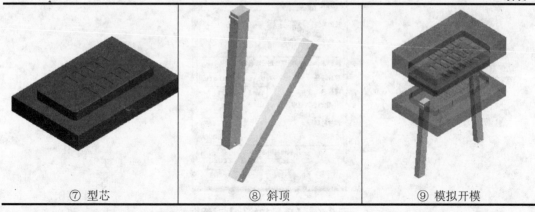

| ⑦ 型芯 | ⑧ 斜顶 | ⑨ 模拟开模 |

6.2.1 项目初始化

步骤 1： 在【注塑模向导】工具条中单击 按钮，系统弹出【打开部件文件】对话框，如图 6-6 所示，选择光盘中的 example\cha06\exe1.prt 文件，单击 OK 按钮，系统弹出【项目初始化】对话框，如图 6-7 所示。

步骤 2： 在【项目路径】文本框中输入 D:\exe1，其余参数采用系统默认设置，单击【确定】按钮系统开始项目初始化计算，并完成项目初始化操作。

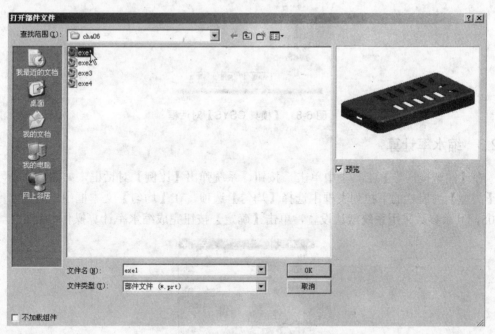

图 6-6 【打开部件文件】对话框

图 6-7　【项目初始化】对话框

6.2.2　锁定模具坐标系

在【注塑模向导】工具条中单击 按钮，系统弹出【模具 CSYS】对话框，如图 6-8 所示，在此不做任何更改，单击【确定】按钮完成加载模具坐标系操作。

图 6-8　【模具 CSYS】对话框

6.2.3　缩水率计算

在【注塑模向导】工具条中单击 按钮，系统弹出【比例】对话框，如图 6-9 所示，在【类型】卷展栏的下拉列表框中选择【均匀】选项，在【均匀】文本框中输入缩水率为 1.005，其余参数采用系统默认设置，单击【确定】按钮完成缩水率计算操作。

图 6-9　【比例】对话框

6.2.4 加载工件

步骤 1: 在【注塑模向导】工具条中单击  按钮,系统弹出【工件尺寸】对话框,如图 6-10 所示。

步骤 2: 在【工件尺寸】对话框中选中【标准长方体】复选框,在【定义方式】选项组中选中【距离容差】单选按钮。

步骤 3: 在【X 向长度】文本框中输入 80,在【Y 向长度】文本框中输入 120,在【Z 向下移】文本框中输入 15,在【Z 向上移】文本框中输入 25,其余参数采用系统默认设置,单击【确定】按钮完成加载工件的操作,结果如图 6-11 所示。

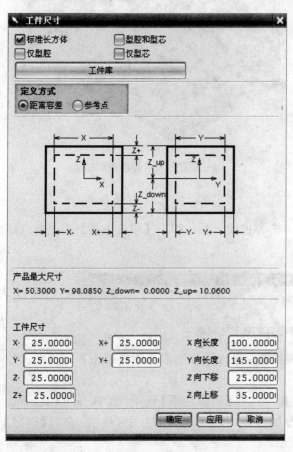

图 6-10 【工件尺寸】对话框

图 6-11 工件加载结果

6.2.5 型腔布局

在【注塑模向导】工具条中单击 按钮,系统弹出【型腔布局】对话框,如图 6-12 所示,单击【自动对准中心】按钮,其余参数采用系统默认设置,单击【后退】按钮完成型腔布局操作,结果如图 6-13 所示。

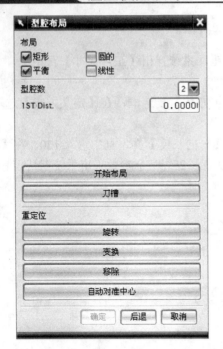

图 6-12　【型腔布局】对话框

图 6-13　型腔布局结果

6.2.6　模具工具应用

步骤 1： 在【注塑模向导】工具条中单击 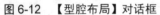 按钮，系统弹出【模具工具】工具条，如图 6-14 所示。

图 6-14　【模具工具】工具条

步骤 2： 在【模具工具】工具条中单击 ⬛ 按钮，系统弹出【创建箱体】对话框，如图 6-15 所示。

步骤 3： 在【类型】卷展栏的下拉列表框中选择【对象边框】选项，在 Default Clearance (默认值)文本框中输入 0mm，在绘图区选择如图 6-16 所示的面作为对象线框，单击【确定】按钮完成创建箱体操作，结果如图 6-17 所示。

图 6-15　【创建箱体】对话框

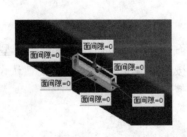

图 6-16　对象边界

图 6-17　创建箱体结果

步骤 4：用同样的方法，完成另一侧的箱体创建，结果如图 6-18 所示。

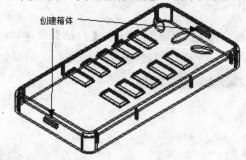

图 6-18　创建箱体最终结果

步骤 5：在主菜单工具栏中选择【插入】|【直接建模】|【替换面】命令或在【直接建模】工具条中单击【替换面】按钮，系统弹出【替换面】对话框，如图 6-19 所示。

步骤 6：在绘图区选择如图 6-20 所示的面为目标面，接着单击　按钮，然后选择如图 6-21 所示的面为工具面，单击【确定】按钮完成替换面操作。

步骤 7：用同样的方法完成内部对象替换操作。

图 6-19　【替换面】对话框

图 6-20　目标面选择

图 6-21　工具面选择

步骤 8：在【模具工具】工具条中单击　按钮，系统弹出【实体补片】对话框，如图 6-22 所示。

步骤 9：在【实体补片】对话框中不做任何更改，接着在绘图区选择黑色实体作为产品体，然后单击　按钮，最后在绘图区框选所有绿色实体为修补实体，单击【应用】按钮完成实体补片操作，结果如图 6-23 所示。

图 6-22　【实体补片】对话框

图 6-23　实体补片结果

精通模具数控系列

131

步骤 10：在【模具工具】工具条中单击 按钮，系统弹出【补片环选择】对话框，如图 6-24 所示。

步骤 11：在【环搜索方法】选项组中选中【自动】单选按钮，其余参数采用系统默认设置，然后单击【自动修补】按钮，系统开始自动修补，结果如图 6-25 所示。

图 6-24　【补片环选择】对话框　　　　图 6-25　补片环选择结果

野火专家提示：系统会把利用实体补片后的实体自动放置在图层 25 层，分模要显示该镶件，显示 25 层即可。

6.2.7　分型

步骤 1：在【注塑模向导】工具条中单击 按钮，系统弹出【分型管理器】对话框，如图 6-26 所示。

步骤 2：在【分型管理器】对话框中单击 按钮，系统弹出【分型线】对话框，如图 6-27 所示。

图 6-26　【分型管理器】对话框　　　　图 6-27　【分型线】对话框

步骤 3：在【分型线】对话框中单击【自动搜索分型线】按钮，系统弹出【搜索分型线】对话框，如图 6-28 所示。在此不做任何更改，直接单击【应用】按钮，此时绘图区会显示搜索到的分型线，如图 6-29 所示，接着单击两次【确定】按钮完成分型线操作。

图 6-28 【搜索分型线】对话框

图 6-29 自动搜索结果

步骤 4：在【分型管理器】对话框中单击 按钮，系统弹出【创建分型面】对话框，如图 6-30 所示。

步骤 5：在【创建分型面】对话框中单击【创建分型面】按钮，系统弹出【分型面】对话框，如图 6-31 所示，此时绘图区会高亮显示分型线段，如图 6-32 所示。

步骤 6：在【分型面】对话框中不做任何更改，直接单击【确定】按钮完成分型面的创建，结果如图 6-33 所示。

图 6-30 【创建分型面】对话框

图 6-31 【分型面】对话框

图 6-32 高亮显示分型线段

图 6-33 分型面创建结果

精通模具数控系列

步骤7： 在【分型管理器】对话框中单击 按钮，系统弹出【区域和直线】对话框，如图 6-34 所示。

步骤8： 在【区域和直线】对话框中选中【边界区域】单选按钮，单击【确定】按钮，系统弹出【抽取区域】对话框，如图 6-35 所示；在此不做任何更改，单击【确定】按钮完成边界区域操作。

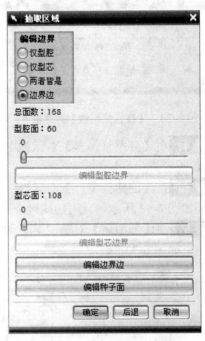

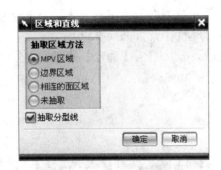

图 6-34　【区域和直线】对话框　　　　图 6-35　【抽取区域】对话框

步骤9： 在【分型管理器】对话框中单击 按钮，系统弹出【型芯和型腔】对话框，如图 6-36 所示。

图 6-36　【型芯和型腔】对话框

步骤10： 在【型芯和型腔】对话框中单击【自动创建型腔型芯】按钮，系统开始自动计算分割型芯和型腔，结果如图 6-37 所示。

图 6-37　分型结果

6.2.8　创建斜顶

步骤 1： 在主菜单工具栏中选择【编辑】|【显示和隐藏】|【隐藏】命令或在【实用工具】工具条中单击隐藏图标，系统弹出【类选择】对话框，如图 6-38 所示。接着在绘图区选择型腔以及产品作为隐藏对象，单击【确定】按钮完成隐藏操作，结果如图 6-39 所示。

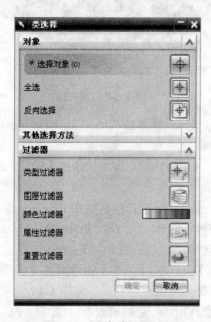

图 6-38　【类选择】对话框

图 6-39　隐藏对象结果

步骤 2： 在主菜单工具栏中选择【格式】|【图层设置】命令或在【实用工具】工具条中单击图层设置图标，系统弹出【图层设置】对话框，如图 6-40 所示。

步骤 3： 在【图层/状态】列表框中选择 25 作为可选层，单击【确定】按钮完成图层设置操作，显示结果如图 6-41 所示。

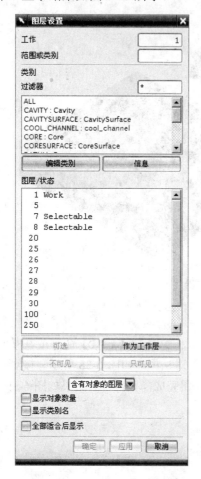

图 6-40　【图层设置】对话框

图 6-41　斜顶头

步骤 4：在【注塑模向导】工具条中单击█按钮，系统弹出 Slider/Lifter Design 对话框，如图 6-42 所示。

步骤 5：在【目录】下拉列表框中选择 Dowel Lifter 选项，接着切换到【尺寸】选项卡，系统显示简图及相关表达式选项，如图 6-43 所示。

步骤 6：在 cut_width 文本框中输入 0，接着按 Enter 键；同样，在 riser_top 文本框中输入 15，接着按 Enter 键；在 shut_angle 文本框中输入-0.5，接着按 Enter 键；在 start_level 文本框中输入 0，接着按 Enter 键；在 wide 文本框中输入 8，接着按 Enter 键，其余参数采用系统默认设置。在主菜单工具栏中选择【格式】|WCS|【动态】命令或在【实用工具】工具条中单击 WCS 动态图标█，此时绘图区高亮显示工作坐标系，如图 6-44 所示。

步骤 7：在绘图区选择如图 6-45 所示的中点作为 WCS 的放置点，接着绕 ZC 轴旋转 180°，单击鼠标中键完成 WCS 动态操作，结果如图 6-46 所示；最后在 Slider/Lifter Design 对话框中单击【应用】按钮完成第一个斜顶的创建，结果如图 6-47 所示。

步骤 8：用同样的方法，完成另一侧斜顶的创建，最终结果如图 6-48 所示。

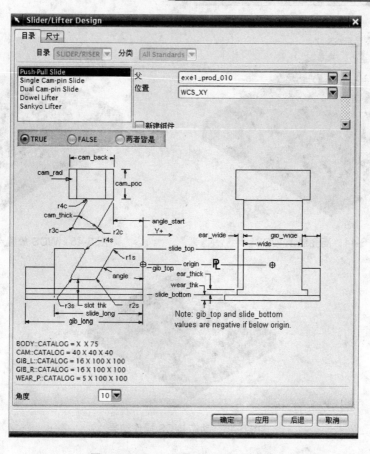

图 6-42 Slider/Lifter Design 对话框

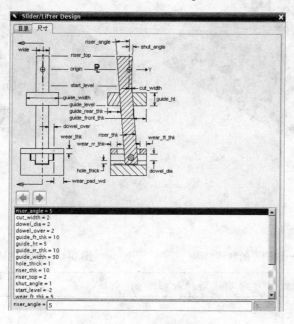

图 6-43 显示简图及表达式

精通模具数控系列

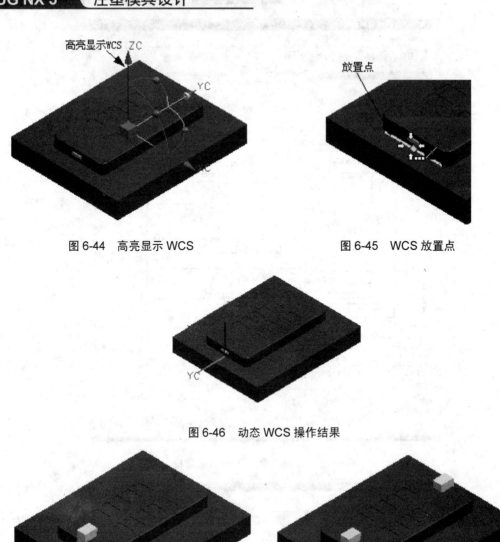

图 6-44　高亮显示 WCS　　　　　　　图 6-45　WCS 放置点

图 6-46　动态 WCS 操作结果

图 6-47　一侧斜顶的创建结果　　　　　图 6-48　斜顶创建最终结果

野火专家提示：Y 轴的负方向即斜顶的开模方向。

6.2.9　斜顶后续处理

步骤 1：在【注塑模向导】工具条中单击 按钮，系统弹出【模具修剪管理】对话框，如图 6-49 所示。

步骤 2： 在【模具修剪管理】对话框中切换到【修剪过程】选项卡，在【选择步骤】选项中单击 按钮，接着在绘图区选择斜顶组件作为目标体；在【选择步骤】选项组中单击 按钮，在此不做任何更改，直接单击【确定】按钮完成斜顶多余部分的修剪工作，结果如图 6-50 所示。

图 6-49 【模具修剪管理】对话框

图 6-50 模具修剪结果

步骤 3： 在【注塑模向导】工具条中单击 按钮，系统弹出【腔体管理】对话框，如图 6-51 所示。

步骤 4： 在【设计步骤】选项组中单击 按钮，接着在绘图区选择型芯作为目标体；在【设计步骤】选项组中单击 按钮，接着在绘图区选择斜顶组件作为工具体，其余参数采用系统默认设置，单击【确定】按钮完成型腔设计操作，结果如图 6-52 所示。

图 6-51 【腔体管理】对话框

图 6-52 腔体设计结果

步骤 5： 在绘图区双击斜顶组件，此时绘图区斜顶组件高亮显示，其他组件以灰色显示，如图 6-53 所示。

步骤 6： 在【装配】工具条中单击 按钮，系统弹出【WAVE 几何链接器】对话框，如

图 6-54 所示。

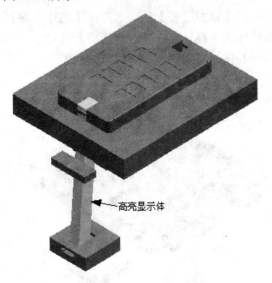

图 6-53 高亮显示对象

图 6-54 【WAVE 几何链接器】对话框

步骤 7：在此不做任何参数设置，接着在绘图区选择斜顶头作为几何链接体，单击【确定】按钮完成 WAVE 几何链接器操作，如图 6-55 所示。

步骤 8：选择【插入】|【组合体】|【求和】命令，或在【特征操作】工具条中单击 按钮，系统弹出【求和】对话框，如图 6-56 所示。

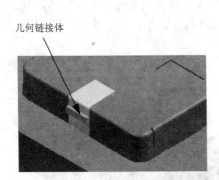

图 6-55 几何链接结果

图 6-56 【求和】对话框

步骤 9：在绘图区选择斜顶组件作为目标体，接着在绘图区选择斜顶头作为工具体，单击【确定】按钮完成求和操作，结果如图 6-57 所示。

步骤 10：用同样的方法完成另一斜顶操作，最终结果如图 6-58 所示。

步骤 11：选择【文件】|【全部保存】命令，完成斜顶的快速解决方案操作，最终结果如图 6-59 所示。

图 6-57 求和结果

图 6-58 斜顶求和结果

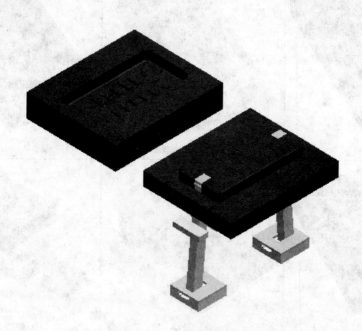

图 6-59 斜顶创建最终结果

6.3 分模中滑块的快速解决方案

下面我们以微型验钞机的上盖为例，讲述滑块的创建过程，具体的设计流程如表 6-2 所示。

表6-2 微型验钞机上盖设计流程简表

① 分模零件	② 加载工件	③ 修补对象
④ 分型线	⑤ 分型面	⑥ 型腔
⑦ 型芯	⑧ 滑块	⑨ 模拟开模

6.3.1 项目初始化

步骤1: 在【注塑模向导】工具条中单击 按钮,系统弹出【打开部件文件】对话框,如图6-60所示,选择光盘中的 example\cha06\exe2.prt 文件,单击 OK 按钮,系统弹出【项目初始化】对话框,如图6-61所示。

步骤2: 在【项目路径】文本框中输入"D:\exe2",其余参数采用系统默认设置,单击【确定】按钮,系统开始项目初始化计算,并完成项目初始化操作。

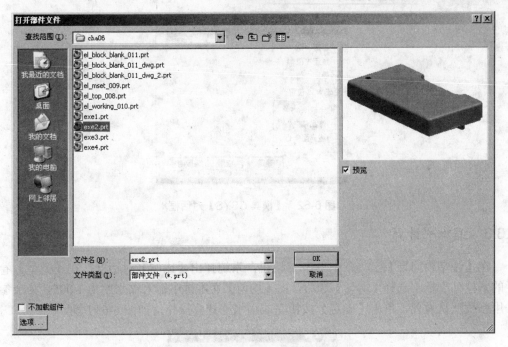

图 6-60 【打开部件文件】对话框

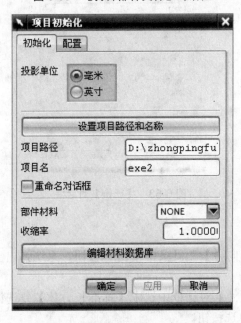

图 6-61 【项目初始化】对话框

6.3.2 加载模具坐标

在【注塑模向导】工具条中单击 按钮，系统弹出【模具 CSYS】对话框，如图 6-62 所示，在此不做任何更改，直接单击【确定】按钮完成加载模具坐标系操作。

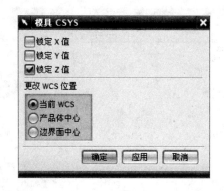

图 6-62　【模具 CSYS】对话框

6.3.3　缩水率计算

在【注塑模向导】工具条中单击 按钮，系统弹出【比例】对话框，在【类型】卷展栏的下拉列表框中选择【均匀】选项，在【均匀】文本框中输入缩水率为 1.005，其余参数采用系统默认设置，单击【确定】按钮完成缩水率计算操作，如图 6-63 所示。

图 6-63　【比例】对话框

6.3.4　加载工件

步骤 1： 在【注塑模向导】工具条中单击 按钮，系统弹出【工件尺寸】对话框，如图 6-64 所示。

步骤 2： 在【工件尺寸】对话框中选中【标准长方体】复选框，在【定义方式】选项组中选中【距离容差】单选按钮。

步骤 3： 在【X 向长度】文本框中输入 100，在【Y 向长度】文本框中输入 80，在【Z 向下移】文本框中输入 20，在【Z 向上移】文本框中输入 25，其余参数采用系统默认设置，单击【确定】按钮完成加载工件操作，结果如图 6-65 所示。

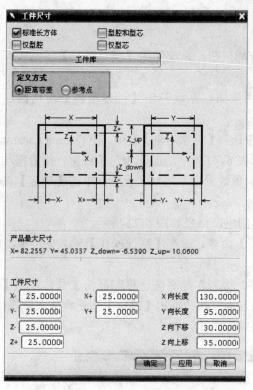

图 6-64 【工件尺寸】对话框 图 6-65 工件加载结果

6.3.5 型腔布局

在【注塑模向导】工具条中单击 按钮，系统弹出【型腔布局】对话框，如图 6-66 所示，接着单击【自动对准中心】按钮，其余参数采用系统默认设置，单击【后退】按钮完成型腔布局操作，结果如图 6-67 所示。

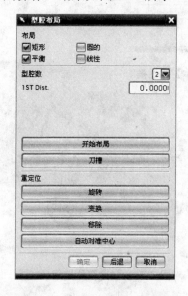

图 6-66 【型腔布局】对话框 图 6-67 型腔布局结果

6.3.6 模具工具应用

步骤 1： 在【注塑模向导】工具条中单击![按钮]按钮，系统弹出【模具工具】工具条，如图 6-68 所示。

步骤 2： 在【模具工具】工具条中单击![按钮]按钮，系统弹出【创建箱体】对话框，如图 6-69 所示。

步骤 3： 在【类型】卷展栏的下拉列表框中选择【对象边框】选项，在 Default Clearance (默认值)文本框中输入 0mm，在绘图区选择如图 6-70 所示的面作为对象线框，接着拖动六个面中顶部面的箭头，修订面间隙 2mm，其余参数采用系统默认设置，单击【确定】按钮完成创建箱体操作，结果如图 6-71 所示。

步骤 4： 用同样的方法完成另一侧的箱体创建，结果如图 6-72 所示。

步骤 5： 选择【插入】|【组合体】|【求差】命令，或在【特征操作】工具条中单击![按钮]按钮，系统弹出【求差】对话框。

步骤 6： 在绘图区选择绿色实体为目标体，接着在绘图区选择产品为工具体，在【设置】卷展栏中选中【保持工具】复选框，其余参数默认，单击【确定】按钮完成求差操作。

步骤 7： 用同样的方法，完成另一箱体的求差操作。

图 6-68 【模具工具】工具条

图 6-69 【创建箱体】对话框

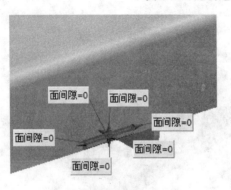

图 6-70 对象边界

图 6-71 创建箱体结果

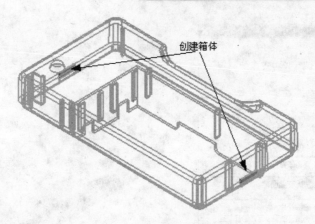

图 6-72 创建箱体最终结果

步骤 8： 在【模具工具】工具条中单击 ![按钮] 按钮，系统弹出【实体补片】对话框，如图 6-73 所示。

步骤 9： 在【实体补片】对话框中不做任何更改，接着在绘图区选择产品体作为补片目标体，然后单击 ![按钮] 按钮，最后在绘图区框选所有绿色实体为补片工具体，单击【应用】按钮完成实体补片操作，结果如图 6-74 所示。

步骤 10： 在【模具工具】工具条中单击 ![按钮] 按钮，系统弹出【补片环选择】对话框，如图 6-75 所示。

步骤 11： 在【环搜索方法】选项组中选中【自动】单选按钮，其余参数采用系统默认设置，然后单击【自动修补】按钮，系统开始自动修补，结果如图 6-76 所示。

步骤 12： 选择【插入】|【网格曲面】|【通过曲线组】命令，或在【特征操作】工具条中单击 ![按钮] 按钮，系统弹出【通过曲线组】对话框，如图 6-77 所示。

步骤 13： 在绘图区选择其中一条边界线作为第一组线，选择另一条边界线作为第二组线，其余参数采用系统默认设置，单击【确定】按钮完成通过曲线组操作，结果如图 6-78 所示。

图 6-73 【实体补片】对话框

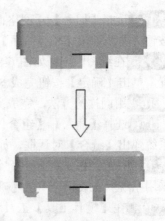

图 6-74 实体补片结果

图 6-75　【补片环选择】对话框

图 6-76　补片环选择结果

图 6-77　【通过曲线组】对话框

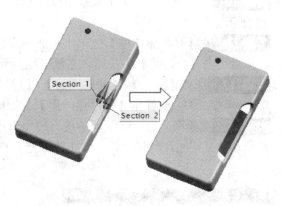

图 6-78　通过曲线组结果

步骤 14： 选择【插入】|【网格曲面】|【N 边曲面】命令，或在【特征操作】工具条中单击 按钮，系统弹出【N 边曲面】对话框，如图 6-79 所示。

步骤 15： 在绘图区选择如图 6-80 所示的边界作为 N 边曲面边界，其余参数采用系统默认设置，单击【确定】按钮完成 N 边曲面操作，结果如图 6-81 所示。

步骤 16： 用同样的方法，完成另一侧 N 边曲面的操作，最终结果如图 6-82 所示。

步骤 17： 选择【插入】|【组合体】|【缝合】命令，或在【特征操作】工具条中单击 按钮，系统弹出【缝合】对话框，如图 6-83 所示。

步骤 18： 在绘图区选择其中一个片体作为目标片体，接着框选剩余片体为工具体，其余参数采用系统默认设置，单击【确定】按钮完成缝合操作，结果如图 6-84 所示。

步骤 19： 在【模具工具】工具条中单击 按钮，系统弹出【选择片体】对话框，如图 6-85 所示，接着在绘图区选择缝合后的片体为补片面，单击【确定】按钮完成把建模中的现成曲面添加到分型面中的操作，结果如图 6-86 所示。

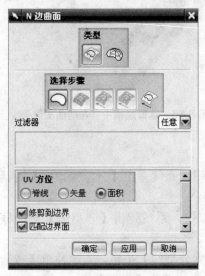

图 6-79 【N 边曲面】对话框

图 6-80 选择 N 边曲面边界

图 6-81 N 边曲面结果

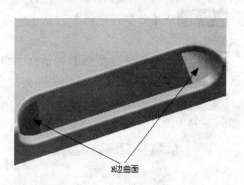

图 6-82 N 边曲面最终结果

图 6-83 【缝合】对话框

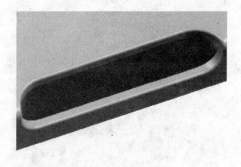

图 6-84 缝合结果

精通模具数控系列

图 6-85　【选择片体】对话框　　　　图 6-86　选择建模中存在的曲面结果

6.3.7　分型

　　步骤 1： 在【注塑模向导】工具条中单击█按钮，系统弹出【分型管理器】对话框，如图 6-87 所示。

　　步骤 2： 在【分型管理器】对话框中单击█按钮，系统弹出【分型线】对话框，如图 6-88 所示。

　　步骤 3： 在【分型线】对话框中单击【自动搜索分型线】按钮，系统弹出【搜索分型线】对话框，如图 6-89 所示。在此不做任何更改，直接单击【应用】按钮，此时绘图区会显示搜索到的分型线，如图 6-90 所示，接着单击两次【确定】按钮完成分型线操作。

　　步骤 4： 在【分型管理器】对话框中单击█按钮，系统弹出【创建分型面】对话框，如图 6-91 所示。

　　步骤 5： 在【创建分型面】对话框中单击【创建分型面】按钮，系统弹出【分型面】对话框，如图 6-92 所示，此时绘图区会高亮显示分型线段，如图 6-93 所示。

　　步骤 6： 在【分型面】对话框不做任何更改，单击【确定】按钮完成分型面创建，结果如图 6-94 所示。

图 6-87　【分型管理器】对话框　　　　图 6-88　【分型线】对话框

图 6-89 【搜索分型线】对话框

图 6-90 自动搜索结果

图 6-91 【创建分型面】对话框

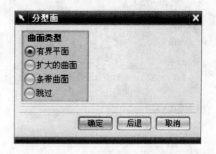

图 6-92 【分型面】对话框

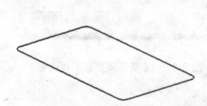

图 6-93 高亮显示分型线

图 6-94 分型面创建结果

步骤 7： 在【分型管理器】对话框中单击 按钮，系统弹出【区域和直线】对话框，如图 6-95 所示。

图 6-95 【区域和直线】对话框

精通模具数控系列

步骤 8：在【区域和直线】对话框中选中【边界区域】单选按钮，单击【确定】按钮，系统弹出【抽取区域】对话框，如图 6-96 所示；在此不做任何更改，直接单击【确定】按钮完成边界区域操作。

步骤 9：在【分型管理器】对话框中单击 按钮，系统弹出【型芯和型腔】对话框，如图 6-97 所示。

步骤 10：在【型芯和型腔】对话框中单击【自动创建型腔型芯】按钮，系统开始自动计算分割型腔和型芯，结果如图 6-98 所示。

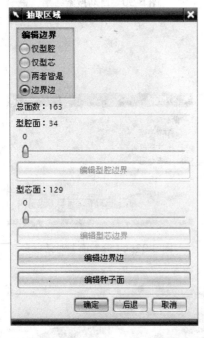

图 6-96 【抽取区域】对话框

图 6-97 【型芯和型腔】对话框

图 6-98 分型结果

6.3.8 线切割镶件创建

如图 6-98 所示，型芯部位存在多处筋位，为了方便加工和模具抛光、维修等操作，需要对型芯部分进行线切割操作。

步骤 1：在【窗口】菜单中选择 exe2_core_013.prt 作为显示部件，结果如图 6-99 所示。

步骤 2：在【模具工具】工具条中单击 ■ 按钮，系统弹出【创建箱体】对话框，如图 6-100 所示。

步骤 3：在【类型】卷展栏的下拉列表框中选择【对象边框】选项，在 Default Clearance(默认值)文本框中输入 0mm，在绘图区选择如图 6-101 所示的面作为对象线框，接着拖动底面间隙穿过型芯对象，其余参数默认，单击【确定】按钮完成创建箱体操作，结果如图 6-102 所示。

图 6-99　型芯结果

图 6-100　【创建箱体】对话框

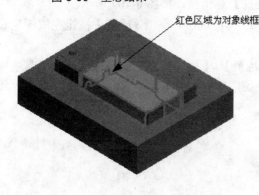

图 6-101　对象线框

图 6-102　创建箱体结果

步骤 4：在【模具工具】工具条中单击 ■ 按钮，系统弹出【分割实体】对话框，如图 6-103 所示。

步骤 5：在绘图区选择型芯为目标体，接着在【工具体】选项中选中【由实体、片体、基准平面分割】复选框，接着在绘图区选择绿色箱体为工具体，其余参数采用系统默认设置，单击【确定】按钮完成分割实体操作，结果如图 6-104 所示。

步骤 6：在【窗口】菜单中选择 exe2_top_000.prt，返回型腔、型芯装配窗口。

图 6-103　【分割实体】对话框　　　　　　图 6-104　分割实体结果

> **野火专家提示：**"分割实体"只是一种线切割镶件创建方法，还有 "轮廓拆分"的方法等。
> 镶件定位可以利用螺钉与 B 板锁紧，也可以做一个 T 型与型芯装配，视具
> 体情况来设计。

6.3.9　创建滑块

　　步骤 1：在主菜单工具栏中选择【编辑】|【显示和隐藏】|【隐藏】命令或在【实用工具】工具条中单击隐藏图标 ，系统弹出【类选择】对话框，如图 6-105 所示。接着在绘图区选择型腔以及产品作为隐藏对象，单击【确定】按钮完成隐藏操作，结果如图 6-106 所示。

　　步骤 2：在主菜单工具栏中选择【格式】|【图层设置】命令或在【实用工具】工具条中单击图层设置图标 ，系统弹出【图层设置】对话框，如图 6-107 所示。

　　步骤 3：在【图层/状态】列表框中选择 25 为可选层，单击【确定】按钮完成图层设置操作，显示结果如图 6-108 所示。

　　步骤 4：在主菜单工具栏中选择【设计特征】|【拉伸】命令或在【特征】工具条中单击拉伸图标 ，系统弹出【拉伸】对话框，如图 6-109 所示。

图 6-105　【类选择】对话框　　　　　　　图 6-106　隐藏对象结果

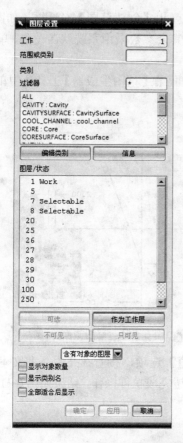

图 6-107 【图层设置】对话框

图 6-108 图层设置操作结束

图 6-109 【拉伸】对话框

步骤 5： 在【截面】卷展栏中单击 ![按钮] 按钮，系统弹出【创建草图】对话框，如图 6-110 所示，接着在绘图区选择前视图平面作为草图平面，其余参数采用系统默认设置，单击【确定】按钮进入草图环境。

步骤 6： 在草图环境绘制如图 6-111 所示草图截面，在【草图生成器】工具条中单击【完成草图】按钮完成草图操作，并返回【拉伸】对话框。

图 6-110　【创建草图】对话框

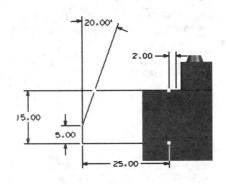

图 6-111　草图截面

步骤 7： 在【开始】下拉列表框中选择【对称值】选项，接着在【距离】文本框中输入 7.5，其余参数采用系统默认设置，单击【确定】按钮完成拉伸操作，结果如图 6-112 所示。

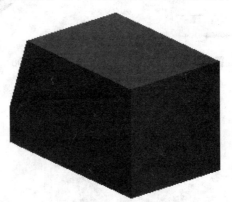

图 6-112　滑块主体

步骤 8： 创建梯形槽。在主菜单工具栏中选择【设计特征】|【拉伸】命令或在【特征】工具条中单击【拉伸】按钮 ![按钮]，系统弹出【拉伸】对话框。

步骤 9： 在绘图区选择滑块的一条边界作为拉伸边界，在【终点】距离文本框中输入 5，在【布尔】下拉列表框中选择【求和】选项；接着在绘图区选择滑块作为联合体，在【偏置】下拉列表框中选择【两侧】选项，接着在【终点】文本框中输入 3，其余参数采用系统默认设置，单击【确定】按钮完成拉伸操作。用同样的方法，完成另一侧梯形槽的拉伸操作，结果如图 6-113 所示。

步骤 10： 创建导柱孔。在主菜单中选择【设计特征】|【回转】命令或在【特征】工具条中单击【旋转】按钮 ![按钮]，系统弹出【回转】对话框，如图 6-114 所示。

图 6-113　梯形槽拉伸结果

步骤 11： 在【截面】卷展栏中单击 按钮，系统弹出【创建草图】对话框，如图 6-115 所示，接着在绘图区选择前视图平面作为草图平面，其余参数采用系统默认设置，单击【确定】按钮进入草图环境。

图 6-114　【回转】对话框　　　　　　　　图 6-115　【创建草图】对话框

步骤 12： 在草图环境绘制如图 6-116 所示的草图截面，单击【完成草图】按钮完成草图操作，并返回【回转】对话框，在【轴】卷展栏中单击【指定矢量(1)】按钮，接着在绘图区选择参考线作为旋转中心线；在【布尔】卷展栏的下拉列表框中选择【求差】选项，接着在绘图区选择滑块作为求差的体，其余参数采用系统默认设置，单击【确定】按钮完成回转操作，结果如图 6-117 所示。

步骤 13： 倒圆角操作。在主菜单中选择【细节特征】|【边倒圆】命令或在【特征操作】工具条中单击【边倒圆】按钮 ，系统弹出【边倒圆】对话框，如图 6-118 所示，接着选

择如图 6-119 所示的边界为倒圆边界，然后在【半径 1】文本框中输入 1，其余参数采用系统默认设置，单击【确定】按钮完成边倒圆操作。

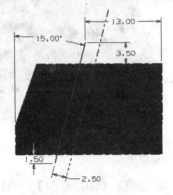

图 6-116　回转草图

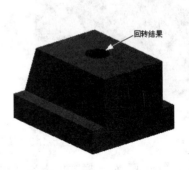

图 6-117　回转结果

图 6-118　【边倒圆】对话框

图 6-119　边倒圆对象

6.3.10　后期处理

步骤 1：在主菜单中选择【编辑】|【显示和隐藏】|【隐藏】命令或在【实用工具】工具条中单击【隐藏】按钮，系统弹出【类选择】对话框，接着在绘图区选择型芯、镶件作为隐藏对象，单击【确定】按钮完成隐藏操作，结果如图 6-120 所示。

图 6-120　隐藏对象

步骤 2：在【模具工具】工具条中单击 按钮，系统弹出【延伸实体】对话框，如图 6-121 所示，接着选择靠近滑块的面为延伸对象，然后在【偏置值】文本框中输入 3，其余参数默认，单击【确定】按钮完成延伸实体操作，结果如图 6-122 所示。

图 6-121　【延伸实体】对话框

图 6-122　延伸实体结果

步骤 3：选择【插入】|【组合体】|【求和】命令，或在【特征操作】工具条中单击 按钮，系统弹出【求和】对话框，如图 6-123 所示。

步骤 4：在绘图区选择滑块主体作为目标体，接着选择延伸实体作为工具体，单击【确定】按钮完成求和操作，结果如图 6-124 所示。

图 6-123　【求和】对话框

图 6-124　求和结果

步骤 5：在主菜单中选择【关联复制】|【镜像体】命令或在【特征操作】工具条中单击【镜像体】按钮 ，系统弹出【镜像体】对话框，如图 6-125 所示。

步骤 6：在【体】卷展栏中单击【选择体(O)】按钮，接着在绘图区选择滑块体作为镜像对象。

步骤 7：在【镜像平面】卷展栏中单击【选择平面(O)】按钮，接着在绘图区选择右视图平面作为镜像平面，其余参数默认，单击【确定】按钮完成滑块镜像操作，结果如图 6-126 所示。

步骤 8：选择【插入】|【组合体】|【求差】命令，或在【特征操作】工具条中单击 按钮，系统弹出【求差】对话框，如图 6-127 所示。

步骤 9：在绘图区选择型芯作为目标体，接着选择滑块作为工具体，在【设置】卷展栏中选中【保持工具】复选框，其余参数默认，单击【确定】按钮完成求差操作，结果如

图 6-128 所示。

图 6-125 【镜像体】对话框

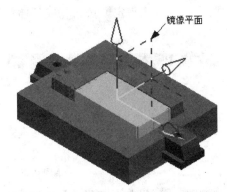

图 6-126 滑块镜像结果

图 6-127 【求差】对话框

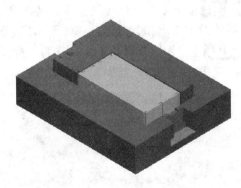

图 6-128 求差结果

步骤 10: 选择【文件】|【全部保存】命令，完成滑块的创建过程，最终如图 6-129 所示。

图 6-129 滑块创建结果

野火专家提示： 创建滑块除了本书介绍的方法之外，还可以直接利用注塑模向导自带的滑块进行创建，但必须先设计好相关尺寸。

6.4 UG 拆电极的快速解决方案

在设计模具的过程中，如果遇到加工不到位(直角位)的地方，比较窄、比较深的坑，精度要求比较高的面，加工时容易断刀的地方等情况，就需要拆电极(铜公)。拆电极时需注意：太薄的电极需要做加强筋；要考虑方便加工；加工坐标的数据必须是整数。

本节主要利用两个实例讲解 UG 拆电极的两种快速解决方案：

- ➥ 利用创建块方法拆电极。
- ➥ 利用专业电极设计拆电极。

6.4.1 利用创建块方法创建电极

利用创建块方法创建电极的设计流程如表 6-3 所示。

表 6-3 拆电极流程思路分析简表

 ① 要拆电极的型芯	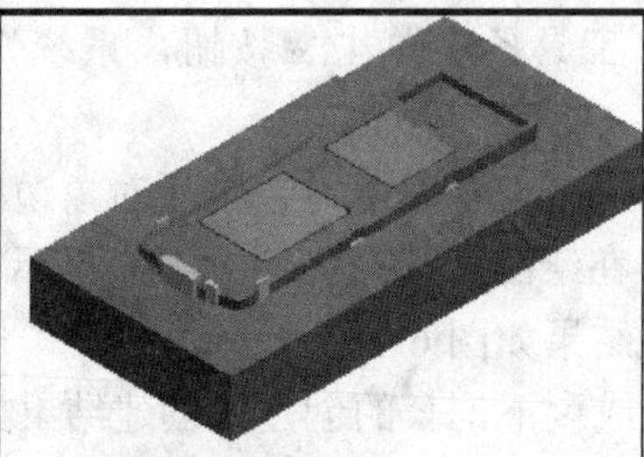 ② 创建电极头	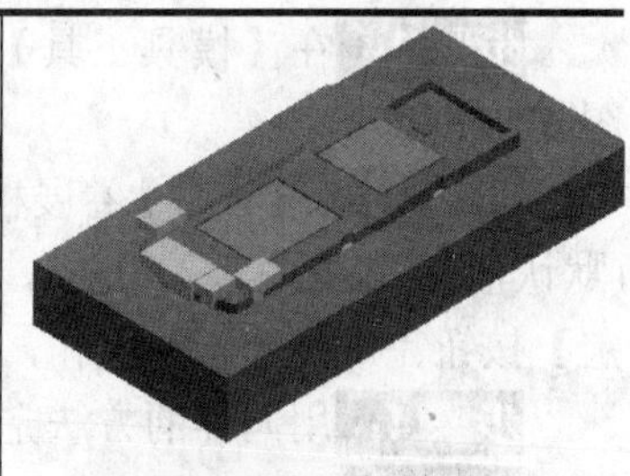 ③ 创建电极基座
 ④ 创建基准角	 ⑤ 电极编号	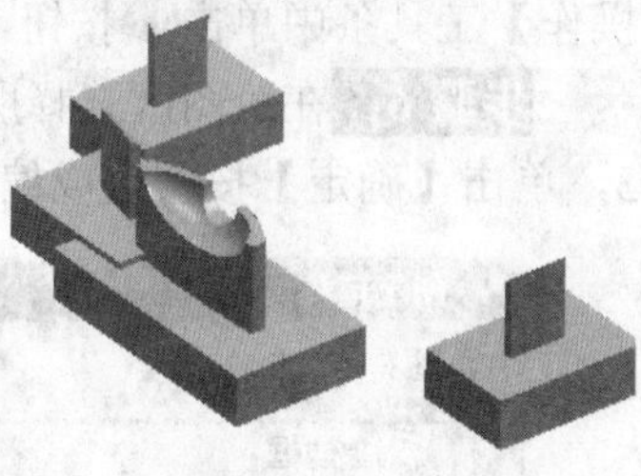 ⑥ 电极最终设计结果

步骤 1： 选择【文件】|【打开】命令，或单击工具栏中的 按钮，系统弹出【打开部件文件】对话框，如图 5-130 所示，选择光盘中的 example\cha06\exe3.prt 文件，再单击【确定】按钮进入 UG 主界面。

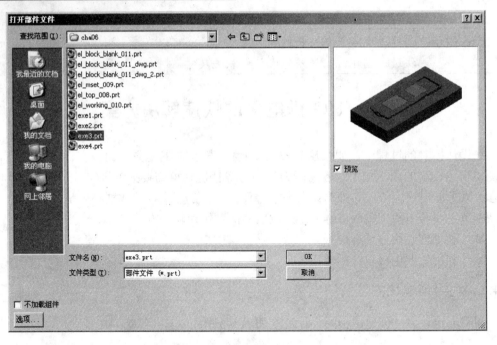

图 6-130　【打开部件文件】对话框

步骤 2：在【模具工具】工具条中单击 按钮，系统弹出【创建箱体】对话框，如图 6-131 所示。

步骤 3：在【类型】卷展栏的下拉列表框中选择【对象边框】选项。在 Default Clearance (默认值)文本框中输入 0mm，在绘图区选择如图 6-132 所示的面作为对象线框，单击【确定】按钮完成创建箱体操作，结果如图 6-133 所示。

步骤 4：用同样的方法完成剩下铜公的创建，创建结果如图 6-134 所示。

步骤 5：创建电极避空位。选择【插入】|【偏置/缩放】|【偏置面】命令，或在【特征操作】工具条中单击 按钮，系统弹出【偏置面】对话框，如图 6-135 所示。

步骤 6：在绘图区选择所有电极表面作为要偏置的面，接着在【偏置】文本框中输入 3，单击【确定】按钮完成偏置面操作，结果如图 6-136 所示。

图 6-131　【创建箱体】对话框

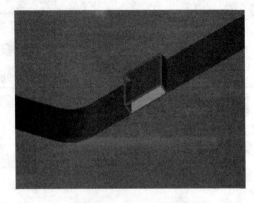

图 6-132　对象线框

图 6-133 电极头 1

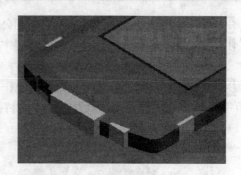

图 6-134 电极头创建结果

图 6-135 【偏置面】对话框

图 6-136 偏置面结果

步骤 7：创建电极基座。在【模具工具】工具条中单击 按钮，系统弹出【创建箱体】对话框，如图 6-131 所示。

步骤 8：在【类型】卷展栏的下拉列表框中选择【对象边框】选项，在 Default Clearance(默认值)文本框中输入 5mm，在绘图区选择铜公 1 表面作为对象线框创建基座箱体，同时基座箱体铜公 1 表面接触距离为 0，其余距离为 5，单击【确定】按钮完成创建箱体操作。用同样的方法，完成剩余铜公基座的操作，最终结果如图 6-137 所示。

图 6-137 铜公基座

步骤 9：选择【插入】|【组合体】|【求和】命令，或在【特征操作】工具条中单击 按钮，系统弹出【求和】对话框。

步骤 10：在绘图区选择铜公 1 基座作为目标体，接着在绘图区选择铜公头 1 作为工具体，单击【确定】按钮完成求和操作。

步骤 11: 用同样的方法，完成剩余铜公求和的操作。

步骤 12: 选择【插入】|【直接建模】|【替换面】命令，或在【直接建模】工具条中单击 ![btn]按钮，系统弹出【替换面】对话框。

步骤 13: 在绘图区选择铜公 2 左侧面作为目标面，接着单击 ![btn]按钮，然后选择型芯左侧面作为工具面，单击【确定】按钮完成替换操作，结果如图 6-138 所示。

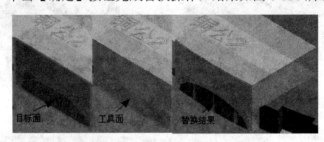

图 6-138 铜公 2 替换结果

步骤 14: 用同样的方法，完成铜公 3 替换操作，结果如图 6-139 所示。

图 6-139 铜公 3 替换结果

步骤 15: 选择【插入】|【组合体】|【求差】命令，或在【特征操作】工具条中单击 ![btn]按钮，系统弹出【求差】对话框。

步骤 16: 在绘图区选择铜公 1 作为目标体，接着选择型芯作为工具体。

步骤 17: 在【设置】卷展栏中选中【保持工具】复选框，其余参数默认，单击【确定】按钮完成求差操作，结果如图 6-140 所示。

步骤 18: 用同样的方法，完成剩余铜公的求差操作，最终结果如图 6-141 所示。

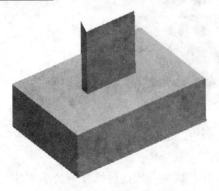

图 6-140 铜公 1 求差结果

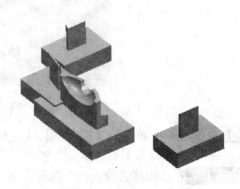

图 6-141 铜公求差结果

步骤 19：选择【插入】|【直接建模】|【替换面】命令，或在【直接建模】工具条中单击 ![]按钮，系统弹出【替换面】对话框，在绘图区选择铜公 2 与型芯面相碰的面作为目标面，接着单击 ![]按钮，然后选择铜公 2 的基准面作为工具面，单击【确定】按钮完成替换操作，结果如图 6-142 所示。

步骤 20：创建铜公基准角。选择【插入】|【细节特征】|【倒斜角】命令，或在【特征操作】工具条中单击 ![]按钮，系统弹出【倒斜角】对话框，在【倒斜角】对话框中不做任何更改，接着在绘图区选择各铜公右下角的边界作为倒斜角边界，单击【确定】按钮完成倒斜角操作，结果如图 6-143 所示。

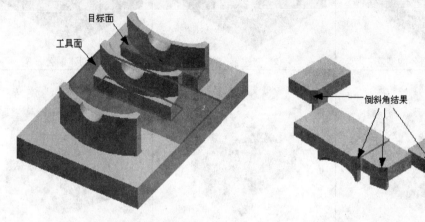

图 6-142　铜公 2 替换结果　　　　图 6-143　倒斜角结果

步骤 21：选择【插入】|【曲线】|【文本】命令，或在【曲线】工具条中单击 **A** 按钮，系统弹出【文本】对话框，在【文本属性】文本框中输入"铜公 1"，接着在绘图区选择左侧铜公作为铜公 1，单击【确定】按钮完成文本操作；用同样方法，完成剩余铜公的编号操作，创建的铜公编号结果如图 6-144 所示。

图 6-144　铜公编号结果

野火专家提示：一般能够利用电火花线切割加工的对象尽量用线切割加工。拆出来的电极尽量保证能加工到位，尽量避免铜公出现死角。

6.4.2 利用专业电极设计创建电极

利用专业电极设计拆电极的，设计流程如表 6-4 所示。

表 6-4　拆电极流程思路分析简表

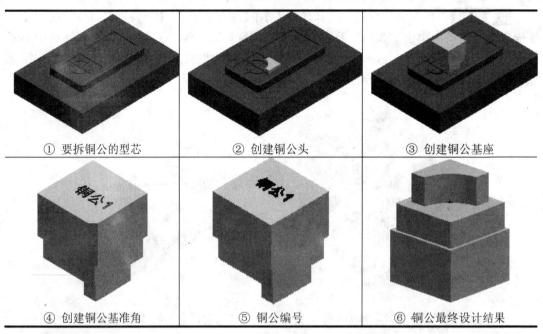

① 要拆铜公的型芯	② 创建铜公头	③ 创建铜公基座
④ 创建铜公基准角	⑤ 铜公编号	⑥ 铜公最终设计结果

步骤 1: 选择【文件】|【打开】命令，或单击工具栏中的 按钮，系统将弹出【打开部件文件】对话框，如图 6-145 所示，选择光盘中的 example\cha06\exe4.prt 文件，再单击【确定】按钮进入 UG 主界面。

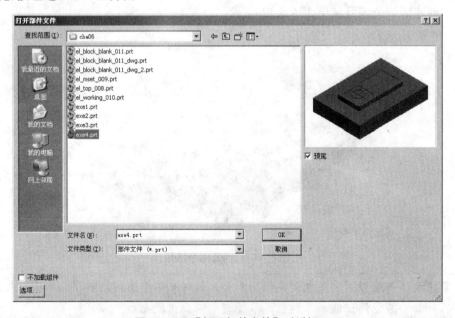

图 6-145　【打开部件文件】对话框

步骤 2: 启动电极设计模块。在【标准】工具条中选择【所有应用模块】|【电极设计】命令，系统弹出【电极设计】工具条，如图 6-146 所示。

图 6-146　【电极设计】工具条

步骤 3: 在【电极设计】工具条中单击▣按钮，系统弹出 Electrade Projece Initialization(电极项目初始化)对话框，如图 6-147 所示。

步骤 4: 在【项目路径】文本框中输入 D: \phone_el，在【项目名】文本框中输入 phone_el，其余参数采用系统默认设置，接着单击▣按钮，系统开始项目初始化，单击▣按钮，系统开始克隆装配，单击▣按钮，系统弹出【类选择】对话框，如图 6-148 所示。接着在绘图区选择型芯作为标准件，单击【确定】按钮完成标准件操作。

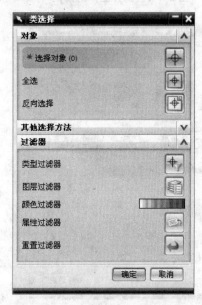

图 6-147　电极项目初始化对话框　　　　图 6-148　【类选择】对话框

步骤 5: 在电极项目初始化对话框中单击▣按钮，系统弹出相关定义工作坐标对话框，如图 6-149 所示。

步骤 6: 在定义工作坐标对话框中单击【选定的 CSYS】按钮，系统弹出【类选择】对话框，接着在绘图区选择现有的工作坐标系作为 CSYS，单击【确定】按钮完成 CSYS 的创建并返回电极项目初始化对话框，最后单击【关闭】按钮完成电极项目初始化操作。

步骤 7: 在【显示资源】工具条中单击▣按钮，系统弹出【装配导航器】面板，如图 6-150 所示，接着在【装配导航器】面板中双击 phone_el_working_039 组件。

步骤 8: 在【电极设计】工具条中单击▣按钮，系统弹出【修剪实体】对话框，如图 6-151 所示，接着在绘图区选择如图 6-152 所示的面作为修剪面，其余参数采用系统默认设置，单击【确定】按钮完成修剪实体操作，结果如图 6-153 所示。

步骤 9: 在【电极设计】工具条中单击▣按钮，系统弹出【延伸实体】对话框，如

精通模具数控系列

图 6-154 所示，接着在绘图区选择修剪实体表面作为延伸对象，然后在【偏置值】文本框中输入 3，其余参数采用系统默认设置，单击【确定】按钮完成延伸实体操作，结果如图 6-155 所示。

图 6-149　工作坐标对话框

图 6-150　【装配导航器】面板

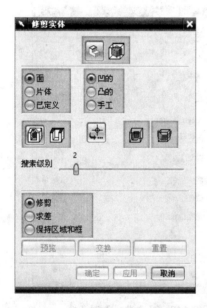

图 6-151　【修剪实体】对话框

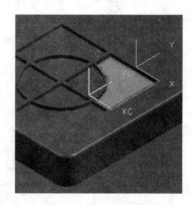

图 6-152　修剪面

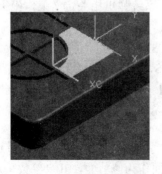

图 6-153　修剪实体结果

图 6-154　【延伸实体】对话框

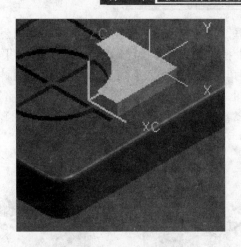

图 6-155 延伸实体结果

步骤 10：在【电极设计】工具条中单击 按钮，系统弹出【电极基座设计】对话框，如图 6-156 所示，在此不做任何更改，接着在绘图区选择电极头，然后单击【确定】按钮完成电极基座设计操作，结果如图 6-157 所示。

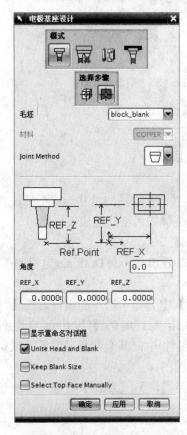

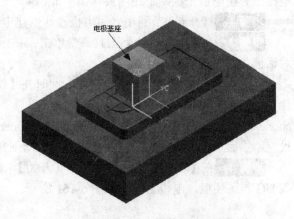

电极基座

图 6-156 【电极基座设计】对话框　　　　　图 6-157 电极基座设计结果

步骤 11：在【装配导航器】面板中双击 phone_el_block_blank_040 组件。

步骤 12：选择【插入】|【曲线】|【文本】命令，或在【曲线】工具条中单击 **A** 按钮，

系统弹出【文本】对话框，在【文本属性】文本框中输入"铜公 1"，接着在绘图区选择电极基座，单击【确定】按钮完成文本操作，创建铜公编号结果如图 6-158 所示。

步骤 13：创建基准角。选择【插入】|【细节特征】|【倒斜角】命令，或在【特征操作】工具条中单击![按钮]按钮，系统弹出【倒斜角】对话框，在【倒斜角】对话框中不做任何更改，接着在绘图区选择各铜公右下角的边界为倒斜角边界，单击【确定】按钮完成倒斜角操作，结果如图 6-159 所示。

图 6-158　铜公编号　　　　　　　　　图 6-159　铜公基准角

步骤 14：选择【文件】|【全部保存】命令，保存电极设计操作。

6.5　创建电极工程图

电极工程图一般需要标注 X、Y、Z 三个轴的尺寸值，同时 Z 轴的尺寸一般不标注在电极面。在电极工程图中还需要标出基准、编号等。下面讲解如何创建电极工程图。

步骤 1：打开 6.4 节利用专用电极设计创建电极练习文件。

步骤 2：在【电极设计】工具条中单击![按钮]按钮，系统弹出 Electrode Drafting(电极制图)对话框，如图 6-160 所示。

步骤 3：在绘图区选择铜公组件，此时在【组件列表】中会显示选中的组件，在【组件列表】中单击 phone_el_working_039 组件，接着单击其右侧的![按钮]按钮，将组件 phone_el_working_039 添加进 Machined Components(加工组件)中，其余参数采用系统默认设置，然后单击【确定】按钮，系统开始自动创建电极工程图。

步骤 4：在【标准】工具条中选择【开始】|【所有应用模块】|【制图】命令，系统进入 UG 制图环境，电极工程图如图 6-161 所示。

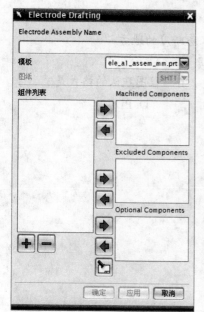

图 6-160　电极制图对话框

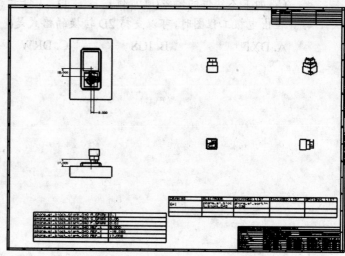

图 6-161　电极工程图

6.6　本 章 小 结

本章主要讲述了 UG 自动加载斜顶及滑块的创建过程，综合运用了实体建模、曲面建模等命令，同时也介绍了 UG 的拆电极方式及电极工程图的创建，通过对本章的学习，读者可以掌握一般产品的分模方法。

6.7　习 题 精 练

填空题

1. 分模中斜顶的两种快速解决方案分别是_____和_____。
2. 在拆铜公时，太薄的铜公需做_____以防止铜公变形。
3. 在电极工程图尺寸标注时，Z 距离一般不标在_____上。

选择题

1. 章节中没有讲述的快速解决方案是(　　)。
   A. 分模中斜顶的快速解决方案
   B. 分模中滑块的快速解决方案
   C. UG 拆电极的快速解决方案
   D. 补破面的快速解决方案
2. 在拆铜公时，加工坐标的数据必须是(　　)。
   A. 整数　　　　　B. 小数　　　　　C. 分数　　　　　D. 都可以

3. 在下列选项中，不需要拆铜公的地方是(　　　)。

　　A. 比较窄、比较深的坑　　　　　　B. 加工时容易断刀的地方

　　C. 加工不到位的地方(直角位)　　　D. 工件开粗

4. 在出电极工程图时，可以支持2D转换的格式是(　　　)，工程图默认的格式是(　　　)。

　　A. DXF　　　　　　B. IGS　　　　　　C. DRW　　　　　　D. PDF

第7章 手动分模与综合实例演练

本章主要知识点

- ➥ 手动分型的操作步骤
- ➥ 抽取区域面手动分型法
- ➥ 塑模部件验证手动分型法
- ➥ 塑模部件验证与抽取区域面综合手动分型法

在 UG 分型过程中，往往会遇到很多产品难以利用自动分型操作完成，因此作为模具设计师必须掌握手动分型方法。本章主要介绍两种手动分型方法：塑模部件验证手动分型法和抽取区域面手动分型法，使读者对 UG 手动分型有个感性认识。

7.1 手动分型的操作步骤

UG 手动分型的操作步骤如下。

步骤 1： 打开分型产品，并进行产品分析，如倒扣位的处理、模具结构合理性、产品是否有拔模等。

步骤 2： 利用建模中的【比例体】命令进行产品收缩率操作。

步骤 3： 借助【分析】工具条的【塑模部件验证】功能区分上下模区域，对分析不正确的，利用相关编辑功能进行编辑，直至合理为止，最后单击【确定】按钮完成塑模部件验证操作。

步骤 4： 在分型管理器中找到【抽取区域和分型线】命令，在其目录下选择【相连的面区域】选项，然后选择上下模的区域。

步骤 5： 将实体隐藏，并将 29 层设置为可选层，然后利用建模功能创建分型面(如拉伸、扫掠、桥接曲线、桥接曲面等功能)。

步骤 6： 利用缝合功能将所创建的分型面与抽取的区域缝合成一个整体(如果有通孔或张开面，则要先修补，后缝合)。

步骤 7： 利用建模功能建立工件。

步骤 8： 利用建模功能中的裁剪体命令分割上下模(如果所选的是上模块，则下模可以利用上模的分型面分割，然后再用布尔运算中的求差功能减除多余部分)。

以上操作过程为塑模部件验证手动分型法过程，如果利用抽取区域面手动分型法则将步骤(3)的操作改为抽取区域面操作即可，具体操作流程将在后面的实例操作过程中体现。

7.2　感应器抽取区域面手动分型法

抽取区域面手动分型法是指利用建模功能中的抽取命令创建型腔面及型芯面，然后通过拉伸、扫掠、桥接曲线、桥接曲面等功能创建分型面，下面通过感应器分型过程介绍抽取区域面手动分型法。

7.2.1　抽取区域面手动分型法思路分析

抽取区域面手动分型法的操作流程如表 7-1 所示。

表 7-1　抽取区域面手动分型法思路分析简表

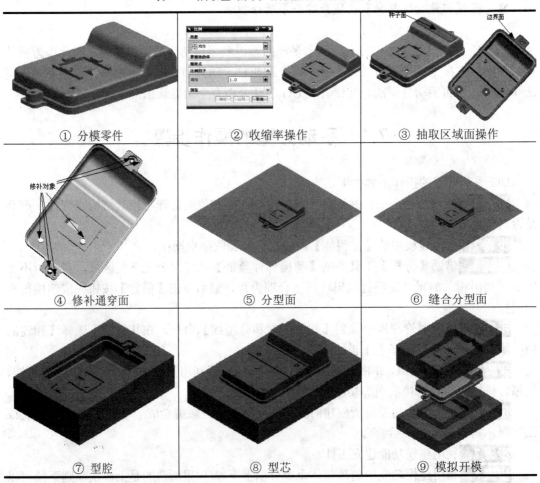

① 分模零件	② 收缩率操作	③ 抽取区域面操作
④ 修补通穿面	⑤ 分型面	⑥ 缝合分型面
⑦ 型腔	⑧ 型芯	⑨ 模拟开模

7.2.2　抽取区域面方法分型过程

步骤 1： 选择【文件】|【打开】命令，或单击工具栏中的 ⬇ 按钮，系统将弹出【打开部件文件】对话框，如图 7-1 所示，选择光盘中的 example\cha07\exe1.prt 文件，单击 OK 按钮，系统进入建模环境。

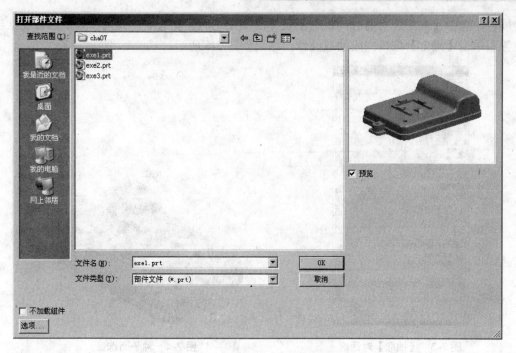

图 7-1 【打开部件文件】对话框

步骤 2： 选择【插入】|【偏置/缩放】|【缩放】命令，或在【特征操作】工具条中单击
按钮，系统弹出【比例】对话框，在【类型】卷展栏的下拉列表框中选择【均匀】选项，
在绘图区选择实体作为要缩放的体，在【均匀】文本框中输入 1.005，其余参数采用系统默
认设置，单击【确定】按钮完成比例缩放操作，如图 7-2 所示。

图 7-2 【比例】对话框

步骤 3： 选择【插入】|【关联复制】|【抽取】命令，或在【特征】工具条中单击 按
钮，系统弹出【抽取】对话框，如图 7-3 所示。

步骤 4： 在【类型】卷展栏的下拉列表框中选择【面区域】选项，选择如图 7-4 所示的
种子面，接着选择如图 7-5 所示的面作为边界面，在步骤 4 操作过程中只有选择了对象，
在【抽取】对话框中才会显示【区域选项】卷展栏中的【遍历内部边】复选框，在【设置】

卷展栏中选中【固定于当前时间戳记】及【隐藏原先的】复选框，其余参数采用系统默认设置，单击【确定】按钮完成抽取操作，结果如图 7-6 所示。

图 7-3　【抽取】对话框

图 7-4　种子面选择

图 7-5　边界面选择

图 7-6　抽取区域面结果

　　步骤 5： 选择【插入】|【网格曲面】|【N 边曲面】命令，或在【曲面】工具条中单击🔲按钮，系统弹出【N 边曲面】对话框，如图 7-7 所示。

　　步骤 6： 在【类型】选项组中单击【修剪的单片体】按钮，在【UV 方位】选项组中选中【脊线】单选按钮，接着在绘图区选择其中一个通孔的边界作为边界曲面，其余参数采用系统默认设置，单击【应用】按钮完成通孔面修补。

　　步骤 7： 用同样的方法，完成剩余通孔面的修补，结果如图 7-8 所示。

　　步骤 8： 选择【插入】|【曲面】|【整体突变】命令或在【自由形式特征】工具条中单击🔲按钮，系统弹出【点】对话框，如图 7-9 所示。

　　步骤 9： 在 XC 文本框中输入-100，在 YC 文本框中输入-100，其余参数默认，单击【确定】按钮完成第一对角点操作，在 XC 文本框中输入 100，在 YC 文本框中输入 100，其余参数默认，单击【确定】按钮完成第二对角点操作，同时系统弹出【整体突变形状控制】

对话框，如图 7-10 所示，在此不做任何更改，单击【确定】按钮完成整体突变操作，结果如图 7-11 所示。

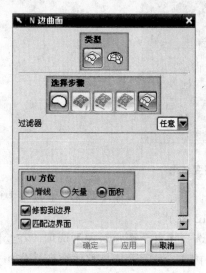

图 7-7 【N 边曲面】对话框

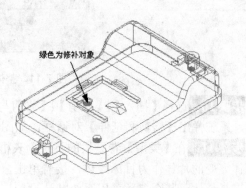

图 7-8 N 边曲面修补结果

图 7-9 【点】对话框

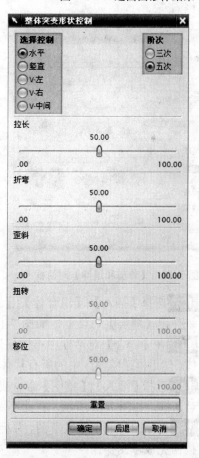

图 7-10 【整体突变形状控制】对话框

图 7-11　整体突变结果

步骤 10：选择【插入】|【修剪】|【修剪与延伸】命令，或在【曲面】工具条中单击 按钮，系统弹出【修剪和延伸】对话框，如图 7-12 所示。

步骤 11：在【类型】卷展栏的下拉列表框中选择【直至选定对象】选项，在绘图区选择整体突变的片体作为目标片体，接着单击鼠标中键，然后选择与整体突变面作相交的面作为工具片体，其余参数采用系统默认设置，单击【确定】按钮完成修剪和延伸操作，结果如图 7-13 所示。

图 7-12　【修剪和延伸】对话框

图 7-13　修剪结果

步骤 12：选择【插入】|【组合体】|【缝合】命令，或在【特征操作】工具条中单击 按钮，系统弹出【缝合】对话框，如图 7-14 所示。

步骤 13：在【缝合】对话框中不做任何更改，接着在绘图区选择抽取区域面的片体作为目标片体，然后框选绘图区中的所有片体作为工具工片，单击【确定】按钮完成缝合操作。

步骤 14：选择【插入】|【草图】命令或在【特征】工具条中单击 按钮，系统弹出【创建草图】对话框，如图 7-15 所示，在此不做任何设置，单击【确定】按钮进入草图环境。

步骤 15：在草图环境中绘制草图，并标注相关尺寸，完成结果如图 7-16 所示，单击【完成草图】按钮完成草图操作。

图 7-14 【缝合】对话框

图 7-15 【创建草图】对话框

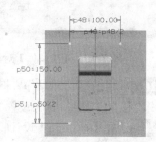

图 7-16 草图结果

步骤 16：选择【插入】|【设计特征】|【拉伸】命令或在【特征】工具条中单击 按
钮，系统弹出【拉伸】对话框，如图 7-17 所示。

步骤 17：在绘图区选择草图线段为拉伸线段，在【开始】下拉列表框中选择【对称值】
选项，接着在【距离】文本框中输入 45，其余参数采用系统默认设置，单击【确定】按钮
完成拉伸操作，结果如图 7-18 所示。

图 7-17 【拉伸】对话框

图 7-18 拉伸结果

精通模具数控系列

179

步骤18： 选择【插入】|【修剪】|【修剪体】命令或在【特征操作】工具条中单击 按钮，系统弹出【修剪体】对话框，如图 7-19 所示。

步骤19： 在绘图区选择拉伸体作为目标体，单击鼠标中键，接着在绘图区选择片体作为工具体，其余参数采用系统默认设置，单击【确定】按钮完成修剪体操作，结果如图 7-20 所示(如果修剪方向不正确，可单击 按钮改变方向)。

图 7-19　【修剪体】对话框　　　　　　　　图 7-20　修剪体结果

步骤20： 利用图层管理操作，将修剪体修剪后的型腔对象移至 8 层，修剪片体移至 28 层，草图线段移至 21 层，同时设置 7 为工作层，1、8、21 为可选层。

步骤21： 选择【插入】|【设计特征】|【拉伸】命令，或在【特征】工具条中单击 按钮，系统弹出【拉伸】对话框，如图 7-21 所示。

步骤22： 在绘图区选择草图线段作为拉伸线段，在【开始】下拉列表框中选择【对称值】选项，接着在【距离】文本框中输入 25，其余参数采用系统默认设置，单击【确定】按钮完成拉伸操作，结果如图 7-22 所示。

图 7-21　【拉伸】对话框　　　　　　　　图 7-22　拉伸结果

步骤 23：选择【插入】|【组合体】|【求差】命令或在【特征操作】工具条中单击 按
钮，系统弹出【求差】对话框，如图 7-23 所示。

步骤 24：在绘图区选择绿色实体作为目标体，接着选择黑色实体作为工具体，在【设
置】卷展栏中选中【保持工具】复选框，其余参数采用系统默认设置，单击【确定】按钮
完成求差操作，结果如图 7-24 所示。

图 7-23 【求差】对话框　　　　　　　　　　图 7-24 求差结果

步骤 25：利用显示和隐藏功能将隐藏的产品调用出来。

步骤 26：用同样的方法，完成型芯操作，结果如图 7-25 所示。

图 7-25 型芯结果

步骤 27：利用变换功能操作，将型腔、型芯移动一定距离，最终结果如图 7-26 所示。

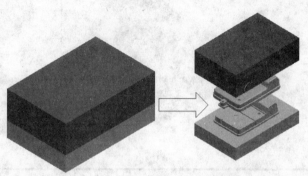

图 7-26 模拟开模

精通模具数控系列

181

7.3 游戏机前盖塑模部件验证手动分型法

塑模部件验证手动分型法，是指利用注塑模向导中的一些命令分型，在操作过程中会涉及模具工具的使用及分型管理等。

7.3.1 塑模部件验证手动分型法思路分析

塑模部件验证手动分型方法是指利用建模功能中的【抽取】命令创建型腔面及型芯面，其操作流程如表 7-2 所示。

表 7-2 塑模部件验证手动分型方法思路分析简表

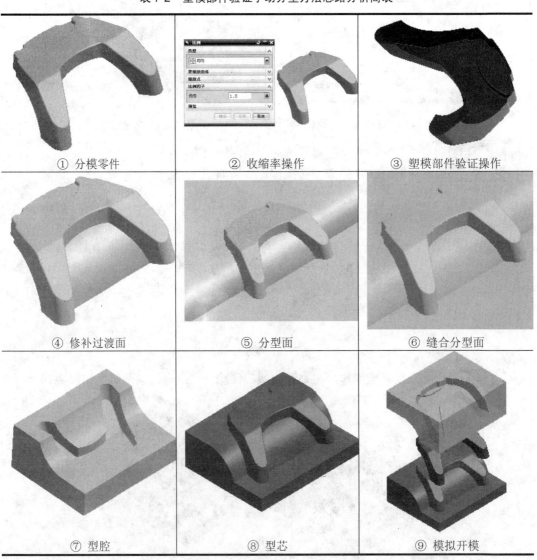

① 分模零件	② 收缩率操作	③ 塑模部件验证操作
④ 修补过渡面	⑤ 分型面	⑥ 缝合分型面
⑦ 型腔	⑧ 型芯	⑨ 模拟开模

7.3.2 塑模部件验证法分型过程

步骤1：选择【文件】|【打开】命令或单击工具栏中的 按钮，系统将弹出【打开部件文件】对话框，如图 7-27 所示，选择光盘中的 example\cha07\exe2.prt 文件，单击 OK 按钮，系统进入建模环境。

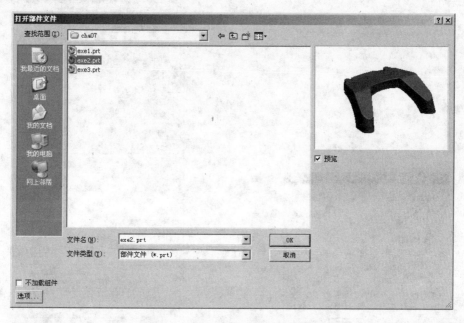

图 7-27 【打开部件文件】对话框

步骤2：选择【插入】|【偏置/缩放】|【缩放】命令或在【特征】工具条中单击 按钮，系统弹出【比例】对话框，如图 7-28 所示。在【类型】卷展栏的下拉列表框中选择【均匀】选项,在绘图区选择实体作为要缩放的体，在【比例】文本框中输入 1.005，其余参数采用系统默认设置，单击【确定】按钮完成比例缩放操作。

图 7-28 【比例】对话框

精通模具数控系列

步骤 3: 选择【插入】|【分析】|【塑模部件验证】命令，系统弹出【MPV 初始化】对话框，如图 7-29 所示。

步骤 4: 在【MPV 初始化】对话框中不做任何更改，单击【确定】按钮，系统弹出【塑模部件验证】对话框，如图 7-30 所示。

图 7-29　【MPV 初始化】对话框　　　　图 7-30　【塑模部件验证】对话框

步骤 5: 在【塑模部件验证】对话框中切换到【区域】选项卡，接着单击【设置区域颜色】按钮，完成塑模部件验证操作，结果如图 7-31 所示。

图 7-31　塑模部件验证结果

步骤 6: 在【注塑模向导】工具条中单击 按钮，系统弹出【分型管理器】对话框，如图 7-32 所示。

步骤 7: 在【分型管理器】对话框中单击 按钮，系统弹出【区域和直线】对话框，如图 7-33 所示。

图 7-32 【分型管理器】对话框　　　图 7-33 【区域和直线】对话框

步骤 8：在【区域和直线】对话框中选中【相连的面区域】单选按钮，接着在绘图区选择产品外表面的其中一个面为相连的面区域，单击【确定】按钮完成区域和直线操作。

步骤 9：选择【格式】|【图层设置】命令或在【实用工具】工具条中单击■按钮，系统弹出【图层设置】对话框，如图 7-34 所示。

步骤 10：在【图层设置】对话框中选择 29 层为工作层，其余为不可见的层，单击【确定】按钮完成图层设置操作，结果如图 7-35 所示。

图 7-34 【图层设置】对话框　　　　图 7-35 相连的面区域

步骤 11：选择【插入】|【网格曲面】|【通过曲线组】命令，或在【曲面】工具条中单击 按钮，系统弹出【通过曲线组】对话框，如图 7-36 所示。

步骤 12：在绘图区选择如图 7-37 所示的边界线作为截面线串 1，选择如图 7-38 所示的边界线作为截面线串 2，其余参数采用系统默认设置，单击【确定】按钮完成通过曲线组操作，结果如图 7-39 所示。

图 7-36　【通过曲线组】对话框

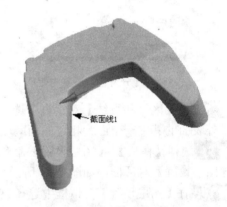

图 7-37　截面线串 1

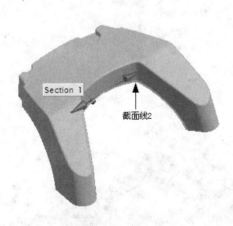

图 7-38　截面线串 2

图 7-39　通过曲线组结果

步骤 13：选择【插入】|【设计特征】|【拉伸】命令或在【特征】工具条中单击 按钮，系统弹出【拉伸】对话框，如图 7-40 所示。

步骤 14：在绘图区选择线段作为拉伸线段，在【指定矢量】右侧的下拉列表框中选择 选项，在【终点】下拉列表框中选择【值】选项，接着在【距离】文本框中输入 170，其余参数采用系统默认设置，单击【应用】按钮完成左侧边拉伸操作，如图 7-41 所示。

图 7-40 【拉伸】对话框

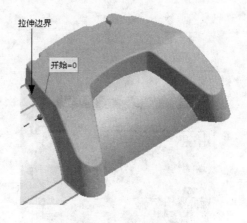

图 7-41 拉伸左侧边结果

步骤 15： 用同样的方法，完成对右侧边的拉伸操作，结果如图 7-42 所示。

步骤 16： 用同样的方法，完成后半部分拉伸操作，结果如图 7-43 所示。

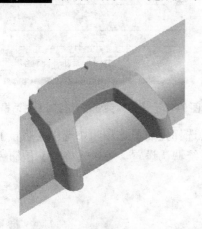

图 7-42 拉伸右侧边结果

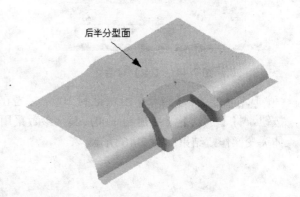

图 7-43 拉伸后半部分结果

步骤 17： 选择【格式】|WCS|【动态】命令，或在【实用工具】工具条中单击 按钮，接着选择分型面最底部的一条边界作为 WCS 放置点，单击鼠标中键完成动态操作。

步骤 18： 选择【插入】|【曲面】|【整体突变】命令，或在【自由形式特征】工具条中单击 按钮，系统弹出【点】对话框，如图 7-44 所示。

步骤 19： 在 XC 文本框中输入 0，在 YC 文本框中输入-100，其余参数默认，单击【确定】按钮完成第一对角点操作；在 XC 文本框中输入 170，在 YC 文本框中输入 100，其余参数默认，单击【确定】按钮完成第二对角点操作，同时系统弹出【整体突变形状控制】对话框，如图 7-45 所示。

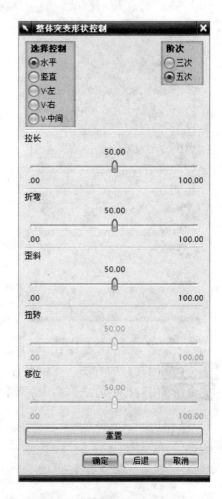

图 7-44　【点】对话框　　　　　　图 7-45　【整体突变形状控制】对话框

步骤 20： 将【拉长】滑块拖到 100，接着在【选择控制】选项组中选中【竖直】单选按钮，将【拉长】滑块拖到 100，其余参数采用系统默认设置，单击【确定】按钮完成整体突变操作，结果如图 7-46 所示。

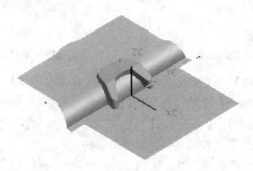

图 7-46　整体突变结果

步骤 21： 选择【插入】|【修剪】|【修剪的片体】命令，或在【曲面】工具条中单击 按钮，系统弹出【修剪的片体】对话框，如图 7-47 所示。

步骤 22： 在绘图区选择整体突变片体作为目标体，单击鼠标中键，接着选择与整体突变相交的边界线作为修剪边界，单击【确定】按钮完成修剪的片体操作。

步骤 23： 选择【插入】|【组合体】|【缝合】命令，或在【特征】工具条中单击▥按钮，系统弹出【缝合】对话框，如图 7-48 所示。

图 7-47 【修剪的片体】对话框

图 7-48 【缝合】对话框

步骤 24： 在绘图区选择绿色片体作为目标片体，接着框选绘图区所有的片体作为工具体，其余参数采用系统默认设置，单击【确定】按钮完成缝合操作，结果如图 7-49 所示。

步骤 25： 在【模具工具】工具条中单击▥按钮，系统弹出【创建箱体】对话框，如图 7-50 所示。

图 7-49 缝合结果

图 7-50 【创建箱体】对话框

步骤 26： 在绘图区选择如图 7-51 所示的面作为对象边框，接着在 Default Clearance 文本框中输入 25，其余参数采用系统默认设置，单击【确定】按钮完成创建箱体操作，结果如图 7-52 所示。

对象边框

图 7-51　对象边框

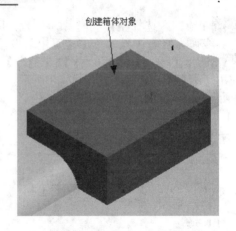

创建箱体对象

图 7-52　创建箱体结果

> **野火专家提示**：一般工件尺寸都为整数，由于本书只按产品的最大轮廓设置工件大小，因此工件尺寸不一定为整数值。

步骤 27：选择【插入】|【修剪】|【修剪体】命令，或在【特征操作】工具条中单击📙按钮，系统弹出【修剪体】对话框，如图 7-53 所示。

步骤 28：在绘图区选择箱体作为目标体，单击鼠标中键，接着在绘图区选择片体作为工具体，其余参数采用系统默认设置，单击【确定】按钮完成修剪体操作，结果如图 7-54 所示(如果修剪方向不正确，可单击🔀按钮改变方向)。

图 7-53　【修剪体】对话框

图 7-54　修剪体结果

步骤 29：利用图层管理操作，将修剪体修剪后的型腔对象移至 8 层，修剪片体移至 28 层，同时设置 7 为工作层，1、8 为可选层。

步骤 30：在【模具工具】工具条中单击📘按钮，系统弹出【创建箱体】对话框，如图 7-55 所示。

步骤 31：在绘图区选择如图 7-56 所示的面作为对象边框，接着在 Default Clearance 文本框中输入 0，选择箱体底部偏移的箭头方向并往此方向拖动距离 25，其余参数采用系统默认设置，单击【确定】按钮完成创建箱体操作，结果如图 7-57 所示。

步骤 32：选择【插入】|【组合体】|【求差】命令，或在【特征操作】工具条中单击🔲

按钮，系统弹出【求差】对话框，如图 7-58 所示。

图 7-55 【创建箱体】对话框

图 7-56 对象边框

图 7-57 创建箱体结果

图 7-58 【求差】对话框

步骤 33：在绘图区选择黑色实体作为目标体，接着选择蓝色实体作为工具体，在【设置】卷展栏中选中【保持工具】复选框，其余参数采用系统默认设置，单击【确定】按钮完成求差操作，结果如图 7-59 所示。

步骤 34：用同样的方法，完成利用产品体为工具体进行型芯的求差操作，结果如图 7-60 所示。

图 7-59 与型腔求差结果

图 7-60 利用产品体为工具体进行型芯求差的结果

步骤 35：利用变换功能操作，将型腔、型芯移动一定距离，最终结果如图 7-61 所示。

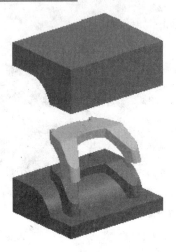

图 7-61　模拟开模

7.4　电饭煲盖塑模部件验证与抽取区域面综合手动分型法

本节以电饭煲盖为例，将介绍塑模部件验证与抽取区域面综合分型的方法，即借助注塑模向导的【塑模部件】工具区分模具前后模的成型区域，然后利用颜色过滤器快速抽取型腔成型面进行手动分模，从而达到快速分模的手动方法。

7.4.1　塑模部件验证与抽取区域面手动分型法思路分析

塑模部件验证与抽取区域面手动分型法是指先用塑模部件验证进行前后模分颜色，然后利用建模功能中的抽取命令抽取前后模不同颜色面区域，最终创建型腔面及型芯面，其操作流程如表 7-3 所示。

表 7-3　塑模部件验证与抽取区域面综合手动分型法思路分析简表

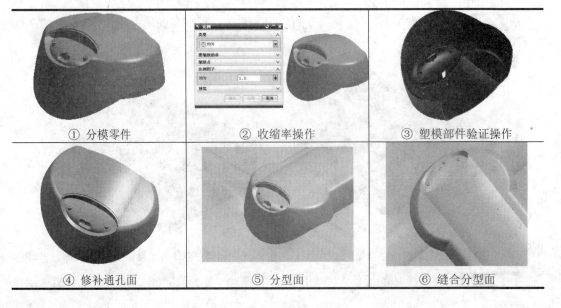

① 分模零件	② 收缩率操作	③ 塑模部件验证操作
④ 修补通孔面	⑤ 分型面	⑥ 缝合分型面

续表

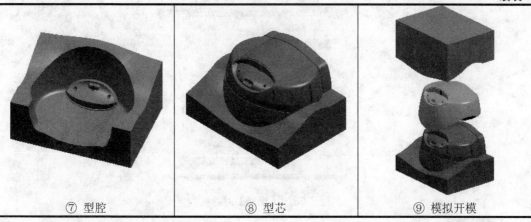

| ⑦ 型腔 | ⑧ 型芯 | ⑨ 模拟开模 |

7.4.2 塑模部件验证与抽取区域面方法分型过程

步骤 1：选择【文件】|【打开】命令，或单击工具栏中的 按钮，系统将弹出【打开部件文件】对话框，如图 7-62 所示，选择光盘中的 example\cha07\exe3.prt 文件，单击 OK 按钮，系统进入建模环境。

图 7-62 【打开部件文件】对话框

步骤 2：选择【插入】|【偏置/缩放】|【缩放】命令，或在【特征操作】工具条中单击 按钮，系统弹出【比例】对话框，在【类型】卷展栏的下拉列表框中选择【均匀】选项，在绘图区选择实体作为要缩放的体，在【比例】文本框中输入 1.005，其余参数采用系统默认设置，单击【确定】按钮完成比例缩放操作，如图 7-63 所示。

精通模具数控系列

图 7-63　【比例】对话框

步骤 3: 选择【格式】|【图层设置】命令，或在【实用工具】工具条中单击 按钮，系统弹出【图层设置】对话框，如图 7-64 所示。

步骤 4: 在【工作】文本框中输入 29 后按 Enter 键，其余参数采用系统默认设置，单击【确定】按钮完成图层设置操作。

步骤 5: 选择【分析】|【塑模部件验证】命令，系统弹出【MPV 初始化】对话框，如图 7-65 所示。

步骤 6: 在【MPV 初始化】对话框中不做任何更改，单击【确定】按钮，系统弹出【塑模部件验证】对话框，如图 7-66 所示。

步骤 7: 在【塑模部件验证】对话框中切换到【区域】选项卡，单击【设置区域颜色】按钮，系统开始计算型腔与型芯面区域，在【区域】选项卡中选中【交叉竖直面】、【交叉区域面】与【未知的面类型】复选框，接着在【用户定义区域】选项组中选中【型芯区域】单选按钮，然后单击【应用】按钮完成【塑模部件验证】操作，结果如图 7-67 所示。

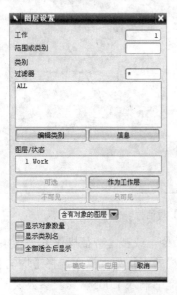

图 7-64　【图层设置】对话框

图 7-65　【MPV 初始化】对话框

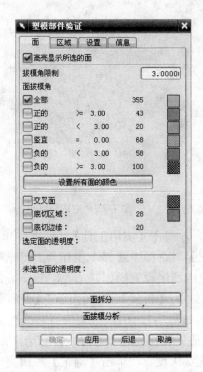

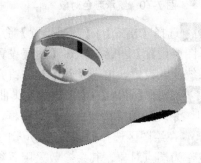

图 7-66 【塑模部件验证】对话框　　　　图 7-67 塑模部件验证结果

步骤 8：选择【插入】|【关联复制】|【抽取】命令，或在【特征】工具条中单击 按钮，系统弹出【抽取】对话框，如图 7-68 所示。

步骤 9：在【选择条】工具条中单击 按钮，在打开的下拉列表中选择【颜色过滤器】选项，系统弹出【颜色】对话框，如图 7-69 所示。

步骤 10：在【颜色】对话框中单击 按钮，接着在绘图区选择如图 7-70 所示的面作为继承颜色面，单击【确定】按钮完成颜色操作，在绘图区框选产品对象，在【抽取】对话框中单击【确定】按钮完成面抽取操作，结果如图 7-71 所示。

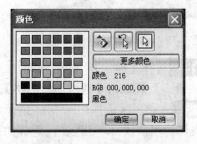

图 7-68 【抽取】对话框　　　　图 7-69 【颜色】对话框

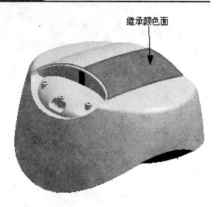

继承颜色面

图 7-70 继承颜色对象

图 7-71 抽取面结果

步骤 11：选择【格式】|【图层设置】命令，或在【实用工具】工具条中单击 按钮，系统弹出【图层设置】对话框，在【图层设置】对话框中选择 1 层作为不可见的层，其余参数采用系统默认设置，单击【确定】按钮完成图层设置操作。

步骤 12：选择【插入】|【来自曲线集曲线】|【桥接】命令，或在【曲线】工具条中单击 按钮，系统弹出【桥接曲线】对话框，如图 7-72 所示。

步骤 13：在绘图区选择如图 7-73 所示的边界线作为起点对象，接着选择如图 7-74 所示的边界线作为端点对象，其余参数采用系统默认设置，单击【确定】按钮完成桥接曲线操作，结果如图 7-75 所示。

图 7-72 【桥接曲线】对话框

图 7-73 起点对象边界

步骤 14：选择【插入】|【网格曲面】|【通过曲线网格】命令，或在【曲面】工具条中单击 按钮，系统弹出【通过曲线网格】对话框，如图 7-76 所示。

步骤 15：在绘图区选择如图 7-77 所示的边界线作为主曲线 1，接着选择如图 7-78 所示的边界线作为主曲线 2，在绘图区选择如图 7-79 所示的边界线作为交叉曲线 1，接着选择如图 7-80 所示的边界线作为交叉曲线 2，其余参数采用系统默认设置，单击【确定】按钮完成通过曲线网格操作，结果如图 7-81 所示。

图 7-74　端点对象边界

图 7-75　桥接曲线结果

图 7-76　【通过曲线网格】对话框

图 7-77　主曲线 1

图 7-78　主曲线 2

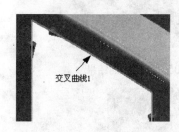

图 7-79　交叉曲线 1

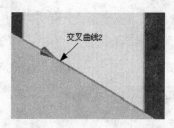

图 7-80　交叉曲线 2

图 7-81　通过曲线网格结果

步骤 16： 参考步骤 12～步骤 15 的方法，完成另一网格曲面的侧孔修补，结果如图 7-82 所示。

步骤 17： 选择【插入】|【网格曲面】|【N 边曲面】命令，或在【曲面】工具条中单击 按钮，系统弹出【N 边曲面】对话框，如图 7-83 所示。

步骤 18： 在绘图区选择如图 7-84 所示的线段作为边界曲线，在【UV 方位】选项组中选中【脊线】单选按钮，其余参数采用系统默认设置，单击【应用】按钮完成 N 边曲面操作，结果如图 7-85 所示。

步骤 19： 参考步骤 12～步骤 15 的方法，完成剩余面的侧孔补片操作，结果如图 7-86 所示。

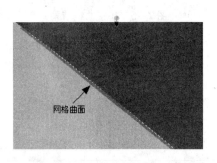

图 7-82　通过另一曲线网格结果

图 7-83　【N 边曲面】对话框

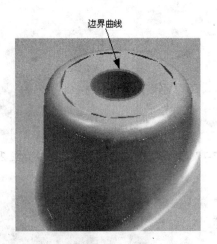

图 7-84　边界曲线

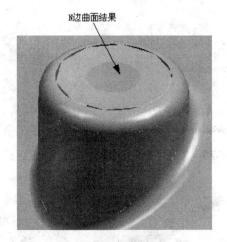

图 7-85　N 边曲面结果

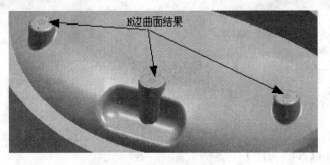

图 7-86　N 边曲面最终结果

步骤 20： 选择【插入】|【设计特征】|【拉伸】命令，或在【特征】工具条中单击 按钮，系统弹出【拉伸】对话框，如图 7-87 所示。

步骤 21： 在绘图区选择如图 7-88 所示的线段作为拉伸线段，在【指定矢量】下拉列表框中选择 选项，在【终点】下拉列表框中选择【值】选项，接着在【距离】文本框中输入 400，其余参数采用系统默认设置，单击【应用】按钮完成右侧边拉伸操作。

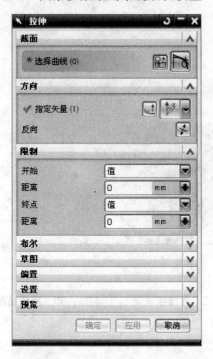

图 7-87 【拉伸】对话框

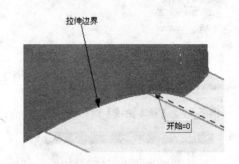

图 7-88 拉伸边界

步骤 22： 用同样的方法，完成对左侧边的拉伸操作，最终结果如图 7-89 所示。

步骤 23： 用同样的方法，完成前半部分的拉伸操作，结果如图 7-90 所示。

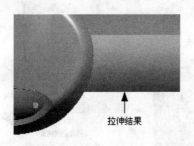

图 7-89 拉伸结果

图 7-90 拉伸前半部分结果

步骤 24： 选择【插入】|【曲线】|【基本曲线】命令，或在【曲线】工具条中单击 按钮，系统弹出【基本曲线】对话框，如图 7-91 所示。

步骤 25： 在绘图区选择前部圆弧边界的端点作为直线起点，在【平行于】选项组中单击 YC 按钮，然后在绘图区拖动直线一定距离后单击左键，创建结果如图 7-92 所示。

步骤 26： 用同样的方法，做出另一条直线，结果如图 7-93 所示。

步骤 27： 选择【插入】|【来自曲线集的曲线】|【桥接】命令，或在【曲线】工具条中单击 按钮，系统弹出【桥接曲线】对话框，如图 7-94 所示。

精通模具数控系列

步骤 28: 在绘图区选择如图 7-95 所示的边界作为起点对象,接着选择如图 7-93 所示的直线作为端部对象。在【桥接曲线】对话框中展开【形状控制】卷展栏,接着在【开始】文本框中输入 0.5,其余参数采用系统默认设置,单击【确定】按钮完成桥接曲线操作,结果如图 7-96 所示。

图 7-91 【基本曲线】对话框

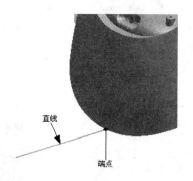

图 7-92 直线结果

图 7-93 直线结果

图 7-94 【桥接曲线】对话框

图 7-95 起点对象

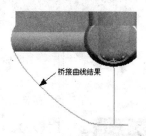

图 7-96 桥接曲线结果

步骤 29: 用同样的方法,完成另一侧的曲线桥接操作,最终结果如图 7-97 所示。

步骤 30: 选择【插入】|【网格曲面】|【通过曲线网格】命令,或在【曲面】工具条中单击 按钮,系统弹出【通过曲线网格】对话框,如图 7-98 所示。

步骤 31: 在绘图区选择如图 7-99 所示的边界线作为主曲线 1,接着选择如图 7-100 所示的边界线作为主曲线 2;在绘图区选择如图 7-101 所示的边界线作为交叉曲线 1,接着选择如图 7-102 所示的边界线作为交叉曲线 2，在【通过曲线网格】对话框中展开【连续性】卷展栏，接着在【第一主线串】下拉列表框中选择【相切】选项，然后在绘图区选择第一主线串的面作为相切面；在【最后主线串】下拉列表框中选择【相切】选项，然后在绘图区选择第二主线串的面作为相切面，其余参数采用系统默认设置，单击【确定】按钮完成通过曲线网格操作，结果如图 7-103 所示。

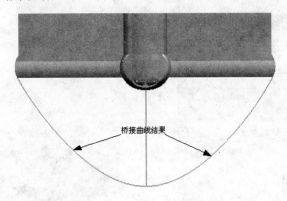

图 7-97 桥接曲线最终结果

图 7-98 【通过曲线网格】对话框

图 7-99 主曲线 1

图 7-100 主曲线 2

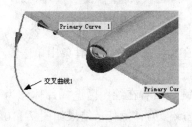

图 7-101 交叉曲线 1

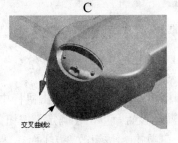

图 7-102 交叉曲线 2

图 7-103 通过曲线网格结果

步骤 32： 选择【插入】|【组合体】|【缝合】命令，或在【特征操作】工具条中单击 📖 按钮，系统弹出【缝合】对话框，如图 7-104 所示。

步骤 33： 在绘图区选择任意一个片体作为目标片体，接着框选绘图区所有的片体作为工具体，其余参数采用系统默认设置，单击【确定】按钮完成缝合操作，结果如图 7-105 所示。

图 7-104　【缝合】对话框

图 7-105　缝合结果

步骤 34： 在【模具工具】工具条中单击 ⬛ 按钮，系统弹出【创建箱体】对话框，如图 7-106 所示。

步骤 35： 在绘图区选择如图 7-107 所示的面作为对象边框，接着在 Default Clearance 文本框中输入 40，其余参数采用系统默认设置，单击【确定】按钮完成创建箱体操作，结果如图 7-108 所示。

图 7-106　【创建箱体】对话框

图 7-107　对象边框

图 7-108　创建箱体结果

步骤 36： 选择【插入】|【修剪】|【修剪体】命令，或在【特征操作】工具条中单击 🔲 按钮，系统弹出【修剪体】对话框，如图 7-109 所示。

步骤 37： 在绘图区选择箱体作为目标体，单击鼠标中键，接着在绘图区选择片体作为工具体，其余参数采用系统默认设置，单击【确定】按钮完成修剪体操作，结果如图 7-110 所示(如果修剪方向不正确，可单击 ⬛ 按钮改变方向)。

图 7-109 【修剪体】对话框　　　　　　　图 7-110 修剪体结果

步骤 38：利用图层管理操作，将修剪体修剪后的型腔对象移至 8 层，修剪片体移至 29 层，同时设置 7 为工作层，1、8 为可选层。

步骤 39：在【模具工具】工具条中单击 按钮，系统弹出【创建箱体】对话框，如图 7-111 所示。

步骤 40：在绘图区选择如图 7-112 所示的面作为对象边框，首先在 Default Clearance 文本框中输入 0，接着单独选择底箱体底部的箭头方向往此方向拖动距离 40，其余参数采用系统默认设置，单击【确定】按钮完成创建箱体操作，结果如图 7-113 所示。

图 7-111 【创建箱体】对话框　　　图 7-112 对象边框　　　图 7-113 创建箱体结果

步骤 41：选择【插入】|【组合体】|【求差】命令，或在【特征操作】工具条中单击 按钮，系统弹出【求差】对话框，如图 7-114 所示。

步骤 42：在绘图区选择黑色实体作为目标体，接着选择蓝色实体作为工具体，在【设置】卷展栏中选中【保持工具】复选框，其余参数采用系统默认设置，单击【确定】按钮完成求差操作，结果如图 7-115 所示。

步骤 43：用同样的方法，完成产品体与型芯的求差操作，结果如图 7-116 所示。

步骤 44：利用变换功能操作，将型腔、型芯移动一定距离，最终结果如图 7-117 所示。

图 7-114　【求差】对话框

图 7-115　与型腔求差结果

图 7-116　与产品求差结果

图 7-117　模拟开模

7.5　本章小结

　　本章主要介绍了 UG 手动分型的两种方法：抽取区域面与塑模部件验证。这两种方法各有优点，特别是塑模部件验证，它可以快速查出型芯、型腔面范围，方便模具设计师找出相关分型面。

7.6　习题精练

选择题

　　1.　本章没有讲述的手动分型是(　　　)。

　　　　A. 抽取区域面方法

B. 塑模部件验证方法

C. UG 拆电极的快速解决方案

D. 补破面的快速解决方案

2. 工件尺寸一般为(　　)。

    A. 整数   B. 小数   C. 小数两位   D. 四舍五入

简述题

1. 简单概述 UG 手动分型的操作步骤。

2. 试区别两种方法的不同之处。

第8章 信号接收盒多腔模实例演练

本章主要知识点

➜ 多腔模设计

➜ 加载多腔模

➜ 多腔模布局

8.1 多腔模设计

多腔模是指可以生成多个不同产品(如手机产品的上下盖)的模具。加载多个产品模型时，注塑模向导会自动将多腔模项目排列到装配结构中，每个部件和它的相关文件放置在不同的装配节点下。多腔模模块允许用户选择激活的部件来执行需要的操作。

在注塑模向导中用于一个指定的部件保留相关文件称为部件的详细操作过程。详细操作过程包括：产品收缩率、模具坐标、工件加载、分型等。部件的详细操作也可应用于多腔模中的激活产品文件，如：可以激活某个产品创建分型面，接着可以评估该分型体和利用建模功能匹配或在相邻镶件间创建斜度，但是不可以再次激活该产品创建型腔和型芯。执行各种功能的部件称为激活部件。

在【注塑模向导】工具条中单击 按钮，系统会弹出【选择塑料产品】对话框，如图 8-1 所示。如果在项目初始化时仅加载了一个产品，系统会弹出如图 8-2 所示的警告信息。在【选择塑料产品】对话框中单击【移除族成员】按钮时，可以将选中的产品体从多腔模中移除。

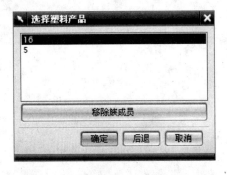

图 8-1 【选择塑料产品】对话框

图 8-2 警告信息

野火专家提示： 标准件不受激活产品的影响，如标准模架、导柱、定位圈等，这些标准件放置在另一个装配节点下。

8.2 加 载 产 品

在注塑模向导中打开顶层装配，接着单击加载产品按钮 ，在 Layout 节点下将创建一个新的产品的 prod 子组件，该子组件是一个包含原产品模型和链接 parting、core 和 cavity 等的标准结构，如图 8-3 所示。

加载一个产品族后，将可以使用激活产品来加载模具坐标、收缩等操作。当一个产品模型用模具坐标系定位或重定位时，注塑模向导便记录、保留了这些转移信息，并将其用于下一个附加产品模型的加载。

图 8-3 多腔模子组件装配结果

8.3 多腔模布局

多腔模布局包括一模多腔和一腔多模两种。多腔模布局工具提供了创建多个装配的阵列方法，阵列对象是加载产品功能的子装配。该功不能创建任何新的实体数据。

多腔模布局可分为矩形和圆形两种。矩形布局包含平衡和线性；圆形布局包含径向和恒定。

8.3.1 矩形布局

矩形布局的对话框如图 8-4(a)所示，在其对话框中包括一模两腔和一模四腔两个选项，布局方式包括平衡和线性两种。一模两腔布局是成型镶件沿所选择的方向偏置，当选中【平衡】复选框时，第二型腔旋转 180 度；当选中【线性】复选框时，第二型腔不旋转 180 度，如图 8-5 所示。一模四腔与一模两腔相似，只是选择了第一个方向后，第二个方向永远参考第一方向逆时针旋转 90 度。平衡和线性两种布局方式的各操作选项参见表 8-1 和表 8-2。

精通模具数控系列

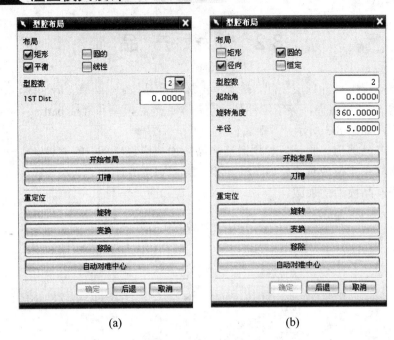

(a)   (b)

图 8-4   多腔模布局对话框

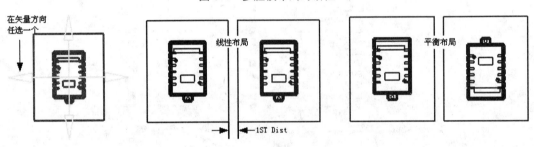

图 8-5   一模两腔布局方式

表 8-1   矩形平衡布局

选 项	说 明
【型腔数】下拉列表框	在【型腔数】下拉列表框中有两个选项，可以选择 2 个或 4 个型腔，型腔数目是高亮型腔的布局数目
第一个距离	是指两个工件在第一个选择方向下的距离
第二个距离	是指垂直于选择方向上的两个工件的距离，只有选择了 4 个型腔选项才会显示第二个距离

表 8-2   矩形线性布局

选 项	说 明
X 向型腔数	X 方向的型腔数目
X 向距离	X 方向上的各型腔之间的距离，可供选择的选项有长方体和移动两个 长方体：各工件间在 X 方向上的距离 移动：各型腔之间的绝对移动距离

续表

选 项	说 明
Y 向型腔数	Y 方向上的型腔数目
Y 向距离	Y 方向上的各型腔之间的距离，可供选择选项有长方体和移动两个

8.3.2 圆形布局

圆形布局几乎完全是自定义操作，注塑模向导所做的是计算出每个型腔的角度、型腔数、总角度等。选择的参考点不同，做出的结果也不同，一般的参数点都是选择模腔的中心。

圆形布局方式包括径向和恒定两种，当选中【径向】复选框时，各型腔的方向始终指向一个中心点，各型腔绕着该中心点旋转；当选中【恒定】复选框时，各型腔始终保持与第一型腔的方位一致，径向与恒定布局方式的效果如图 8-6 所示。

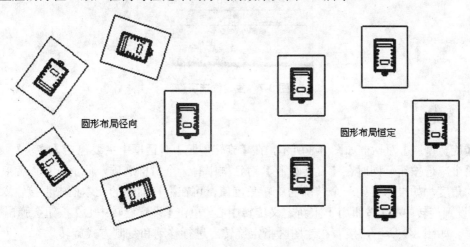

图 8-6 圆形布局方式

1. 型腔数

型腔数是指型腔布局的总数，包含第一个原始型腔。

2. 起始角

起始角是指第一个型腔的参考点到绝对坐标原点的连线与 X 轴所成的夹角。

3. 旋转角度

旋转角度是指包括第一个型腔到最后一个型腔的总角度，同时系统会根据相关的参数自动计算出每个型腔之间的夹角。

4. 半径

半径是指角度坐标系原点到型腔参考点之间的距离。

5. 参考点

参考点是一个在型腔上选择的点，该点用于决定型腔同绝对坐标系原点之间的距离，同时也是自旋转的中心。

8.4　重定位方法

重定位方法是指对当前的型腔布局进行重新排位，在重定位选项中包括旋转、变换、移除以及自动对准中心 4 个选项，前三个只对高亮显示的对象有效，自动对准中心是对定位产品关于坐标系对称放置，重定位操作选项如图 8-7 所示。

图 8-7　重定位选项

8.4.1　旋转

【旋转型腔】对话框如图 8-8 所示，在【旋转型腔】对话框中主要包括【移动】及【复制】两个单选按钮。同时在【旋转型腔】对话框中有一个滑杆选项，此滑杆可以控制型腔旋转的角度，如果想得到一个精确的旋转角度值，可在滑杆前面的文本框中直接输入数据值。【设置旋转中心】按钮用于重新定义旋转中心，单击【设置旋转中心】按钮会弹出【点】对话框，如图 8-9 所示，接着在绘图区指定旋转点进行移动和复制方式旋转。

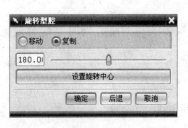

图 8-8　【旋转型腔】对话框

图 8-9　【点】对话框

8.4.2 变换

【平移】对话框如图 8-10 所示，在【平移】对话框中包括【移动】及【复制】两个单选按钮。在【平移】对话框中有两个滑杆，可以控制型腔的平移距离，如果想得到一个精确的变换值，可在滑杆前面的文本框中直接输入数据值。【从点到点】按钮用来选择型腔对象的平移操作，其操作过程与建模功能中的"变换"操作一样，单击【从点到点】按钮，系统弹出【点】对话框，接着在绘图区选择移动的两点进行移动或复制方式变换移动。

图 8-10 【平移】对话框

8.4.3 移除

单击【移除】按钮，系统会将高亮显示的型腔删除。但是，在模具装配中，如果只剩下一个型腔时，则不会移除型腔。

8.4.4 自动对准中心

【自动对准中心】按钮适用于型腔布局里所有的型腔，不只用于高亮显示的型腔。单击【自动对准中心】按钮系统会搜索全部型腔(包括多腔模)，然后得到一个布局的中心点，最后系统将该中心点移动到绝对坐标系的原点，布局的型腔也自动移动。

8.5 刀 槽

刀槽是为以后在模板上建立安放成型镶件的间隙而准备的工具体，单击【多腔模布局】对话框中的【刀槽】按钮时，系统会弹出【刀槽】对话框，如图 8-11 所示。

用户可以从库中为型腔设计选择一个标准的工具体，在【刀槽】对话框底部提供了 4 种刀槽形状，刀槽的尺寸与型腔布局相关。如果在选项中没有需要的 R 值，可以通过切换到【尺寸】选项卡来修改相关刀槽尺寸。

精通模具数控系列

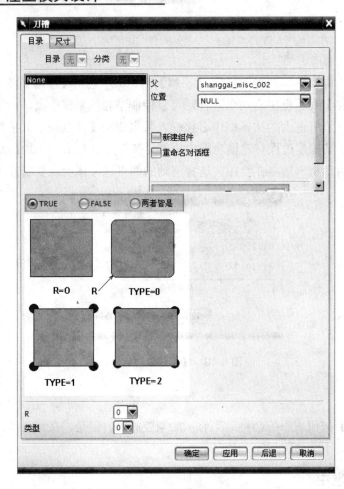

图 8-11 【刀槽】对话框

8.6 信号接收盒多腔模实例演练

8.6.1 多腔模设计思路分析

多腔模设计流程与单腔模设计一样，只是多腔模要做两次项目初始化，具体的操作流程如表 8-3 所示。

表 8-3 多腔模设计思路分析简表

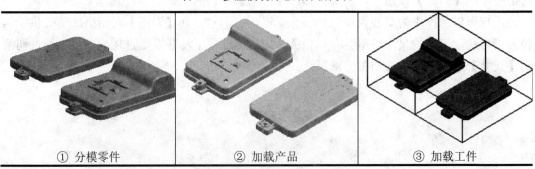

| ① 分模零件 | ② 加载产品 | ③ 加载工件 |

续表

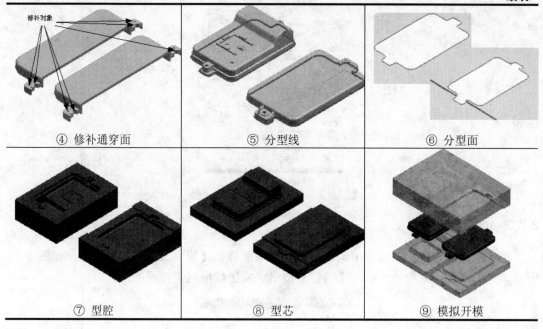

④ 修补通穿面	⑤ 分型线	⑥ 分型面
⑦ 型腔	⑧ 型芯	⑨ 模拟开模

8.6.2 项目初始化

步骤 1: 在【注塑模向导】工具条中单击 按钮,系统弹出【打开部件文件】对话框,如图 8-12 所示,选择光盘中的 example\cha08\exe1.prt 文件,单击 OK 按钮,系统弹出【项目初始化】对话框,如图 8-13 所示。

步骤 2: 在【项目路径】文本框中输入 D:\exe1,其余参数采用系统默认设置,单击【确定】按钮,系统开始项目初始化计算,并完成项目初始化操作。

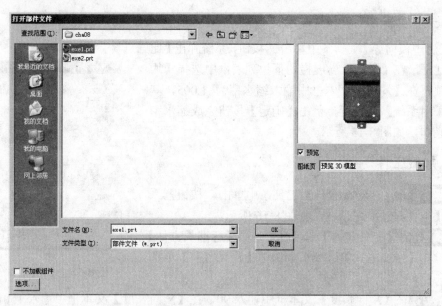

图 8-12 【打开部件文件】对话框

图 8-13　【项目初始化】对话框

8.6.3　加载模具坐标

在【注塑模向导】工具条中单击 按钮，系统弹出【模具 CSYS】对话框，如图 8-14 所示，在此不做任何更改，单击【确定】按钮完成加载模具坐标系的操作。

图 8-14　【模具 CSYS】对话框

8.6.4　缩水率计算

在【注塑模向导】工具条中单击 按钮，系统弹出【比例】对话框，在【类型】卷展栏的下拉列表框中选择【均匀】选项，在【均匀】文本框中输入缩水率为 1.005，其余参数采用系统默认设置，单击【确定】按钮完成缩水率计算的操作，如图 8-15 所示。

8.6.5　加载工件

步骤 1： 在【注塑模向导】工具条中单击 按钮，系统弹出【工件尺寸】对话框，如图 8-16 所示。

步骤 2： 在【工件尺寸】对话框中选中【标准长方体】复选框，在【定义方式】选项组中选中【距离容差】单选按钮。

图 8-15　【比例】对话框

步骤 3： 在【X 向长度】文本框中输入 90，在【Y 向长度】文本框中输入 150，在【Z 向下移】文本框中输入 20，在【Z 向上移】文本框中输入 40，其余参数采用系统默认设置，单击【确定】按钮完成工件尺寸的创建，结果如图 8-17 所示。

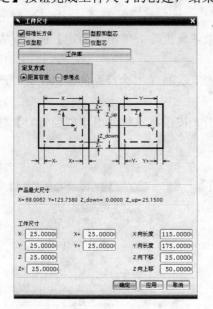

图 8-16　【工件尺寸】对话框　　　　　　图 8-17　工件加载结果

8.6.6　型腔布局

在【注塑模向导】工具条中单击 按钮，系统弹出【型腔布局】对话框，如图 8-18 所示，接着在【型腔布局】对话框中单击【自动对准中心】按钮，其余参数采用系统默认设置，单击【后退】按钮完成型腔布局操作，结果如图 8-19 所示。

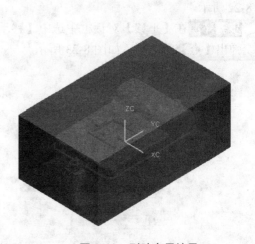

图 8-18　【型腔布局】对话框　　　　　　图 8-19　型腔布局结果

8.6.7　第二个产品项目初始化及型腔布局

步骤 1：在【注塑模向导】工具条中单击 按钮，系统弹出【打开部件文件】对话框，选择光盘中的 example\cha08\exe2.prt 文件，单击 OK 按钮，系统弹出【部件名管理】对话框，如图 8-20 所示。

步骤 2： 在【部件名管理】对话框中不做任何更改，单击【确定】按钮完成第二个产品项目的初始化操作。

步骤 3： 参考 8.6.2～8.6.5 小节的创建方法，完成第二个产品的模具坐标、产品收缩、工件加载操作。

步骤 4： 在【注塑模向导】工具条中单击 ⬚ 按钮，系统弹出【型腔布局】对话框，如图 8-21 所示。

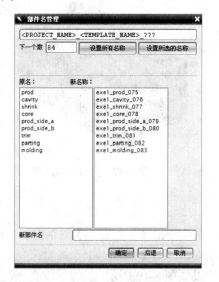

图 8-20　【部件名管理】对话框

图 8-21　【型腔布局】对话框

步骤 5： 在【型腔布局】对话框中单击【变换】按钮，系统弹出【平移】对话框，如图 8-22 所示。

步骤 6： 在【平移】对话框中选中【移动】单选按钮，接着单击【从点到点】按钮，系统弹出【点】对话框，如图 8-23 所示。

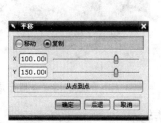

图 8-22　【平移】对话框　　　　图 8-23　【点】对话框

步骤 7： 在绘图区选择第二个产品的工件左侧边界中心为起点，接着选择第一个产品的工件右侧边界中心为终点，单击两次【确定】按钮完成平移操作，结果如图 8-24 所示。

步骤 8： 接着在【型腔布局】对话框中单击【自动对准中心】按钮，其余参数采用系统默认设置，单击【后退】按钮完成型腔布局操作，结果如图 8-25 所示。

图 8-24　平移操作结果

图 8-25　自动对准中心结果

8.6.8　分型——产品二

步骤 1： 在【注塑模向导】工具条中单击■按钮，系统弹出【分型管理器】对话框，如图 8-26 所示。

步骤 2： 在【分型管理器】对话框中单击■按钮，系统弹出【补片环选择】对话框，如图 8-27 所示。

步骤 3： 在【环搜索方法】选项组中选中【自动】单选按钮，在【修补方法】选项组中选中【型芯侧面】单选按钮，其余参数采用系统默认设置，单击【自动修补】按钮，接着单击【后退】按钮返回【分型管理器】对话框，修补结果如图 8-28 所示。

图 8-26　【分型管理器】对话框

图 8-27　【补片环选择】对话框

图 8-28　修补结果

步骤 4： 在【分型管理器】对话框中单击 按钮，系统弹出【分型线】对话框，如图 8-29 所示。

步骤 5： 在【分型线】对话框中单击【自动搜索分型线】按钮，系统弹出【搜索分型线】对话框，如图 8-30 所示。在此不做任何更改，直接单击【应用】按钮，此时绘图区会显示搜索到的分型线，如图 8-31 所示，接着单击两次【确定】按钮完成分型线操作。

图 8-29 【分型线】对话框

图 8-30 【搜索分型线】对话框

步骤 6： 在【分型管理器】对话框中单击 按钮，系统弹出【分型段】对话框，如图 8-32 所示。

图 8-31 自动搜索结果

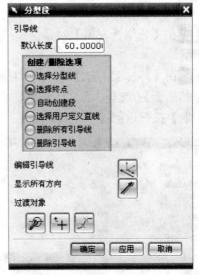

图 8-32 【分型段】对话框

步骤 7： 在【分型段】对话框中单击 按钮，系统弹出【编辑过渡对象】对话框，如图 8-33 所示。

步骤 8： 在绘图区选择 4 个角落的线段为编辑过渡对象，单击【确定】按钮返回【分型段】对话框，再单击【确定】按钮返回【分型管理器】对话框，完成编辑过渡对象的操作，结果如图 8-34 所示。

步骤 9： 在【分型管理器】对话框中单击 按钮，系统弹出【创建分型面】对话框，如图 8-35 所示。

步骤 10： 在【创建分型面】对话框中单击【创建分型面】按钮，系统弹出【分型面】

对话框，如图 8-36 所示，此时绘图区会高亮显示分型线段，如图 8-37 所示。

图 8-33 【编辑过渡对象】对话框

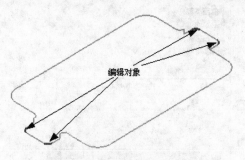

图 8-34 编辑过渡对象结果

图 8-35 【创建分型面】对话框

图 8-36 【分型面】对话框

步骤 11： 在【分型面】对话框中不做任何更改，单击【拉伸方向】按钮，系统弹出【矢量】对话框，如图 8-38 所示，接着单击▦按钮，然后在【矢量方位】卷展栏中单击⤬按钮，改变矢量方向，最后单击【确定】按钮返回【分型面】对话框，在【分型面】对话框中不做任何更改，单击【确定】按钮完成第一个分型面的创建，如图 8-39 所示。

步骤 12： 用同样的方法，完成剩余分型面的创建，最终结果如图 8-40 所示。

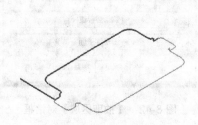

图 8-37 高亮显示线段

图 8-38 【矢量】对话框

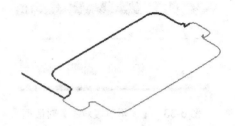

图 8-39　第一个分型面创建结果　　　　图 8-40　创建分型面最终结果

步骤 13： 在【创建分型面】对话框中单击【连结曲面】按钮，完成分型面连接的操作。

步骤 14： 在【分型管理器】对话框中单击 按钮，系统弹出【区域和直线】对话框，如图 8-41 所示。

步骤 15： 在【区域和直线】对话框中选中【边界区域】单选按钮，单击【确定】按钮，系统弹出【抽取区域】对话框，如图 8-42 所示，在此不做任何更改，直接单击【确定】按钮完成边界区域操作。

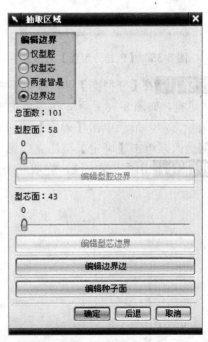

图 8-41　【区域和直线】对话框　　　　图 8-42　【抽取区域】对话框

步骤 16： 在【分型管理器】对话框中单击 按钮，系统弹出【型芯和型腔】对话框，如图 8-43 所示。

步骤 17： 在【型芯和型腔】对话框中单击【自动创建型腔型芯】按钮，系统开始自动计算分割型腔和型芯，结果如图 8-44 所示。

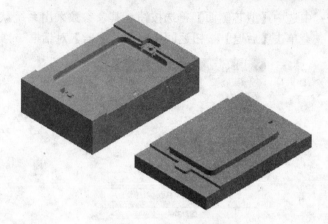

图 8-43 【型芯和型腔】对话框　　　　图 8-44 产品二分型结果

8.6.9 分型——产品一

步骤 1：在【注塑模向导】工具条中单击 ➕ 按钮，系统弹出【选择塑料产品】对话框，如图 8-45 所示，接着在【选择塑料产品】对话框中单击 exe1 部件，然后再单击【确定】按钮完成选择塑料产品的操作。

步骤 2：在【注塑模向导】工具条中单击 ▦ 按钮，系统弹出【分型管理器】对话框，如图 8-46 所示。

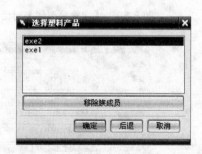

图 8-45 【选择塑料产品】对话框　　图 8-46 【分型管理器】对话框

步骤 3：在【分型管理器】对话框中单击 ◎ 按钮，系统弹出【补片环选择】对话框，如图 8-47 所示。

步骤 4：在【环搜索方法】选项组中选中【自动】单选按钮，在【修补方法】选项组中选中【型芯侧面】单选按钮，其余参数采用系统默认设置，单击【自动修补】按钮，接着单击【后退】按钮返回【分型管理器】对话框。修补结果如图 8-48 所示。

图 8-47　【补片环选择】对话框

图 8-48　修补结果

步骤5： 在【分型管理器】对话框中单击按钮，系统弹出【分型线】对话框，如图 8-49 所示。

步骤6： 在【分型线】对话框中单击【自动搜索分型线】按钮，系统弹出【搜索分型线】对话框，如图 8-50 所示。在此不做任何更改，直接单击【应用】按钮，此时绘图区会显示搜索到的分型线，如图 8-51 所示，接着单击两次【确定】按钮完成分型线操作。在【分型管理器】对话框中单击按钮，系统弹出【创建分型面】对话框，如图 8-52 所示。

图 8-49　【分型线】对话框

图 8-50　【搜索分型线】对话框

图 8-51　自动搜索结果

图 8-52　【创建分型面】对话框

步骤 7： 在【创建分型面】对话框中单击【创建分型面】按钮，系统弹出【分型面】对话框，如图 8-53 所示，在此不做任何更改，单击【确定】按钮完成分型面创建的操作，结果如图 8-54 所示。

图 8-53 【分型面】对话框

图 8-54 创建分型面结果

步骤 8： 在【分型管理器】对话框中单击 按钮，系统弹出【区域和直线】对话框，如图 8-55 所示。

步骤 9： 在【区域和直线】对话框中选中【边界区域】单选按钮，单击【确定】按钮系统弹出【抽取区域】对话框，在此不做任何更改，直接单击【确定】按钮完成边界区域操作，如图 8-56 所示。

图 8-55 【区域和直线】对话框

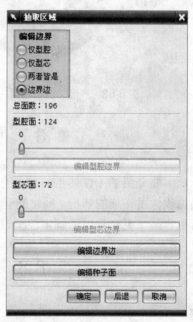

图 8-56 【抽取区域】对话框

步骤 10： 在【分型管理器】对话框中单击 按钮，系统弹出【型芯和型腔】对话框，如图 8-57 所示。

步骤 11： 在【型芯和型腔】对话框中单击【自动创建型腔型芯】按钮，系统开始自动计算分割型腔和型芯，结果如图 8-58 所示。

步骤 12： 将窗口切换为 exe1_top_000.prt，多腔模设计结果如图 8-59 所示。

图 8-57　【型芯和型腔】对话框

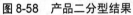

图 8-58　产品二分型结果

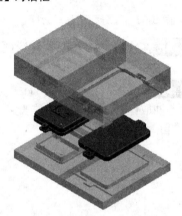

图 8-59　多腔模设计结果

8.7　本章小结

　　本章主要介绍了 UG 多腔模的概念、多腔模的布局以及多腔模设计过程，并对多腔模的产品加载做了详细的解析。同时配套综合实例，详细讲解了多腔模设计的各个操作步骤，使读者更容易、更直观地了解多腔模设计。

8.8　习题精练

选择题

1.　多腔模是指(　　)的模具。
　　A. 可以生成多个不同产品　　　　　　　B. 任意产品
　　C. 单一产品　　　　　　　　　　　　　D. 两个产品
2.　注塑模向导中【选择产品】对话框是用于指定一个(　　)部件进行详细操作的过程。
　　A. 产品　　　　　　　　　　　　　　　B. 部件或相关文件

C. 多个文件　　　　　　　　　D. 单个文件

3. 旋转角度是指(　　)。

A. 型腔布局的总数

B. 角度坐标系原点到型腔参考点之间的距离

C. 第一个型腔的参考点到绝对坐标原点的连线与 X 轴所成的夹角

D. 包括第一个型腔到最后一个型腔的总角度

简答题

1. 标准件是否受激活产品影响?

2. 矩形布局包括哪几个选项?

3. 圆形布局包括哪几个选项?

4. 重定位方法是什么的重新排位? 包括哪些选项?

第9章 液晶面盖模具设计综合实例演练

本章主要知识点

- ➜ 面盖工艺分析
- ➜ 面盖设计典型流程
- ➜ 模架加载
- ➜ 标准件加载
- ➜ 浇注系统
- ➜ 冷却系统
- ➜ 线切割镶件创建
- ➜ 电极设计
- ➜ 型腔设计
- ➜ 加载螺钉
- ➜ 模具总装图

在前面的章节我们讲述了 UG 分模的设计流程，但要完全掌握对 UG 分模的模块，并做到应用自如，仅了解流程是远远不够的，我们必须结合大量实例，举一反三地练习才能达到预想的效果。本章以面盖为例，讲述从自动分模到加载各标准件的整个工作流程，产品工程图如图 9-1 所示。

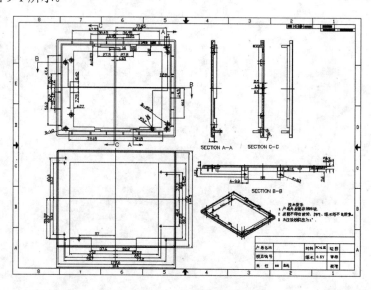

图 9-1 产品工程图

9.1 面盖工艺分析

在设计模具之前，必须对产品的结构和工艺进行分析，以便设计的模具能节省成本及方便生产。面盖工艺分析如表 9-1 所示。

表 9-1　面盖工艺分析表

分析项目	工艺方案图解	工艺分析
分型面	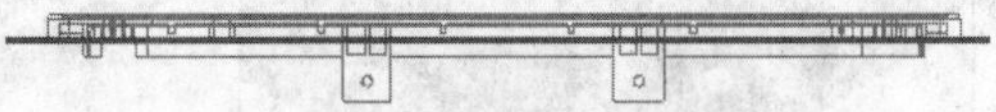	分型面在产品截面最大轮廓处
型腔布局	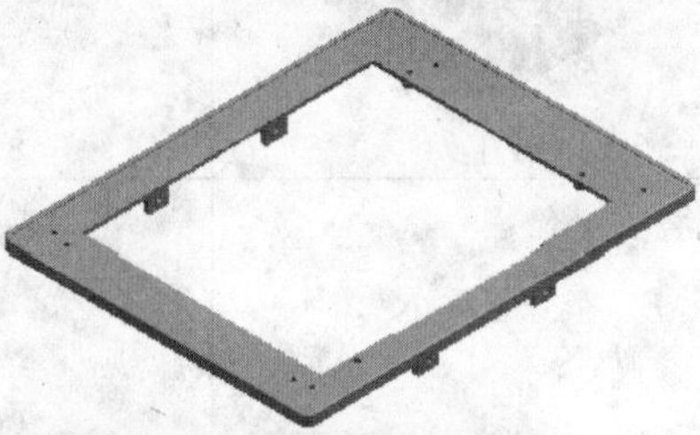	面盖尺寸比较大，中等批量生产，因此采用一模一件
浇注系统	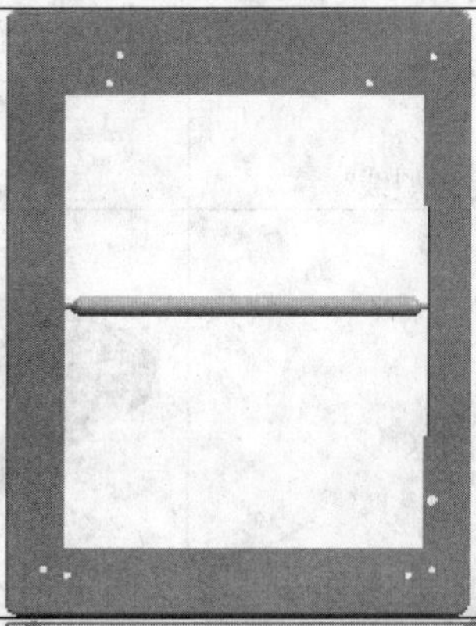	外观没有特别说明，为方便加工可选择使用大水口模架，使用侧壁进胶
冷却系统	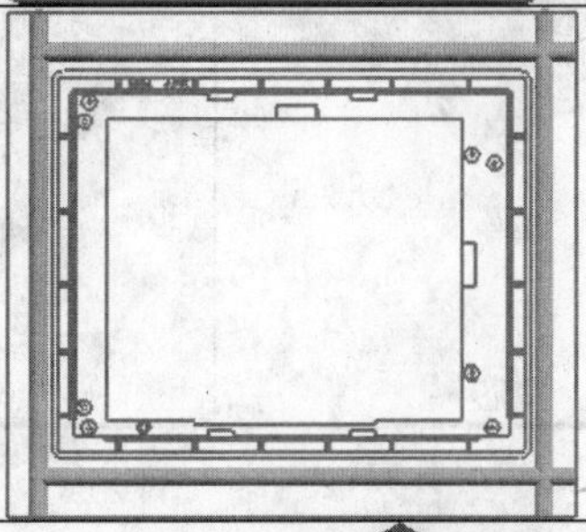	产品分型对象比较单一，因此冷却可采用简单的平行回形管道
型腔、型芯		分割后的型腔、型芯

精通模具数控系列

9.2　面盖设计典型流程简介

面盖设计流程如表 9-2 所示。

表 9-2　面盖设计流程简表

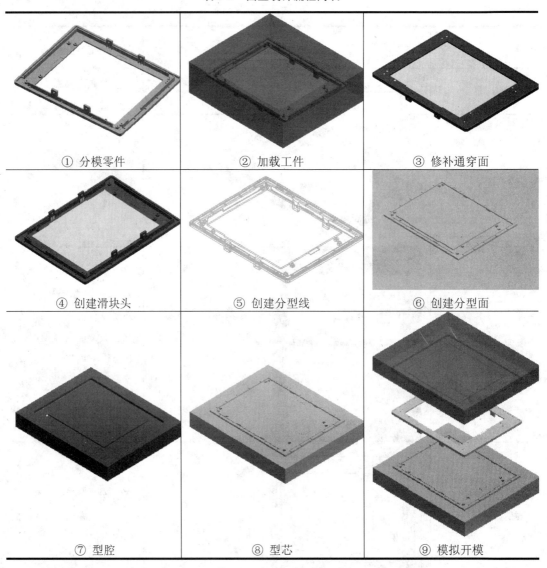

① 分模零件	② 加载工件	③ 修补通穿面
④ 创建滑块头	⑤ 创建分型线	⑥ 创建分型面
⑦ 型腔	⑧ 型芯	⑨ 模拟开模

9.2.1　项目初始化

步骤 1：在【注塑模向导】工具条中单击 按钮，系统弹出【打开部件文件】对话框，如图 9-2 所示，选择光盘中的 example\cha09\exe1.prt 文件，单击 OK 按钮，系统弹出【项目初始化】对话框，如图 9-3 所示。

步骤 2：在【项目路径】文本框中输入 D:\exe1，其余参数采用系统默认设置，单击【确定】按钮，系统开始项目初始化计算，并完成项目初始化操作。

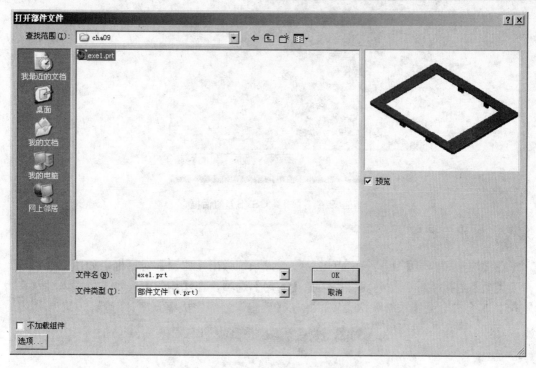

图 9-2 【打开部件文件】对话框

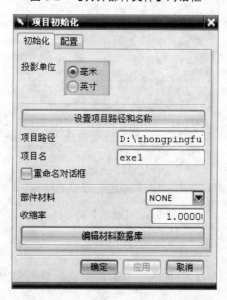

图 9-3 【项目初始化】对话框

9.2.2 加载模具坐标系

在【注塑模向导】工具条中单击 按钮，系统弹出【模具 CSYS】对话框，如图 9-4 所示，在此不做任何更改，直接单击【确定】按钮完成加载模具坐标系操作。

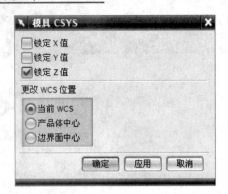

图 9-4　【模具 CSYS】对话框

9.2.3　缩水率计算

在【注塑模向导】工具条中单击 按钮，系统弹出【比例】对话框，如图 9-5 所示。在【类型】卷展栏的下拉列表框中选择【均匀】选项，在【均匀】文本框中输入缩水率为 1.005，其余参数采用系统默认设置，单击【确定】按钮完成缩水率计算操作。

图 9-5　【比例】对话框

9.2.4　加载工件

步骤 1： 在【注塑模向导】工具条中单击 按钮，系统弹出【工件尺寸】对话框，如图 9-6 所示。

步骤 2： 在【工件尺寸】对话框中选中【标准长方体】复选框，在【定义方式】选项组中选中【距离容差】单选按钮。

步骤 3： 在【X 向长度】文本框中输入 220，在【Y 向长度】文本框中输入 190，在【Z 向下移】文本框中输入 30，在【Z 向上移】文本框中输入 30，其余参数采用系统默认设置，单击【确定】按钮完成工件尺寸创建，结果如图 9-7 所示。

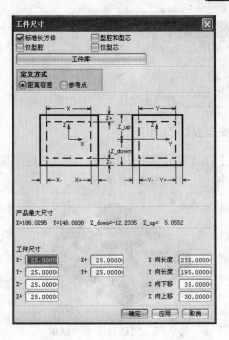

图 9-6 【工件尺寸】对话框 　　　　　　图 9-7 工件加载结果

9.2.5 型腔布局

步骤 1: 在【注塑模向导】工具条中单击 ▢ 按钮,系统弹出【型腔布局】对话框,如图 9-8 所示。

步骤 2: 在【型腔布局】对话框中单击【旋转】按钮,系统弹出【点】对话框,如图 9-9 所示,在此不做任何更改,单击【确定】按钮,系统弹出【旋转型腔】对话框,如图 9-10 所示。

步骤 3: 在【旋转型腔】对话框中选中【移动】单选按钮,接着在文本框中输入 90,单击【确定】按钮完成旋转型腔操作,结果如图 9-11 所示。

图 9-8 【型腔布局】对话框 　　　　图 9-9 【点】对话框

精通模具数控系列

231

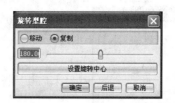

图 9-10　【旋转型腔】对话框

步骤 4：在【型腔布局】对话框中单击【自动对准中心】按钮，其余参数采用系统默认设置，单击【后退】按钮完成型腔布局操作，结果如图 9-12 所示。

图 9-11　旋转型腔结果

图 9-12　自动对准中心结果

9.2.6　模具工具应用

步骤 1：在【注塑模向导】工具条中单击 按钮，系统弹出【模具工具】工具条，如图 9-13 所示。

图 9-13　【模具工具】工具条

步骤 2：在【模具工具】工具条中单击 按钮，系统弹出【创建箱体】对话框，如图 9-14 所示。

步骤 3：在【类型】卷展栏的下拉列表框中选择【对象边框】选项，在 Default Clearance (默认值)文本框中输入 0mm，在绘图区选择如图 9-15 所示的面作为对象线框，单击【确定】按钮完成创建箱体的操作，结果如图 9-16 所示。

步骤 4：用同样的方法完成其余对象的箱体创建，结果如图 9-17 所示。

图 9-14　【创建箱体】对话框

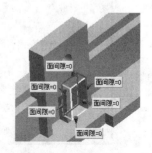

图 9-15　对象边界

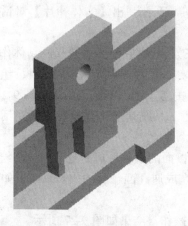

图 9-16 创建箱体结果

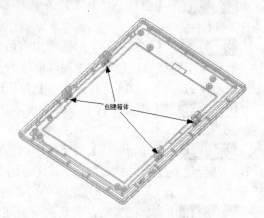

图 9-17 创建箱体最终结果

步骤 5： 在【模具工具】工具条中单击 按钮，系统弹出【分割实体】对话框，如图 9-18 所示。

步骤 6： 在绘图区选择圆形对象的箱体作为目标体，接着选择圆弧面作为工具体，操作流程如图 9-19 所示。

步骤 7： 单击【分割实体】对话框中的【应用】按钮，系统弹出【修剪方式】对话框，如图 9-20 所示，在此不做任何更改，直接单击【确定】按钮完成分割实体的操作，结果如图 9-21 所示。

步骤 8： 用同样的方法，完成剩余圆形对象的修剪，结果如图 9-22 所示。

图 9-18 【分割实体】对话框

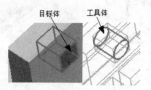

图 9-19 分割流程

图 9-20 【修剪方式】对话框

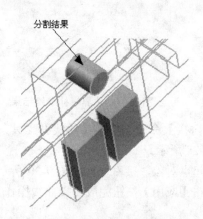

图 9-21 分割实体

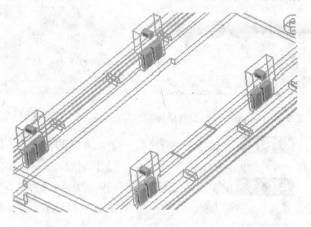

图 9-22 修剪结果

步骤 9： 在【模具工具】工具条中单击■按钮，系统弹出【实体补片】对话框，如图 9-23 所示。

步骤 10： 在【实体补片】对话框中不做任何更改，接着在绘图区选择产品体作为目标体，然后单击■按钮，最后在绘图区框选所有绿色实体作为修补实体，在【目标组件】列表框中选择 exel_core_013 选项，单击【应用】按钮完成实体补片操作，结果如图 9-24 所示。

步骤 11： 在【模具工具】工具条中单击■按钮，系统弹出【开始遍历】对话框，如图 9-25 所示。

步骤 12： 在【开始遍历】对话框中取消选中【按面的颜色遍历】复选框。在绘图区选择顶部圆形边界作为修补对象，单击【应用】按钮完成通孔面修补的操作，结果如图 9-26 所示。

步骤 13： 用同样的方法，完成剩余的圆形边界操作，结果如图 9-27 所示。

图 9-23　【实体补片】对话框

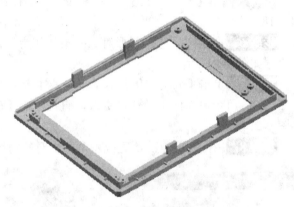

图 9-24　实体补片结果

图 9-25　【开始遍历】对话框

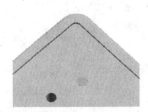

图 9-26　边界修补结果

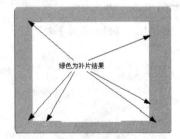

图 9-27　边界修补最终结果

步骤 14： 选择【插入】|【来自曲线集的曲线】|【桥接】命令，或在【曲线】工具条中单击■按钮，系统弹出【桥接曲线】对话框，如图 9-28 所示。

步骤 15： 在绘图区选择如图 9-29 所示的边界作为起点对象，接着选择如图 9-30 所示的边界作为端部对象，其余参数采用系统默认设置，单击【应用】按钮完成桥接曲线操作，结果如图 9-31 所示。

步骤 16： 用同样的方法，完成另一侧的桥接曲线操作，结果如图 9-32 所示。

步骤 17： 选择【插入】|【网格曲面】|【通过曲线网格】命令，或在【曲面】工具条

中单击 按钮，系统弹出【通过曲线网格】对话框，如图 9-33 所示。

步骤 18： 在绘图区选择桥接曲线作为 Primary Curve1(主曲线 1)，单击鼠标中键完成主曲线 1 的选择；接着选择另一侧为 Primary Curve 2(主曲线 2)，单击鼠标中键完成主曲线 2 的选择，在【通过曲线网格】对话框中展开【交叉曲线】卷展栏，接着在交叉曲线下拉选项中单击"NEW"选项；然后选择左侧边界作为交叉曲线 1，选择右侧边界作为交叉曲线 2，其余参数采用系统默认设置，最后单击【应用】按钮完成网格曲面操作，结果如图 9-34 所示。

图 9-28 【桥接曲线】对话框

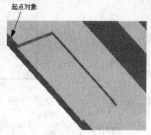

图 9-29 起点对象

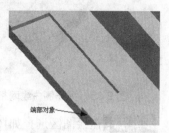

图 9-30 端部对象

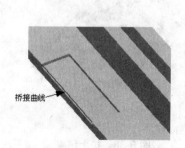

图 9-31 桥接曲线结果

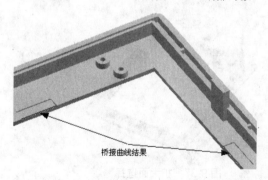

图 9-32 桥接曲线最终结果

图 9-33 【通过曲线网格】对话框

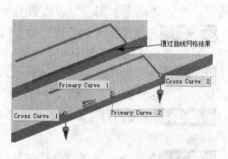

图 9-34 通过曲线网格结果

精通模具数控系列

235

步骤 19： 用同样的方法，完成另一侧曲线网格的操作，结果如图 9-35 所示。

步骤 20： 选择【编辑】|【曲面】|【扩大】命令，或在【编辑曲面】工具条中单击按钮，系统弹出【扩大】对话框，如图 9-36 所示。

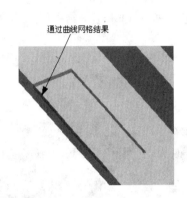

图 9-35　另一侧曲线网格结果　　　　　图 9-36　【扩大】对话框

步骤 21： 在绘图区选择如图 9-37 所示的面作为扩大对象，在此不做任何更改，单击【确定】按钮完成扩大操作，结果如图 9-38 所示。

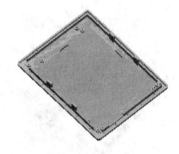

图 9-37　扩大面选择　　　　　　　　图 9-38　扩大结果

步骤 22： 选择【插入】|【修剪】|【修剪的片体】命令，或在【曲面】工具条中单击按钮，系统弹出【修剪的片体】对话框，如图 9-39 所示。

步骤 23： 在绘图区选择扩大面作为目标片体，单击鼠标中键，系统跳至【边界对象】卷展栏，接着在绘图区选择如图 9-40 所示的边界线段作为边界对象，其余参数采用系统默认设置，单击【确定】按钮完成修剪的片体操作，结果如图 9-41 所示。

步骤 24： 选择【插入】|【组合体】|【缝合】命令，或在【特征操作】工具条中单击按钮，系统弹出【缝合】对话框，如图 9-42 所示。

步骤 25： 在绘图区选择修剪的片体对象作为目标片体，接着选择网格曲面对象作为工具片体，其余参数采用系统默认设置，单击【确定】按钮完成缝合曲面操作。

步骤 26： 在【模具工具】工具条中单击按钮，系统弹出【选择片体】对话框，如图 9-43 所示。

步骤 27： 在绘图区选择缝合后的片体作为选择片体对象，单击【确定】按钮完成选择片体操作，结果如图 9-44 所示。

图 9-39　【修剪的片体】对话框

图 9-40　边界对象选择

图 9-41　修剪的片体结果

图 9-42　【缝合】对话框

图 9-43　【选择片体】对话框

图 9-44　抽取曲面结果

野火专家提示：利用抽取存在曲面功能抽取的面的颜色会发生改变，系统默认的是白色，但为了表达清晰，作者将颜色改为黑色显示。

9.2.7　分型

步骤 1： 在【注塑模向导】工具条中单击 按钮，系统弹出【分型管理器】对话框，如图 9-45 所示。

步骤 2： 在【分型管理器】对话框中单击 按钮，系统弹出【分型线】对话框，如图 9-46 所示。

图 9-45　【分型管理器】对话框

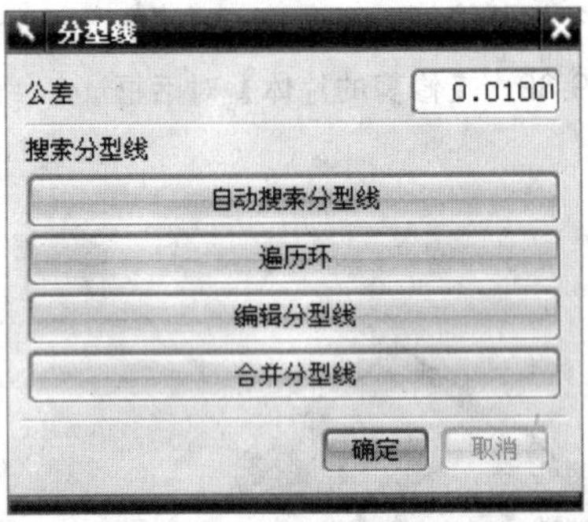

图 9-46　【分型线】对话框

步骤 3： 在【分型线】对话框中单击【自动搜索分型线】按钮，系统弹出【搜索分型线】对话框，如图 9-47 所示。在此不做任何更改，直接单击【应用】按钮，此时绘图区会显示搜索到的分型线，如图 9-48 所示，接着单击两次【确定】按钮完成分型线操作。

图 9-47　【搜索分型线】对话框

图 9-48　自动搜索结果

步骤 4： 在【分型管理器】对话框中单击 按钮，系统弹出【创建分型面】对话框，如图 9-49 所示。

步骤 5： 在【创建分型面】对话框中单击【创建分型面】按钮，系统弹出【分型面】对话框，如图 9-50 所示，此时绘图区会高亮显示分型线段，如图 9-51 所示。

步骤 6： 在【分型面】对话框中不做任何更改，单击【确定】按钮完成分型面的创建，结果如图 9-52 所示。

图 9-49　【创建分型面】对话框

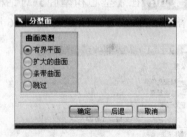

图 9-50　【分型面】对话框

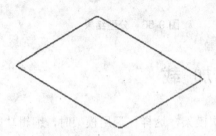

图 9-51　高亮显示分型线

图 9-52　分型面创建结果

步骤 7： 在【分型管理器】对话框中单击按钮，系统弹出【区域和直线】对话框，如图 9-53 所示。

步骤 8： 在【区域和直线】对话框中选中【边界区域】单选按钮，单击【确定】按钮，系统弹出【抽取区域】对话框，如图 9-54 所示；在此不做任何更改，单击【确定】按钮完成边界区域操作。

图 9-53　【区域和直线】对话框

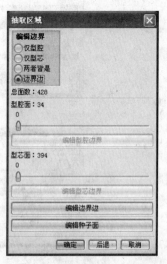

图 9-54　【抽取区域】对话框

精通模具数控系列

239

步骤 9： 在【分型管理器】对话框中单击🗔按钮，系统弹出【型芯和型腔】对话框，如图 9-55 所示。

步骤 10： 在【型芯和型腔】对话框中单击【自动创建型腔型芯】按钮，系统开始自动计算分割型腔和型芯，结果如图 9-56 所示。

图 9-55 　【型芯和型腔】对话框

图 9-56 　分型结果

9.3 　模 架 加 载

在 UG 中调用模架时，一个部件只能调用一次模架，这样在调用模架时，编辑功能就显得很重要。例如用户用错了模架，就得编辑相关选项参数，而不是删除然后再重新加载模架。

步骤 1： 在【注塑模向导】工具条中单击📄按钮，系统弹出【模架管理】对话框，如图 9-57 所示。

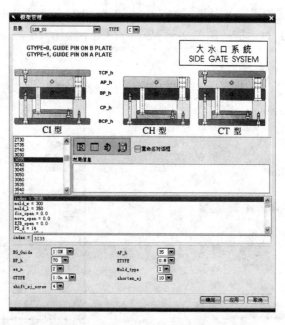

图 9-57 　【模架管理】对话框

步骤 2： 在【目录】下拉列表框中选择"LKM"；在 TYPE 下拉列表框中选择 C 系列模架类型，在模架索引列表框中选择 3035 模架规格，在选项数据选项组中设置 AP_h 为 35mm，BP_h 为 70mm；Mold_type 设置为 I，其余参数采用系统默认设置，单击【确定】按钮，系统开始加载模架，结果如图 9-58 所示。

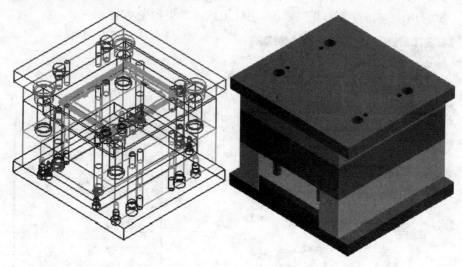

图 9-58　模架加载结果

9.4　标准件加载

注塑模向导中的标准件管理系统是一个经常使用的组件库，同时也是一个能安装与调整组件的系统。

9.4.1　顶针加载

步骤 1： 利用装配导航器操作，设置绘图区仅显示型芯为工作层，其余为不可见的层。

步骤 2： 在【注塑模向导】工具条中单击██按钮，系统弹出【标准件管理】对话框，如图 9-59 所示。

步骤 3： 在【目录】下拉列表框中选取 DME_MM 选项，在【分类】下拉列表框中选取 Ejection 选项。在 CATALOG_DIA 下拉列表框中选择 3 选项，在 CATALOG_LENGTH 下拉列表框中选择 160 选项，其余参数按系统默认，单击【确定】按钮，系统弹出【点】对话框，如图 9-60 所示。

步骤 4： 在【坐标】卷展栏中的 XC、YC 和 ZC 文本框中依序输入如下数字：(-6, 88, 0)、(-33.5, 88, 0)、(-68, 88, 0)、(19.5, 88, 0)、(-44.5, 88, 0)、(66, 88, 0)、(-68, 55, 0)、(68, 55, 0)、(68, 34, 0)、(-68, 34, 0)、(-68, 0, 0)、(68, 0, 0)、(68, -16.5, 0)、(-68, -16.5, 0)、(-68, -52, 0)、(68, -52, 0)、(-6, -88, 0)、(-33.5, -88, 0)、(-68, -88, 0)、(19.5, -88, 0)、(44.5, -88, 0)、(68, -88, 0)完成 ϕ3 顶针加载，结果如图 9-61 所示。

步骤 5： 同理在 CATALOG_DIA 下拉列表框中选择 6 选项，在 CATALOG_LENGTH

下拉列表框中选择 160 选项，其余参数按系统默认，单击【确定】按钮，系统弹出【点】对话框。

步骤 6：在【坐标】卷展栏中的 XC，YC 和 ZC 文本框中依序输入如下数字：(-48.5，76，0)、(52，73.5，0)、(29，71，0)、(-29，71，0)、(-59.5，-69.5，0)、(61，-66.5，0)、(-44.5，-80，0)、(44.5，-80，0)完成φ6 顶针加载，结果如图 9-62 所示。

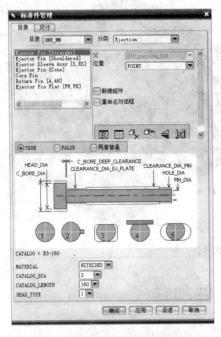

图 9-59　【标准件管理】对话框

图 9-60　【点】对话框

图 9-61　φ3 顶针加载结果

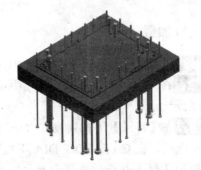

图 9-62　φ6 顶针加载结果

野火专家提示：①顶针的放置位置的数据值一般为整数，或者取 0.5 的形式，如 30.5、40.5 等。②顶针如果放置在斜面上，则应做定位装置；如果受力比较大，则顶针表面还要打花，增大摩擦，防止打滑。③顶针应尽量使用大尺寸，方便加工。④顶针放置的位置应该落在比较受力的地方。

9.4.2　顶针修剪

步骤 1： 在【注塑模向导】工具条中单击　按钮，系统弹出【顶杆后处理】对话框，如图 9-63 所示。

步骤 2： 在绘图区框选所有顶针作为目标对象，单击【确定】按钮完成顶针的修剪，结果如图 9-64 所示。

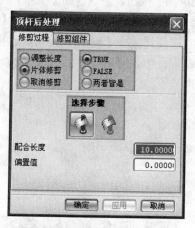

图 9-63　【顶杆后处理】对话框

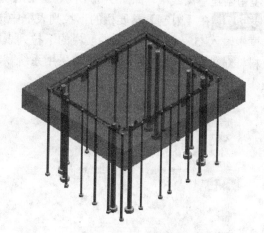

图 9-64　修剪顶针结果

9.4.3　拉料杆创建

步骤 1： 在【注塑模向导】工具条中单击　按钮，系统弹出【标准件管理】对话框，如图 9-59 所示。

步骤 2： 在【目录】下拉列表框中选择 DME_MM 选项，在【分类】下拉列表框中选择 Ejection 选项。在 CATALOG_DIA 下拉列表框中选择 6 选项，在 CATALOG_LENGTH 下拉列表框中选择 160 选项，其余参数采用系统默认设置，单击【确定】按钮系统弹出【点】对话框，如图 9-60 所示。

步骤 3： 在 XC 文本框中输入 0，在 YC 文本框中输入 0，单击【确定】按钮完成拉料杆创建操作，结果如图 9-65 所示。

图 9-65　拉料杆创建结果

步骤 4：利用装配导航器操作功能，将拉料杆设为显示部件。

步骤 5：选择【插入】|【设计特征】|【拉伸】命令，或在【特征】工具条中单击 按钮，系统弹出【拉伸】对话框，如图 9-66 所示。

步骤 6：在【截面】卷展栏中单击 按钮，系统弹出【创建草图】对话框，如图 9-67 所示。接着选择 XC-ZC 平面作为草图平面，单击【确定】按钮，系统进入草图环境，在草图环境中创建草图线段，如图 9-68 所示，单击【完成草图】按钮，系统返回【拉伸】对话框。

步骤 7：在【限制】卷展栏的下拉列表框中选择【对称值】选项，接着在终点【距离】文本框中输入 5。在【布尔】卷展栏的下拉列表框中选择【求差】选项，接着在绘图区选择拉料杆对象为求差的体，其余参数采用系统默认设置，单击【确定】按钮完成拉料杆修剪操作，结果如图 9-69 所示。

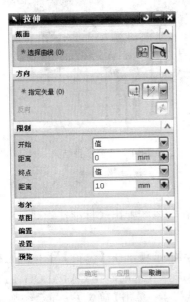

图 9-66　【拉伸】对话框

图 9-67　【创建草图】对话框

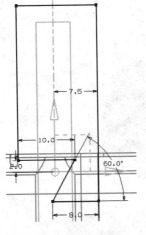

图 9-68　草图线段

图 9-69　拉料杆修剪结果

9.4.4　复位弹簧加载

步骤 1： 在【注塑模向导】工具条中单击 按钮，系统弹出【标准件管理】对话框，如图 9-70 所示。

步骤 2： 在【目录】下拉列表框中选择 MISUMI 选项，在【分类】下拉列表框中选择 Coil Springs 选项，在目录列表框中选择 WY Wire Spring 选项。

步骤 3： 在【标准件管理】对话框中单击【尺寸】标签，切换到【尺寸】选项卡，如图 9-71 所示。

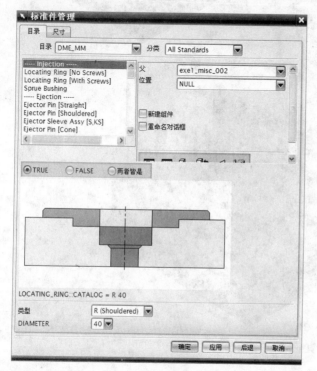

图 9-70　【标准件管理】对话框

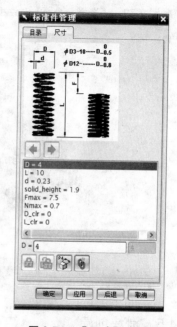

图 9-71　【尺寸】选项卡

步骤 4： 在 D 文本框中输入 30，在 L 文本框中输入 30，在 d 文本框中输入 4，在 solid_height 文本框中输入 20，其余参数采用系统默认设置，单击【确定】按钮，系统弹出【选择一个面】对话框，如图 9-72 所示。

步骤 5： 在绘图区选择顶针面板作为添加标准件的平面，系统弹出【点】对话框。

步骤 6： 在【类型】卷展栏中选择【圆弧中心/椭圆中心/球心】选项，在绘图区选择复位杆的圆心为弹簧放置点，单击【确定】按钮完成弹簧加载操作，结果如图 9-73 所示。

步骤 7： 用同样的方法，完成剩余复位杆弹簧加载操作，结果如图 9-74 所示。

图 9-72　【选择一个面】对话框

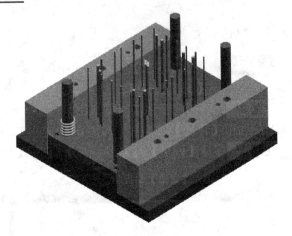

图 9-73　弹簧加载对象

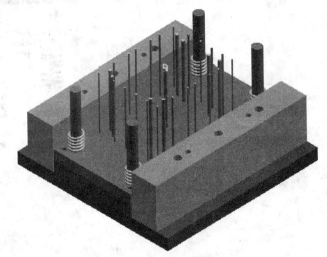

图 9-74　弹簧加载结果

9.4.5　滑块创建

1. 创建滑块槽操作

步骤 1： 利用装配导航器操作功能，隐藏所有顶针组件，激活型芯组件作为工作组件。

步骤 2： 在【模具工具】工具条中单击■按钮，系统弹出【创建箱体】对话框，如图 9-75 所示。

步骤 3： 在【类型】卷展栏的下拉列表框中选择【对象边框】选项，在 Default Clearance(默认值)文本框中输入 0mm，在绘图区选择如图 9-76 所示的面作为对象线框，接着单击前侧面间隙=0 选项，然后输入定位值 10，单击后侧**面间隙=0**选项，接着输入 10，单击底部面间隙=0 选项，接着输入定位值 30，其余参数采用系统默认设置，单击【确定】按钮完成创建箱体操作，结果如图 9-77 所示。

步骤 4： 用同样的方法，完成另一侧的箱体创建，最终结果如图 9-78 所示。

图 9-75 【创建箱体】对话框

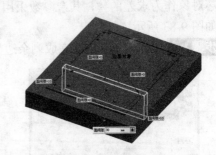

图 9-76 边界对象选择

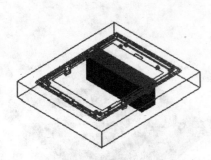

图 9-77 创建箱体结果

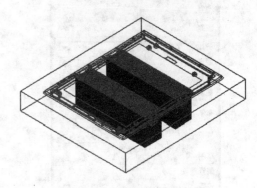

图 9-78 创建箱体最终结果

步骤 5: 选择【插入】|【组合体】|【求差】命令，或在【特征操作】工具条中单击 按钮，系统弹出【求差】对话框，如图 9-79 所示。

步骤 6: 在绘图区选择型芯作为目标体对象，接着框选箱体作为工具体对象，其余参数采用系统默认设置，单击【确定】按钮完成求差操作，结果如图 9-80 所示。

图 9-79 【求差】对话框

图 9-80 求差结果

步骤 7: 选择【插入】|【设计特征】|【拉伸】命令，或在【特征】工具条中单击 按钮，系统弹出【拉伸】对话框，如图 9-81 所示。

步骤 8: 在绘图区选择底面边界作为拉伸对象，如图 9-82 所示。在终点【距离】文本框中输入 5，在【偏置】卷展栏的下拉列表框中选择【两侧】选项，接着在终点【距离】文本框中输入-5，在【布尔】卷展栏的下拉列表框中选择【求差】选项，接着在绘图区选择型芯对象作为求差的体，其余参数采用系统默认设置，单击【确定】按钮完成拉伸操作，结果如图 9-83 所示。

步骤 9：用同样的方法，完成剩余边界拉伸，最终结果如图 9-84 所示。

图 9-81　【拉伸】对话框

图 9-82　拉伸边界

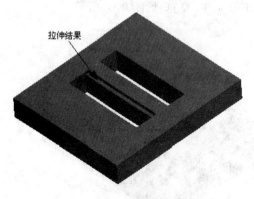

图 9-83　拉伸结果

图 9-84　拉伸最终结果

2. 创建滑块主体操作

步骤 1：选择【格式】|【图层设置】命令，或在【实用工具】工具条中单击 按钮，系统弹出【图层设置】对话框，如图 9-85 所示。

步骤 2：设置 25 层为可选层，其余参数采用系统默认设置，单击【确定】按钮完成图层设置操作，结果如图 9-86 所示。

步骤 3：选择【格式】| WCS |【动态】命令，或在【实用工具】工具条中单击 按钮，

系统高亮显示坐标系，如图 9-87 所示。

步骤 4： 在【选择杆】工具条中单击 ⁺ 按钮，系统弹出【点】对话框，如图 9-88 所示。

步骤 5： 在【类型】卷展栏的下拉列表框中选择【两点之间】选项，接着在绘图区选择滑块头顶部端点作为指定点 1，如图 9-89 所示；然后选择另一侧滑块头顶部端点作为指定点 2，如图 9-90 所示，其余参数采用系统默认设置，单击【确定】按钮完成动态操作，结果如图 9-91 所示。

图 9-85　【图层设置】对话框

图 9-86　显示结果

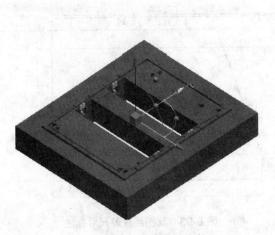

图 9-87　高亮显示坐标

图 9-88　【点】对话框

图 9-89　指定点 1

图 9-90　指定点 2

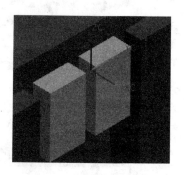

图 9-91　动态移动坐标结果

步骤 6：选择【插入】|【草图】命令，或在【特征】工具条中单击■按钮，系统弹出【创建草图】对话框，如图 9-92 所示。

步骤 7：在【创建草图】对话框中选择 XC-ZC 平面作为草图平面，其余参数采用系统默认设置，单击【确定】按钮系统进入草图环境。在草图环境创建如图 9-93 所示的线段，并做相关的约束和尺寸标注，单击【完成草图】按钮，完成草图操作。

步骤 8：选择【插入】|【设计特征】|【拉伸】命令，或在【特征】工具条中单击■按钮，系统弹出【拉伸】对话框，如图 9-94 所示。

步骤 9：在绘图区选择草图对象作为拉伸对象，展开【限制】卷展栏，接着在【开始】下拉列表框中选择【对称值】选项，然后在【距离】文本框中输入 15，其余参数采用系统默认设置，单击【确定】按钮完成拉伸操作，结果如图 9-95 所示。

步骤 10：选择【插入】|【设计特征】|【回转】命令，或在【特征操作】工具条中单击■按钮，系统弹出【回转】对话框，如图 9-96 所示。

步骤 11：在【截面】卷展栏中单击■按钮，系统弹出【创建草图】对话框，如图 9-97 所示。

图 9-92　【创建草图】对话框

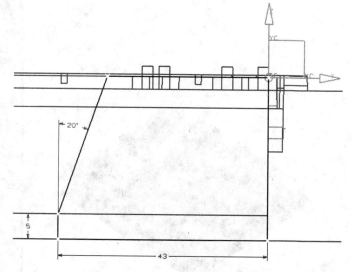

图 9-93　草图线段及尺寸标注

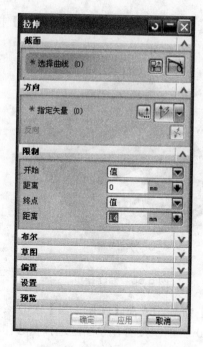

图 9-94 【拉伸】对话框

图 9-95 拉伸结果

图 9-96 【回转】对话框

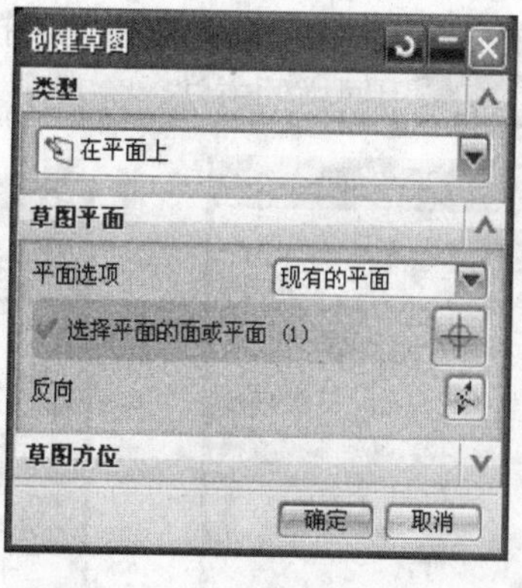

图 9-97 【创建草图】对话框

步骤 12： 在【创建草图】对话框中选择 XC-ZC 平面作为草图平面，其余参数采用系统默认设置，单击【确定】按钮，系统进入草图环境，在草图环境创建如图 9-98 所示的线段，并做相关的约束和尺寸标注，单击【完成草图】按钮，完成草图操作，系统返回【回转】对话框，展开【轴】卷展栏，接着单击【指定矢量】按钮，然后在绘图区选择红色线段作为旋转轴，展开【布尔】卷展栏，接着在【布尔】卷展栏的下拉列表框中选择【求差】

选项，然后再选择滑块主体作为求差的体，其余参数采用系统默认设置，单击【确定】按钮完成回转体操作，结果如图 9-99 所示。

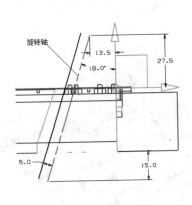

图 9-98　草图线段及尺寸标注　　　　　　　图 9-99　回转结果

步骤 13： 选择【编辑】|【显示和隐藏】|【隐藏】命令，或在【实用工具】工具条中单击 按钮，系统弹出【类选择】对话框，如图 9-100 所示；接着在绘图区选择型芯作为隐藏对象，单击【确定】按钮完成隐藏操作。

步骤 14： 选择【插入】|【设计特征】|【拉伸】命令，或在【特征】工具条中单击 按钮，系统弹出【拉伸】对话框，如图 9-101 所示。

步骤 15： 在绘图区选择滑块底面边界作为拉伸对象，如图 9-102 所示。

步骤 16： 在【拉伸】对话框的终点【距离】文本框中输入 5，在【偏置】卷展栏的下拉列表框中选择【两侧】选项，接着在终点【距离】文本框中输入-5，在【布尔】卷展栏的下拉列表框中选择【求和】选项，在绘图区选择滑块对象为求和的体，其余参数采用系统默认设置，单击【确定】按钮完成拉伸操作，结果如图 9-103 所示。

步骤 17： 用同样的方法，完成剩余边界拉伸，最终结果如图 9-104 所示。

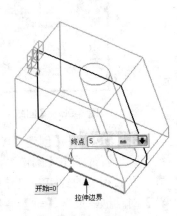

图 9-100　【类选择】对话框　　　图 9-101　【拉伸】对话框　　　图 9-102　拉伸边界

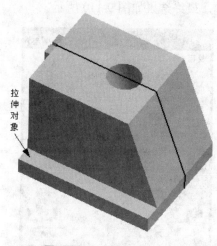

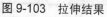

图 9-103　拉伸结果

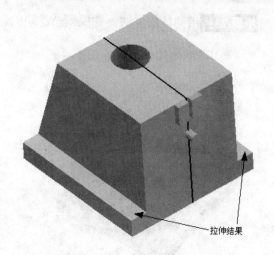

图 9-104　滑块 T 型拉伸结果

步骤 18：选择【插入】|【细节特征】|【边倒圆】命令，或在【特征】工具条中单击 按钮，系统弹出【边倒圆】对话框，如图 9-105 所示。

步骤 19：在绘图区选择滑块顶部的斜导柱孔边界作为倒圆边界，接着在【半径 1】文本框中输入 1，其余参数采用系统默认设置，单击【应用】按钮完成边倒圆操作，结果如图 9-106 所示。

图 9-105　【边倒圆】对话框

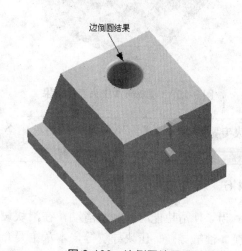

图 9-106　边倒圆结果

步骤 20：在绘图区选择滑块顶部的斜面边界作为倒圆边界，接着在【半径 1】文本框中输入 5，其余参数采用系统默认设置，单击完成边倒圆操作，最终结果如图 9-107 所示。

步骤 21：选择【插入】|【组合体】|【求和】命令，或在【特征操作】工具条中单击 按钮，系统弹出【求和】对话框，如图 9-108 所示。

步骤 22：在绘图区选择滑块头作为目标体对象，接着选择滑块头(绿色实体)作为工具体，其余参数采用系统默认设置，单击【确定】按钮完成求和创建，结果如图 9-109 所示。

步骤 23：用同样的方法，完成剩余滑块的创建，最终结果如图 9-110 所示。

图 9-107　边倒圆结果

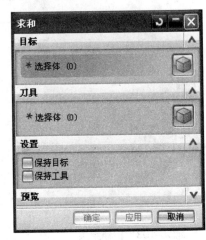

图 9-108　【求和】对话框

图 9-109　滑块与滑块头连接结果

图 9-110　滑块设计最终结果

> **野火专家提示：**如果滑块都是对称的或完全一致的，则可以采用主菜单的【编辑】|【变换】命令，进行相关的镜像或平移操作。

9.4.6　斜导柱创建

为了使滑块能够顺利地滑动，在滑块设计过程中应该设计相关的导航对象，如斜导柱导航、油缸导航、压块导航等，本章主要介绍斜导柱导航的创建。

步骤 1：在装配导航器中依次展开 exel_layout_009\exel_010 组件，系统显示相关的 prod 组件，如图 9-111 所示。

步骤 2：在 prod 组件下找到 exel_cavity_011 组件，接着单击鼠标右键，系统弹出快捷菜单，如图 9-112 所示，选择【转为显示部件】命令，系统跳至 exel_cavity_011 窗口。

步骤 3：依照创建斜导柱孔的方法，创建如图 9-113 所示的草图线段。

exe1_layout_009

exe1_prod_010

☑ exe1_ej_pin_051_20

☑ exe1_ej_pin_051_4

☑ exe1_ej_pin_052_4

☑ exe1_ej_pin_052_3

☑ exe1_ej_pin_052_2

☑ exe1_ej_pin_052_1

☑ exe1_ej_pin_051_19

☑ exe1_ej_pin_050

☑ exe1_ej_pin_051_16

☑ exe1_ej_pin_051_15

☑ exe1_parting_017

☑ exe1_shrink_012

图 9-111 装配导航器中的相关布局组件

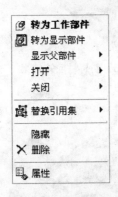

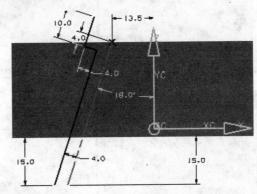

图 9-112 快捷菜单　　　　　图 9-113 斜导柱草图

步骤 4： 选择【插入】|【设计特征】|【回转】命令，或在【特征】工具条中单击 按钮，系统弹出【回转】对话框，如图 9-114 所示。

步骤 5： 在绘图区选择如图 9-113 所示的草图线段作为截面曲线，在【轴】卷展栏中选择【指定矢量】，然后在绘图区选择红色线段作为旋转轴，其余参数采用系统默认设置，单击【确定】按钮完成回转体操作，结果如图 9-115 所示。

步骤 6： 选择【插入】|【修剪】|【修剪体】命令，或在【特征操作】工具条中单击 按钮，系统弹出【修剪体】对话框，如图 9-116 所示。

步骤 7： 在绘图区选择斜导柱对象作为目标体，单击鼠标中键，系统跳至【刀具】卷展栏。接着在绘图区选择型腔顶面作为工具面，其余参数采用系统默认设置，单击【确定】按钮完成修剪操作，结果如图 9-117 所示。

步骤 8： 选择【插入】|【细节特征】|【边倒圆】命令，或在【特征操作】工具条中单击 按钮，系统弹出【边倒圆】对话框，如图 9-118 所示。

步骤 9： 在绘图区选择导柱底部边界作为边倒圆边界，接着在【半径 1】文本框中输入4，其余参数采用系统默认设置，单击【确定】按钮完成边倒圆操作，结果如图 9-119 所示。

步骤 10： 用同样的方法，完成剩余斜导柱的创建，最终结果如图 9-120 所示。

图 9-114 【回转】对话框

图 9-115 斜导柱回转结果

图 9-116 【修剪体】对话框

图 9-117 修剪体结果

图 9-118 【边倒圆】对话框

图 9-119 边倒圆结果

图 9-120　斜导柱最终创建结果

步骤 11： 选择【插入】|【组合体】|【求差】命令，或在【特征操作】工具条中单击 按钮，系统弹出【求差】对话框，如图 9-121 所示。

步骤 12： 在绘图区选择型腔作为目标体对象，接着框选斜导柱作为工具体对象。在【设置】卷展栏中选中【保持工具】复选框，其余参数采用系统默认设置，单击【确定】按钮完成求差操作，结果如图 9-122 所示。

图 9-121　【求差】对话框

图 9-122　求差结果

9.4.7　压块创建

步骤 1： 选择【格式】| WCS |【定向】命令，或在【实用工具】工具条中单击 按钮，系统弹出 CSYS 对话框，如图 9-123 所示。

步骤 2： 在【类型】卷展栏的下拉列表框中选择【绝对】选项，其余参数采用系统默认设置，单击【确定】按钮完成坐标复位，结果如图 9-124 所示。

步骤 3： 选择【插入】|【草图】命令，或在【特征】工具条中单击 按钮，系统弹出【创建草图】对话框，如图 9-125 所示。

步骤 4： 在【创建草图】对话框中选择 XC-ZC 平面作为草图平面，其余参数采用系统默认设置，单击【确定】按钮，系统进入草图环境。在草图环境创建如图 9-126 所示的线段，并做相关的约束和尺寸标注，单击【完成草图】按钮，完成草图操作。

图 9-123　CSYS 对话框

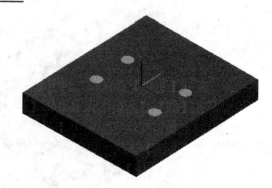

图 9-124　绝对坐标

图 9-125　【创建草图】对话框

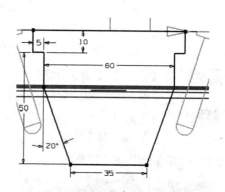

图 9-126　草图线段及尺寸标注

步骤 5： 选择【插入】|【设计特征】|【拉伸】命令，或在【特征】工具条中单击 按钮，系统弹出【拉伸】对话框，如图 9-127 所示。

图 9-127　【拉伸】对话框

步骤 6：在绘图区选择草图对象作为拉伸对象。展开【限制】卷展栏，接着在【开始】的【距离】文本框中输入 13，然后在【终点】的【距离】文本框中输入 43，其余参数采用系统默认设置，单击【确定】按钮完成拉伸操作，结果如图 9-128 所示。

步骤 7：用同样的方法，完成另一侧的压块创建，最终结果如图 9-129 所示。

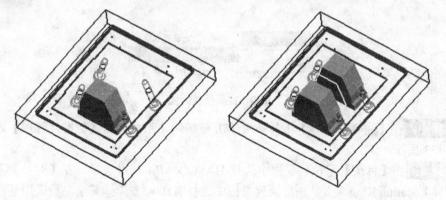

图 9-128　压块创建 1　　　　　　图 9-129　压块创建结果

步骤 8：选择【插入】|【组合体】|【求差】命令，或在【特征操作】工具条中单击 按钮，系统弹出【求差】对话框，如图 9-130 所示。

步骤 9：在绘图区选择型腔为目标体对象，接着框选压块为工具体对象。

步骤 10：展开【设置】卷展栏，接着选中【保持工具】复选框，其余参数采用系统默认设置，单击【确定】按钮完成求差操作，结果如图 9-131 所示。

图 9-130　【求差】对话框

图 9-131　求差结果

9.5　浇 注 系 统

塑胶模具的浇注系统主要在模具当中起一个"桥梁"的作用，它把模具与注塑机连在一起，构成一个通道，使能流动的塑胶材料对模具进行填充。一般由主流道、主分流道、次分流道、浇口和冷料井所构成。

主流道在模具的浇口衬套里面成型，它的形状大小由浇口衬套所决定，而浇口衬套属于标准件，可以直接购买，一般不需要考虑太多。

步骤1： 在装配导航器中选择 exel_cavity_11 组件，接着单击鼠标右键，系统弹出快捷菜单，如图 9-132 所示。

步骤2： 在快捷菜单中选择【显示父项】命令，接着选择 exel_top_000 组件作为显示父部件。

图 9-132　快捷方式

步骤3： 在【注塑模向导】工具条中单击 按钮，系统弹出【标准件管理】对话框，如图 9-133 所示。

步骤4： 在【目录】下拉列表框中选择 HASCO_MM 标准选项，在【分类】下拉列表框中选择 Locating Ring 类型，在目录列表框中选择 K100C 选项，其余参数采用系统默认设置，单击【确定】按钮完成法兰标准件加载，法兰加载结果如图 9-134 所示。

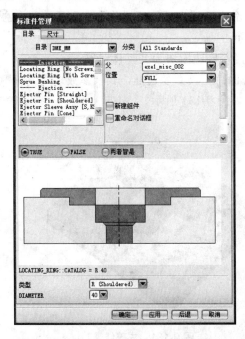

图 9-133　【标准件管理】对话框

图 9-134　法兰加载结果

步骤5： 在【注塑模向导】工具条中单击 按钮，系统弹出【标准件管理】对话框。

步骤6： 在【目录】下拉列表框中选择 HASCO_MM 标准选项，在【分类】下拉列表框中选择 Injection 类型，在目录列表框中选择 Sprue Bushing [Z50，Z51，Z511]选项，在【标准件管理】对话框中切换到【尺寸】选项卡，系统显示尺寸相关选项，如图 9-135 所示。

步骤7： 在尺寸表达式列表框中单击 CATALOG_LENGTH=46 选项，然后在 CATALOG_LENGTH 文本框中输入 42，其余参数采用系统默认设置，单击【确定】按钮完成主流道标准件加载，主流道加载结果如图 9-136 所示。

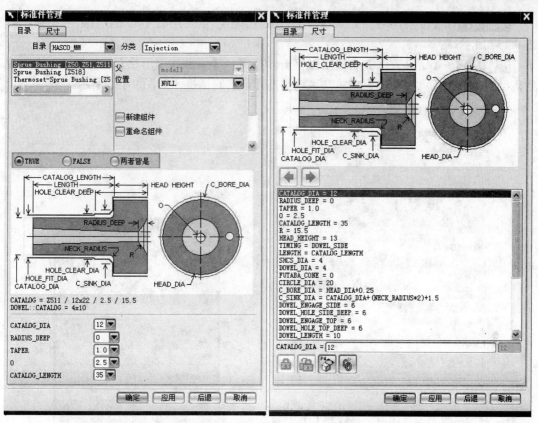

图 9-135　尺寸相关选项

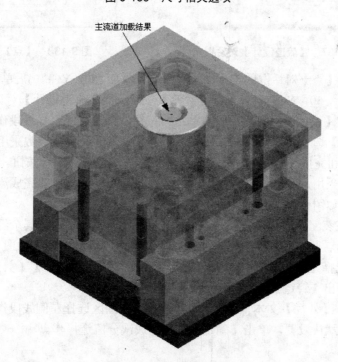

图 9-136　主流道加载结果

步骤 8：在【注塑模向导】工具条中单击■按钮，系统弹出【流道设计】对话框，如图 9-137 所示。

步骤 9：在【定义方法】选项组中单击▱按钮，【引导线串形状】下拉选项采用系统默认设置，单击【点子功能】按钮，系统弹出【点】对话框，如图 9-138 所示。

图 9-137　【流道设计】对话框　　　　　　图 9-138　【点】对话框

步骤 10：在【点】对话框的坐标文本框中输入(XC：50，YC：0)后单击【确定】按钮，接着再输入(XC：-50，YC：0)，单击【确定】按钮返回【流道设计】对话框。

步骤 11：在【设计步骤】选项组中单击▱按钮，接着选择引导线段作为投影对象，然后在【设计步骤】选项组中单击▱按钮，最后选择分型面，其余参数采用系统默认设置，单击【应用】按钮完成投影操作，在【设计步骤】选项组中单击▱按钮。在 A 文本框中输入 6，其余参数采用系统默认设置，单击【确定】或【应用】按钮完成流道设计操作，主分流道设计结果如图 9-139 所示。

步骤 12：在装配导航器中将 exel_fill_004 组件作为工作层，将其余组件隐藏。将坐标移至分流道的端点上，接着利用基本曲线命令创建两段直线，结果如图 9-140 所示。

步骤 13：选择【插入】|【扫掠】|【管道】命令，或在【特征】工具条中单击【管道】按钮▱，系统弹出【管道】对话框，如图 9-141 所示。

步骤 14：在【外径】文本框中输入 4，接着在绘图区选择左侧线段作为路径曲线，其余参数采用系统默认设置，单击【确定】按钮完成次分流道操作。

图 9-139　主分流道创建结果

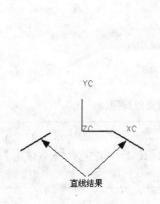

图 9-140　创建直线段

图 9-141　【管道】对话框

步骤 15：用同样的方法，完成另一侧次分流道操作，结果如图 9-142 所示。

步骤 16：选择【插入】|【细节特征】|【拔模】命令，或在【特征操作】工具条中单击 按钮，系统弹出【草图】对话框，如图 9-143 所示。

步骤 17：在【类型】卷展栏的下拉列表框中选择【从边】选项，接着在绘图区选择次分流道直线段作为拔模方向，然后选择次分流道中的顶部边界作为固定边。在【角度】文本框中输入 4，其余参数采用系统默认设置，单击【应用】按钮完成次分流道的拔模操作。

步骤 18：用同样的方法，完成另一侧次分流道拔模操作，次分流道设计最终结果如图 9-144 所示。

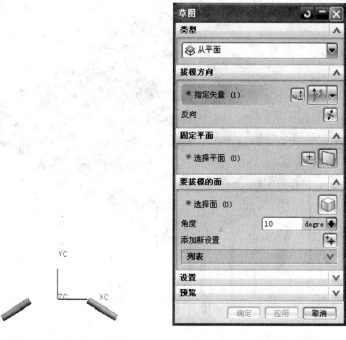

图 9-142　次分流道设计　　　　图 9-143　【草图】对话框

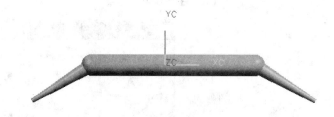

图 9-144　次分流道设计最终结果

野火专家提示：①流道设计应该先小后大，就是指在加工时应先按较小的尺寸值做，经过试模后再进行修改。②主分流道应该比次分流道大一个级别，如主分流道为 6mm 时，则次分流道应该为 4mm。

9.6 冷 却 系 统

由于对模具型腔进行填充的塑胶材料的温度可达 220°～230°，甚至更高，顶出时的塑胶产品温度却只有 50°～60°；为了达到高速生产成型，就必须考虑冷却的问题。因此，在模具设计中就出现了冷却系统。

在塑胶模具设计当中，常用的冷却方式一般有以下几种。

- 用水冷却模具，这种方式最常见，运用最多。
- 用油冷却模具，不常见。
- 用压缩空气冷却模具。
- 自然冷却。对于十分简单的模具，注塑完毕后，依据空气与模具的温差来冷却。

下面介绍创建型芯冷却系统的操作。

步骤 1：在【注塑模向导】工具条中单击 按钮，系统弹出【冷却方式】对话框，如图 9-145 所示。

图 9-145 【冷却方式】对话框

步骤 2：在【冷却方式】对话框中单击【管道设计】按钮，系统弹出【冷却管道设计】对话框，如图 9-146 所示。

步骤 3：在绘图区选择前视图作为放置面，接着单击【创建/编辑引导线轨迹位置】按钮，系统弹出【创建/编辑引导线轨迹位置】对话框，如图 9-147 所示。

图 9-146 【冷却管道设计】对话框　　　图 9-147 【创建/编辑引导线轨迹位置】对话框

步骤 4：在绘图区选择放置面的右侧边界作为参考边界 1，并在 D1 文本框中输入 15；接着选择放置面的底面边界作为参考边界 2，并在 D2 文本框中输入 15，单击【确定】按钮完成轨迹位置定位。在绘图区选择右视图作为放置面，接着在【位置】文本框中输入 15；在绘图区选择后视图作为放置面，接着在【位置】文本框中输入 175；在绘图区选择左视图作为放置面，接着在【位置】文本框中输入 15，创建结果如图 9-148 所示。

步骤 5：在【管道设计步骤】选项组中单击 按钮，系统显示【管道】选项，接着在【开始类型[从面]】下拉列表框中选择 (沉头孔末端)选项，在【沉头孔直径】文本框中输入 8，在【沉头孔深度】文本框中输入 8；在【端点类型】下拉列表框中选择 (沉头孔末端)选项，在【沉头孔直径】文本框中输入 8，在【沉头孔深度】文本框中输入 8，其余参数采用系统默认设置，单击【应用】按钮完成冷却管道设计操作，结果如图 9-149 所示。

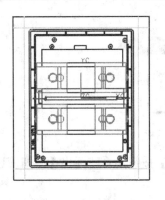
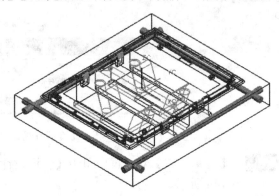

图 9-148　引导线创建结果　　　　　图 9-149　冷却管道设计结果

步骤 6：在【塑模向导】工具条中单击 █ 按钮，系统弹出【冷却方式】对话框。

步骤 7：在【冷却方式】对话框中单击【管道设计】按钮，系统弹出【冷却管道设计】对话框。

步骤 8：在绘图区选择前视图作为放置面，接着在 LENGTH 文本框中输入 20。在【冷却管道设计】对话框中单击【创建/编辑引导线轨迹位置】按钮，系统弹出【创建/编辑引导线轨迹位置】对话框。

步骤 9：在绘图区选择放置面的右侧边界作为参考边界 1，并在 D1 文本框中输入 90；接着选择放置面的底面边界作为参考边界 2，并在 D2 文本框中输入 15，单击【确定】按钮完成轨迹位置定位。在【管道设计步骤】选项组中单击 █ 按钮，系统显示【管道】选项，接着在【开始类型[从面]】下拉列表框中选择 █ (平直端)选项，在【端点类型】下拉列表框中选择 █ (密封端)选项，其余参数采用系统默认设置，单击【应用】按钮完成冷却管道设计操作，结果如图 9-150 所示。

步骤 10：用同样的方法，完成另一侧操作，创建冷却进水口与出水口。最终结果如图 9-151 所示。

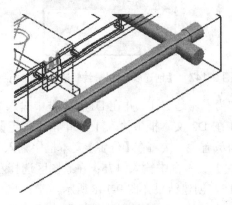
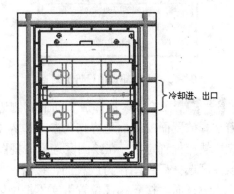

冷却进、出口

图 9-150　冷却进水口　　　　　　　图 9-151　冷却进、出口

下面将介绍型腔冷却系统的创建操作。

步骤 1： 在【注塑模向导】工具条中单击 按钮，系统弹出【冷却方式】对话框，如图 9-152 所示。

步骤 2： 在【冷却方式】对话框中单击【标准件】按钮，系统弹出 Cooling Component Design 对话框，如图 9-153 所示。

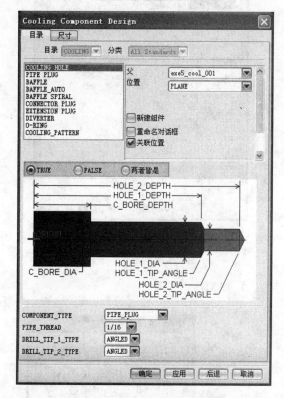

图 9-152 【冷却方式】对话框　　　　图 9-153 Cooling Component Design 对话框

步骤 3： 在目录列表框中选择 COOLIN HOLE，在 PIPE_THREAD 下拉列表框中选择 M8 选项，在 Cooling Component Design 对话框中切换到【尺寸】选项卡，系统显示尺寸选项，如图 9-154 所示。

步骤 4： 在尺寸列表中设置 HOLE_1_DEPTH 为 200，HOLE_2_DEPTH 为 200，其余参数采用系统默认设置，单击【确定】按钮，系统弹出【选择一个面】对话框，如图 9-155 所示。

步骤 5： 在绘图区选择前视图表面作为添加标准面的平面，系统弹出【点】对话框，如图 9-156 所示。

步骤 6： 在【类型】卷展栏的下拉列表框中选择【自动判断的点】选项，在【点】对话框的坐标文本框中输入(XC：60，YC：0)后，单击【确定】按钮，系统弹出【位置】对话框，如图 9-157 所示，在此不做任何更改，单击【确定】按钮，系统返回【点】对话框，接着在坐标文本框中输入(XC：-60，YC：0)，单击两次【确定】按钮完成冷却设计操作，结果如图 9-158 所示。

精通模具数控系列

步骤7: 用同样的方法，完成型腔剩余的冷却系统设计操作，最终结果如图9-159所示。

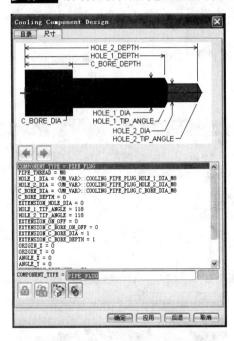

图9-154　【尺寸选项】对话框

图9-155　【选择一个面】对话框

图9-156　【点】对话框

图9-157　【位置】对话框

野火专家提示：①设计冷却系统时应避免与顶出机构对象发生冲突。②创建冷却管道的默认方法是标准件方法，如果要使用管道设计的方法，则要将注塑模向导的默认文件 MW_CoolUserInterface: 1 改为 2。

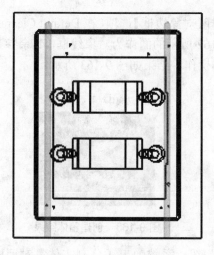

图 9-158　冷却设计结果

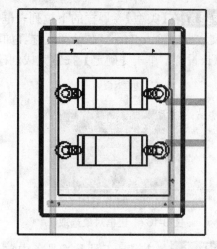

图 9-159　冷却设计最终结果

9.7　线切割镶件创建

当骨位比较深或者电火花放电时难于加工时，可采用线切割加工。下面将介绍一些常用的线切割镶件的创建方法。线切割加工有如下好处。

- ↳　切割的镶件容易抛光、打磨。
- ↳　方便模具拆装、维修。
- ↳　有利于模具的排气等。

9.7.1　分割实体法

分割实体是指利用 UG 注塑模向导中的模具工具创建线切割镶件，下面介绍其操作的详细过程。

步骤 1： 在 prod 组件下找到 exel_core_013 组件，接着单击鼠标右键，系统弹出快捷菜单，如图 9-160 所示，然后选择【转为显示部件】命令，系统跳至 exel_core_013 窗口。

步骤 2： 在【模具工具】工具条中单击■按钮，系统弹出【创建箱体】对话框，如图 9-161 所示。

图 9-160　快捷菜单

图 9-161　【创建箱体】对话框

步骤 3：在【类型】卷展栏的下拉列表框中选择【对象边框】选项，在 Default Clearance(默认值)文本框中输入 0mm，在绘图区选择如图 9-162 所示的面作为对象线框，其余参数采用系统默认设置。单击【确定】按钮完成创建箱体操作，结果如图 9-163 所示。

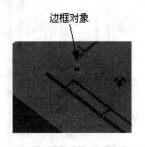

图 9-162　边框对象选取

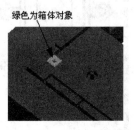

图 9-163　创建箱体结果

步骤 4：在【模具工具】工具条中单击▓按钮，系统弹出【分割实体】对话框，如图 9-164 所示。

步骤 5：在绘图区选择绿色实体作为目标体，接着选择圆弧面作为工具体，其余参数采用系统默认设置，单击【确定】按钮，系统弹出【修剪方式】对话框，如图 9-165 所示，在此不做任何更改，单击【确定】按钮完成分割实体操作，结果如图 9-166 所示。

步骤 6：在【模具工具】工具条中单击▓按钮，系统弹出【延伸实体】对话框，如图 9-167 所示。

图 9-164　【分割实体】对话框

图 9-165　【修剪方式】对话框

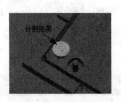

图 9-166　分割实体结果

图 9-167　【延伸实体】对话框

步骤 7：在绘图区选择绿色实体底面为延伸面，在【偏置值】文本框中输入 40，在【延伸实体】对话框中选择【拉伸】复选框，其余参数采用系统默认设置，单击【确定】按钮完成延伸实体操作，结果如图 9-168 所示。

步骤 8：在【模具工具】工具条中单击▓按钮，系统弹出【分割实体】对话框，如图 9-164 所示。

步骤 9：在绘图区选择型芯作为目标体，接着在弹出的【分割实体】对话框中选择【由实体、片体、基准平面分割】选项，然后在绘图区选择延伸实体作为工具体，其余参数采用系统默认设置，单击【确定】按钮完成分割实体操作，结果如图 9-169 所示。

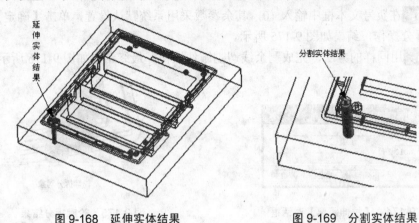

图 9-168 延伸实体结果   图 9-169 分割实体结果

9.7.2 轮廓拆分法

步骤 1： 在【模具工具】工具条中单击◎按钮，系统弹出【刀具轮廓拆分】对话框，如图 9-170 所示。

步骤 2： 在【刀具轮廓拆分】对话框中取消选中【允许非关联的】复选框，在绘图区域选择型芯作为轮廓拆分体，接着单击【确定】按钮，系统弹出【开始遍历】对话框，如图 9-171 所示。

图 9-170 【刀具轮廓拆分】对话框   图 9-171 【开始遍历】对话框

步骤 3： 在【开始遍历】对话框中取消选中【按面的颜色遍历】复选框，接着在绘图区选择如图 9-172 所示的边界作为遍历边界，同时系统弹出【矢量】对话框，如图 9-173 所示。

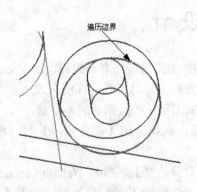

图 9-172 遍历边界对象   图 9-173 【矢量】对话框

步骤 4： 在【矢量方位】卷展栏中单击✗按钮，接着单击【确定】按钮，系统弹出【拉伸距离】对话框，如图 9-174 所示。

步骤 5： 在负号文本框中输入 10，其余参数采用系统默认设置，单击【确定】按钮，完成轮廓拆分操作，结果如图 9-175 所示。

步骤 6： 用同样的方法，完成剩余线切割镶件操作，最终结果如图 9-176 所示。

轮廓拆分对象

图 9-174 【拉伸距离】对话框 　　图 9-175 轮廓拆分结果

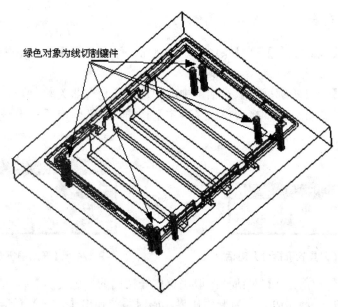

绿色对象为线切割镶件

图 9-176 线切割结果

9.8 电极设计

电极适合于 CNC 数控机床加工不到的地方，如：加工时碰到容易断刀、比较窄、比较深的地方等。则我们就要考虑拆工具电极来加工，而拆工具电极时，我们应该注意如下几点：太薄的电极需要做加强筋；要考虑方便加工；加工坐标的数据必须是整数。

步骤 1： 在【模具工具】工具条中单击■按钮，系统弹出【创建箱体】对话框，如图 9-177 所示。

步骤 2： 在【类型】卷展栏的下拉列表框中选择【对象边框】选项，在 Default Clearance(默认值)文本框中输入 0mm，在绘图区选择如图 6-178 所示的面作为对象线框，单击【确定】按钮完成创建箱体操作，结果如图 6-179 所示。

图 9-177 【创建箱体】对话框

图 9-178 对象线框

图 9-179 创建箱体结果

步骤 3：在【模具工具】工具条中单击 按钮，系统弹出【延伸实体】对话框，如图 9-180 所示。

步骤 4：在绘图区选择绿色实体的顶面作为延伸面对象，如图 9-181 所示。

图 9-180 【延伸实体】对话框

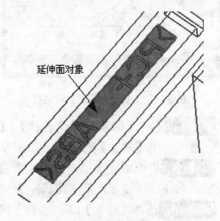

图 9-181 延伸面选择对象

步骤 5：在【偏置值】文本框中输入 3，其余参数采用系统默认设置，单击【确定】按钮完成电极避空位的操作，结果如图 9-182 所示。

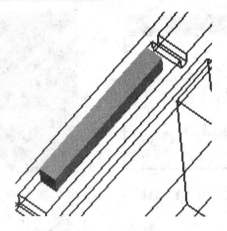

图 9-182　电极避空位结果

步骤 6： 在【模具工具】工具条中单击 按钮，系统弹出【创建箱体】对话框，如图 9-183 所示。

步骤 7： 在【类型】卷展栏的下拉列表框中选择【对象边框】选项，在 Default Clearance (默认值)文本框中输入 5mm，在绘图区选择电极表面作为对象线框，同时与电极表面接触距离为 0，其余距离为 5，单击【确定】按钮完成创建箱体操作，创建电极基座的结果如图 9-184 所示。

图 9-183　【创建箱体】对话框

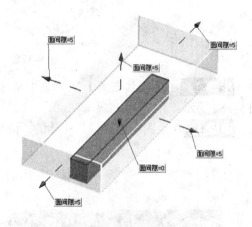

图 9-184　创建电极基座结果

步骤 8： 选择【插入】|【组合体】|【求和】命令，或在【特征操作】工具条中单击 按钮，系统弹出【求和】对话框，如图 9-185 所示。

步骤 9： 在绘图区选择电极基座为目标体，接着在绘图区选择电极头为工具体，其余参数采用系统默认设置，单击【确定】按钮完成电极头与电极基座合并操作。

步骤 10： 选择【插入】|【组合体】|【求差】命令，或在【特征操作】工具条中单击 按钮，系统弹出【求差】对话框，如图 9-186 所示。

步骤 11： 在绘图区选择电极为目标体，接着选择型芯作为工具体，在【设置】卷展栏中选中【保持工具】复选框，其余参数采用系统默认设置，单击【确定】按钮完成求差操作，电极成型操作结果如图 9-187 所示。

图 9-185　【求和】对话框

图 9-186　【求差】对话框

图 9-187　电极成型结果

步骤 12：选择【插入】|【细节特征】|【倒斜角】命令，或在【特征操作】工具条中单击 按钮，系统弹出【倒斜角】对话框，如图 9-188 所示。

步骤 13：在【距离】文本框中输入 3，接着在绘图区选择电极右下角的边界作为倒斜角边界，其余参数采用系统默认设置，单击【确定】按钮完成倒斜角操作，创建电极基准角结果如图 9-189 所示。

图 9-188　【倒斜角】对话框

图 9-189　电极基准角创建结果

9.9　型　腔　设　计

型腔设计是模具设计的最后一个操作，型腔设计的主要作用就是将相关的模板开腔，方便模具中的镶块、镶针等对象装配进模具中。

型腔设计操作可以有多种方法，在本节中主要介绍两种方法，一种是直接利用 UG 注塑模向导中的型腔设计功能进行创建开腔操作；另一种是直接利用拉伸功能进行创建开腔操作。

9.9.1　型腔设计开腔操作

步骤 1： 在装配导航器中展开 exel_moldbase_mm_019 部件，装配导航会显示两个装配组件，如图 9-190 所示。

步骤 2： 取消选中 exel_fixhalf_022 部件，完成定模部件隐藏操作。

步骤 3： 用同样的方法，完成型腔和产品部件等定模组件的隐藏操作，最终在绘图区只显示型芯及动模组件，如图 9-191 所示。

图 9-190　模架装配组件　　　　　图 9-191　动模组件显示

步骤 4： 在【注塑模向导】工具条中单击 按钮，系统弹出【腔体管理】对话框，如图 9-192 所示。

步骤 5： 在绘图区选择 B 板、型芯部件及顶针面板作为目标体，单击鼠标中键；接着选择所有顶针部件作为工具体，在【腔体管理】对话框中选中【打断关联性】复选框，其余参数采用系统默认设置，单击【确定】或【应用】按钮完成腔体设计操作，结果如图 9-193 所示。

步骤 6： 用同样的方法，完成主分流道及次分流道的腔体设计操作，结果如图 9-194 所示。

图 9-192 【腔体管理】对话框　　图 9-193 腔体设计结果　　图 9-194 腔体设计最终结果

9.9.2 拉伸创建开腔操作

步骤 1： 在装配导航器中双击 exel_b_plate_045 组件作为工作组件。

步骤 2： 在【装配】工具条中单击 按钮，系统弹出【WAVE 几何链接器】对话框，如图 9-195 所示。

步骤 3： 在【类型】卷展栏的下拉列表框中选择【复合曲线】选项，在绘图区选择型芯底面边界作为复合曲线对象，如图 9-196 所示。

步骤 4： 在【设置】卷展栏中选中【固定于当前时间戳记】复选框，其余参数采用系统默认设置，单击【确定】按钮完成复合曲线操作。

步骤 5： 选择【插入】|【设计特征】|【拉伸】命令，或在【特征】工具条中单击 按钮，系统弹出【拉伸】对话框，如图 9-197 所示。

步骤 6： 在绘图区选择复合曲线对象作为拉伸对象，展开【限制】卷展栏，接着在【终点】的【距离】文本框中输入 40，在【布尔】卷展栏的下拉列表框中选择【求差】选项，其余参数采用系统默认设置，单击【确定】按钮完成拉伸操作，结果如图 9-198 所示。

图 9-195 【WAVE 几何链接器】对话框

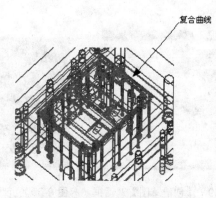

图 9-196 复合曲线对象边界

图 9-197　【拉伸】对话框

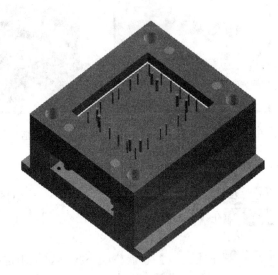

图 9-198　拉伸开腔设计结果

步骤 7： 选择【插入】|【设计特征】|【拉伸】命令，或在【特征操作】工具条中单击 按钮，系统弹出【拉伸】对话框。

步骤 8： 在【截面】卷展栏中单击 按钮，系统弹出【创建草图】对话框，如图 9-199 所示，在此不做任何更改，单击【确定】按钮，系统进入草图环境。

步骤 9： 在草图环境中绘制如图 9-200 所示的曲线段，单击【完成草图】按钮，系统返回【拉伸】对话框。

步骤 10： 在【方向】卷展栏中单击 按钮，在【终点】下拉列表框中选择【直到被延伸】选项，接着在绘图区选择 B 板底面作为延伸终止面，在【布尔】卷展栏的下拉列表框中选择【求差】选项，其余参数采用系统默认设置，单击【确定】按钮完成型腔切口创建，结果如图 9-201 所示。

图 9-199　【创建草图】对话框

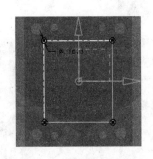

图 9-200　创建草图线段

图 9-201　创建切口结果

步骤 11： 用同样的方法，完成剩余组件的腔体设计操作，创建的最终结果如图 9-202

所示。

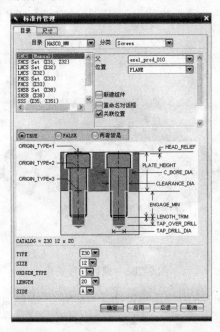

图 9-202 腔体设计结果

9.10 加 载 螺 钉

为了将型腔、型芯组件固定在 A、B 板上，必须对型腔、型芯组件加载相关的螺钉对象。

步骤 1： 在【注塑模向导】工具条中单击 按钮，系统弹出【标准件管理】对话框，如图 9-203 所示。

步骤 2： 在【目录】下拉列表框中选择 HASCO_MM 选项，在【分类】下拉列表框中选择 Screws 选项，在目录列表框中选择 SHCS[Auto]选项，在 SIZE 下拉列表框中选择 12 选项，其余参数采用系统默认设置，单击【确定】按钮，系统弹出【选择一个面】对话框，如图 9-204 所示。

图 9-203 【标准件管理】对话框   图 9-204 【选择一个面】对话框

步骤 3: 在绘图区选择模架面板作为放置面,系统弹出【点】对话框,如图 9-205 所示。

步骤 4: 依序在【点】对话框的 XC 和 YC 坐标文本框中输入如下数字:(82,95)、(-82, 95)、(-82,-95)和(82,-95),最终完成螺钉加载结果如图 9-206 所示。

图 9-205　【点】对话框

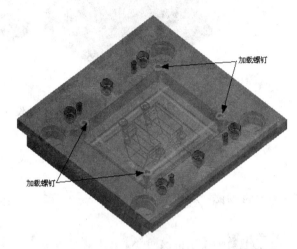

图 9-206　加载螺钉结果

步骤 5: 在【注塑模向导】工具条中单击 按钮,系统弹出【腔体管理】对话框,如图 9-207 所示。

步骤 6: 在绘图区选择面板、型腔部件作为目标体,单击鼠标中键;接着选择所有螺钉部件作为工具体,在【腔体管理】对话框中选中【打断关联性】复选框,其余参数采用系统默认设置,单击【确定】或【应用】按钮完成腔体设计操作,螺钉开腔设计结果如图 9-208 所示。

图 9-207　【腔体管理】对话框

图 9-208　螺钉开腔结果

步骤 7: 用同样的方法,完成动模螺钉的加载与开腔设计操作,最终结果如图 9-209 所示。

图 9-209　螺钉加载结果

9.11　模具总装图

一套模具设计好之后，要发放到车间，给相关的机加工者进行加工，因此要将现有的三维图档转换为二维图档，机加工者依照二维图档进行相关的工作。一般模具图包括模具总装图、模具散件图、线切割图、电极图等，下面介绍模具总装图的创建过程，希望通过本节的实例操作，能对读者起到举一反三的作用。

步骤 1： 在【注塑模向导】工具条中单击 按钮，系统弹出【创建/编辑模具图纸】对话框，如图 9-210 所示。

步骤 2： 在【创建/编辑模具图纸】对话框中不做任何更改，单击【应用】按钮系统自动创建图框，并激活【视图】选项卡。

步骤 3： 在【创建/编辑模具图纸】对话框中切换到【可见性】选项卡，在【属性名】下拉列表框中选择 MW_SIDE，在【属性值】下拉列表框选择 A 侧，接着在绘图区选择型腔、定模部分等部件作为 A 侧显示对象，单击【应用】按钮完成上模侧操作。

步骤 4： 在【属性值】下拉列表框中选择 B 侧，接着在绘图区选择型芯、动模部分等部件为 B 侧显示对象，单击【应用】按钮完成下模侧操作。

步骤 5： 在【创建/编辑模具图纸】对话框中切换到【视图】选项卡，在【比例】文本框中输入 1，其余参数采用系统默认设置，单击【应用】按钮系统自动产生动模俯视图，如图 9-211 所示。

步骤 6： 在【视图】选择卡中选择 CAITY 选项，单击【应用】按钮，系统自动产生上模仰视图，如图 9-212 所示。

步骤 7： 在【视图】选择卡中选择 FRONTSECTION 选项，单击【应用】按钮，系统弹出【剖视图】对话框，如图 9-213 所示。接着在绘图区选择相关对象作为剖切对象，最终完成前视图剖切操作，结果如图 9-214 所示。

步骤 8： 用同样的方法，完成右视图剖切。完成最终模具装配工程图如图 9-215 所示。

步骤 9： 选择【文件】|【全部保存】命令，完成模具装配工程图操作。

图 9-210　【创建/编辑模具图纸】对话框

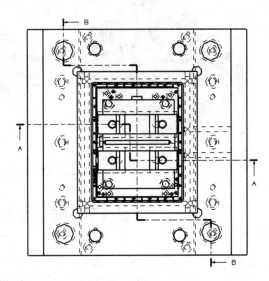

图 9-211　动模对象

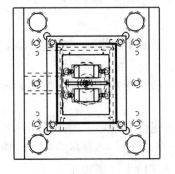

图 9-212　定模对象

图 9-213　【剖视图】对话框

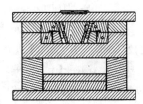

图 9-214　前视图对象

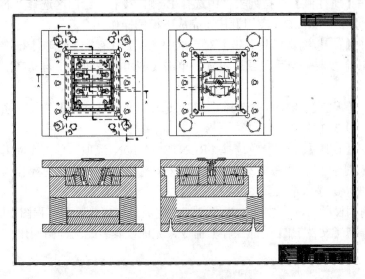

图 9-215　模具总装图

9.12　模具散件图

模具总装图可以让机加工者了解一整套模具的结构，以及整体的模具排位，而模具散件图是机加工的依据。

步骤 1：在【注塑模向导】工具条中单击█按钮，系统弹出【组件图纸】对话框，如图 9-216 所示。

图 9-216　【组件图纸】对话框

步骤 2：在列表框中选择 exel_core_013 选项，单击【确定】按钮，系统跳至图纸管理选项，在【新图纸名】文本框中输入 core，在【模板名称】下拉列表框中选择 template_a3_comp_mm.prt 选项，其余参数采用系统默认设置，单击【创建】按钮，系统开始自动创建型芯工程图，单击【确定】按钮完成模具散件图操作，结果如图 9-217 所示。

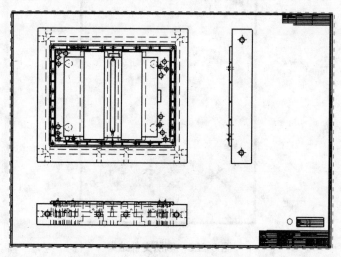

图 9-217　型芯组件工程图

9.13 删除文件

注塑模向导自动列出不包含在设计装配中的项目目录部件文件，因此可以进行删除文件操作。

步骤1： 在【注塑模向导】工具条中单击 按钮，系统弹出【未使用的部件管理】对话框，如图 9-218 所示。

步骤2： 在【未使用的部件管理】对话框中选中【全选】复选框，接着单击 按钮，系统弹出【确认】对话框，如图 9-219 所示。

步骤3： 单击【是】按钮，完成删除文件操作，结果如图 9-220 所示。

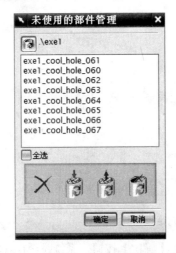

图 9-218 【未使用的部件管理】对话框

图 9-219 【确认】对话框

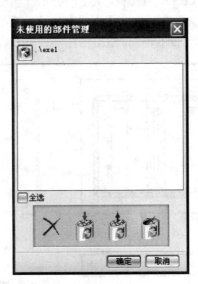

图 9-220 删除文件结果

9.14 本 章 小 结

本章主要介绍了面盖的模具设计操作过程，对从 UG 注塑模向导中的项目初始化开始一直到整套模具工程图的操作都做出了详细的讲解，同时对各个工艺流程做出了相关的技巧提示。

9.15 习 题 精 练

填空题

1. 塑胶模具的浇注系统起_____作用。
2. 顶出产品的温度一般有_____度。

选择题

1. 本章中的滑块采用(　　)抽芯方案。
   A. 斜顶　　　　　　　　　　　　　　B. 斜导柱
   C. 液压油缸　　　　　　　　　　　　D. 内滑块
2. 本章中面盖采用了(　　)冷却方案。
   A. 阶梯式　　　　　　　　　　　　　B. 喷泉式
   C. 直接插入模仁　　　　　　　　　　D. 前模采用阶梯式，后模采用隔水片

简答题

1. 试述 UG 注塑模向导的分模过程。
2. 常用的冷却方式有哪几种？

第 10 章　显示器面板模具设计综合实例演练

本章主要知识点

- ➦ 显示器面板工艺分析
- ➦ 显示面板设计典型流程
- ➦ 模架加载
- ➦ 标准件加载
- ➦ 浇注系统
- ➦ 冷却系统
- ➦ 线切割镶件创建
- ➦ 电极设计
- ➦ 型腔设计
- ➦ 加载螺钉
- ➦ 模具总装图
- ➦ 模具散件图
- ➦ 删除文件

本章节以显示器面板为例，讲述从自动分模到加载各标准件的整个工作流程，三维产品图如图 10-1 所示。

图 10-1　三维产品图

10.1　显示器面板工艺分析

显示器面板工艺分析如表 10-1 所示。

表 10-1　显示器面板工艺分析表

分析项目	工艺方案图解	工艺分析
分型面		分型面在产品截面最大轮廓处
型腔布局		若显示器没有特别说明，可采用单个布局
浇注系统		若外观没有特别说明，为方便加工可选择使用大水口模架，使用侧壁进胶
冷却系统	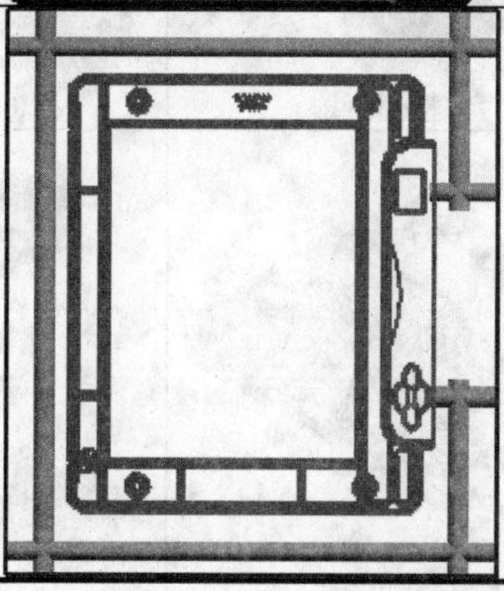	因为滑块经过处有冷却水道，因此冷却采用阶梯回形管道冷却

续表

分析项目	工艺方案图解	工艺分析
型腔、型芯	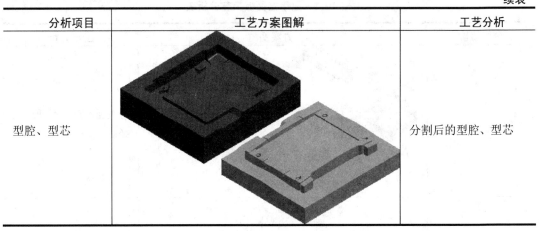	分割后的型腔、型芯

10.2　显示器面板设计典型流程简介

显示器面板设计流程如表 10-2 所示。

表 10-2　显示器面板设计流程简表

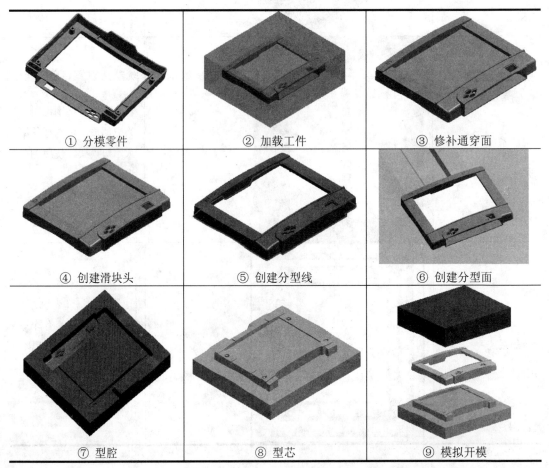

① 分模零件	② 加载工件	③ 修补通穿面
④ 创建滑块头	⑤ 创建分型线	⑥ 创建分型面
⑦ 型腔	⑧ 型芯	⑨ 模拟开模

10.2.1　项目初始化

步骤 1：在【注塑模向导】工具条中单击 按钮，系统弹出【打开部件文件】对话框，如图 10-2 所示，选择光盘中的 example\cha10\exe1.prt 文件，单击 OK 按钮，系统弹出【项目初始化】对话框，如图 10-3 所示。

图 10-2　【打开部件文件】对话框

步骤 2：在【项目路径】文本框中输入 D:\exe1，其余参数采用系统默认设置，单击【确定】按钮，系统开始项目初始化计算，并完成项目初始化操作。

图 10-3　【项目初始化】对话框

10.2.2　加载模具坐标

步骤 1：选择主菜单中的【格式】| WCS |【动态】命令，或在【实用工具】工具条中单击 按钮，系统高亮显示坐标对象，如图 10-4 所示。

步骤 2：在绘图区选择如图 10-5 所示的中心作为坐标放置点，单击鼠标中键完成动态

精通模具数控系列

坐标操作，结果如图 10-6 所示。

　　步骤 3：在【注塑模向导】工具条中单击 ✍ 按钮，系统弹出【模具 CSYS】对话框，如图 10-7 所示，在此不做任何更改，单击【确定】按钮，完成加载模具坐标系操作。

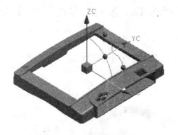　　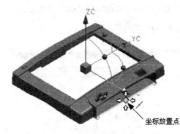　　

图 10-4　高亮显示坐标对象　　　　图 10-5　坐标放置点　　　　图 10-6　坐标放置结果

图 10-7　【模具 CSYS】对话框

10.2.3　缩水率计算

　　在【注塑模向导】工具条中单击 按钮，系统弹出【比例】对话框，如图 10-8 所示。在【类型】卷展栏的下拉列表框中选择【均匀】选项，在【均匀】文本框中输入缩水率为 1.005，其余参数采用系统默认设置，单击【确定】按钮完成缩水率计算操作。

图 10-8　【比例】对话框

10.2.4　加载工件

　　步骤 1：在【注塑模向导】工具条中单击 按钮，系统弹出【工件尺寸】对话框，如图 10-9 所示。

　　步骤 2：在【工件尺寸】对话框中选中【标准长方体】复选框，在【定义方式】选项组中选中【距离容差】单选按钮。

步骤 3： 在【X 向长度】文本框中输入 190，在【Y 向长度】文本框中输入 220，在【Z 向下移】文本框中输入 30，在【Z 向上移】文本框中输入 50，其余参数采用系统默认设置，单击【确定】按钮完成工件尺寸创建，结果如图 10-10 所示。

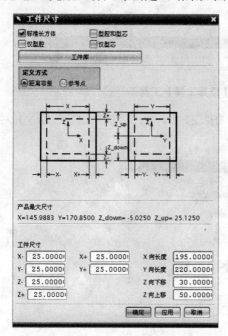

图 10-9　【工件尺寸】对话框

图 10-10　工件加载结果

10.2.5　型腔布局

步骤 1： 在【注塑模向导】工具条中单击 按钮，系统弹出【型腔布局】对话框，如图 10-11 所示。

步骤 2： 在【型腔布局】对话框中单击【自动对准中心】按钮，其余参数采用系统默认设置，单击【后退】按钮完成型腔布局操作，结果如图 10-12 所示。

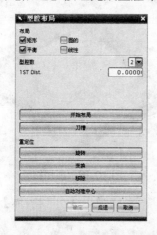

图 10-11　【型腔布局】对话框

图 10-12　自动对准中心结果

精通模具数控系列

10.2.6　模具工具应用

1. 滑块头创建过程

步骤 1： 在【注塑模向导】工具条中单击 ✍ 按钮，系统弹出【模具工具】工具条，如图 10-13 所示。

图 10-13　【模具工具】工具条

步骤 2： 在【模具工具】工具条中单击 □ 按钮，系统弹出【修剪实体】对话框，如图 10-14 所示。

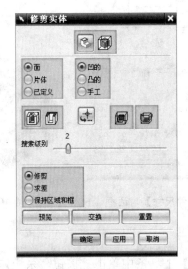

图 10-14　【修剪实体】对话框

步骤 3： 在绘图区选择如图 10-15 所示的对象作为选择面，其余参数采用系统默认设置，单击【确定】按钮完成修剪实体操作，结果如图 10-16 所示。

图 10-15　选择面对象　　　　　图 10-16　创建结果

步骤 4： 在【模具工具】工具条中单击 □ 按钮，系统弹出【分割实体】对话框，如图 10-17 所示。

步骤 5： 在绘图区选择绿色实体作为目标体，接着选择如图 10-18 所示的面作为工具体，其余参数采用系统默认设置，单击【应用】按钮，系统弹出【修剪方式】对话框，如图 10-19 所示。

　　步骤 6：在此不做任何更改，直接单击【确定】按钮完成分割实体操作，结果如图 10-20 所示。

图 10-17　【分割实体】对话框

图 10-18　工具体

图 10-19　【修剪方式】对话框

图 10-20　分割结果

　　步骤 7：在【模具工具】工具条中单击■按钮，系统弹出【创建箱体】对话框，如图 10-21 所示。

图 10-21　【创建箱体】对话框

　　步骤 8：在【类型】卷展栏的下拉列表框中选择【对象边框】选项，在 Default Clearance(默认值)文本框中输入 0mm，在绘图区选择如图 10-22 所示的面作为对象线框，单击【确定】按钮完成创建箱体操作，结果如图 10-23 所示。

　　步骤 9：选择主菜单中的【插入】|【组合体】|【求和】命令，或在【特征操作】工具条中单击■按钮，系统弹出【求和】对话框，如图 10-24 所示。

　　步骤 10：在绘图区选择步骤 2 中创建的实体为目标体，接着选择步骤 8 中创建的箱体为工具体，其余参数采用系统默认设置，单击【确定】按钮完成求和操作，结果如图 10-25

精通模具数控系列

所示。

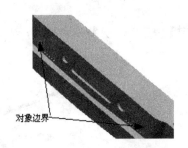

图 10-22　对象边界

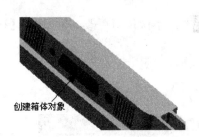

图 10-23　创建箱体结果

图 10-24　【求和】对话框

图 10-25　求和结果

步骤 11： 选择主菜单中的【插入】|【组合体】|【求差】命令，或在【特征操作】工具条中单击 按钮，系统弹出【求差】对话框，如图 10-26 所示。

步骤 12： 在绘图区选择步骤 10 中的实体作为目标体，接着选择产品对象作为工具体，在【卷展栏中】选中【保持工具】复选框，其余参数采用系统默认设置，单击【确定】按钮完成求差操作，结果如图 10-27 所示。

图 10-26　【求差】对话框

图 10-27　求差结果

2. 斜顶头创建过程

步骤 1： 在【模具工具】工具条中单击 按钮，系统弹出【修剪实体】对话框，如

图 10-28 所示。

步骤 2: 在绘图区选择如图 10-29 所示的对象作为选择面,其余参数采用系统默认设置,单击【应用】按钮完成修剪实体操作,结果如图 10-30 所示。

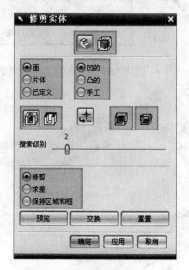

图 10-28 【修剪实体】对话框

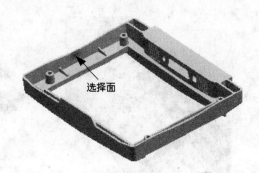

图 10-29 选择面对象

步骤 3: 用同样的方法,完成另一侧的修剪实体操作,最终结果如图 10-31 所示。

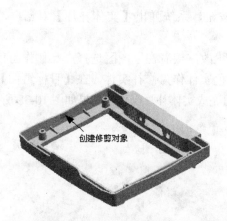

图 10-30 修剪实体结果

图 10-31 修剪实体最终结果

步骤 4: 在【模具工具】工具条中单击 按钮,系统弹出【分割实体】对话框,如图 10-32 所示。

步骤 5: 在绘图区选择绿色实体作为目标体,接着选择如图 10-33 所示的面作为工具体,其余参数采用系统默认设置,单击【应用】按钮,系统弹出【修剪方式】对话框,如图 10-34 所示。

步骤 6: 在此不做任何更改,单击【确定】按钮,完成分割实体操作,结果如图 10-35 所示。

步骤 7: 用同样的方法,完成另一侧的对象分割,结果如图 10-36 所示。

图 10-32 【分割实体】对话框　　图 10-33 工具体　　图 10-34 【修剪方式】对话框

图 10-35 分割结果　　　　　　　　图 10-36 分割最终结果

3. 实体补片操作

步骤 1： 在【模具工具】工具条中单击 按钮，系统弹出【实体补片】对话框，如图 10-37 所示。

步骤 2： 在【实体补片】对话框中不做任何更改，接着在绘图区选择产品体作为目标体，然后单击 按钮，最后在绘图区框选所有绿色实体作为修补实体，在【目标组件】列表框中选择 exel_core_013 选项，单击【应用】按钮完成实体补片操作，结果如图 10-38 所示。

图 10-37 【实体补片】对话框　　　　图 10-38 实体补片结果

4. 片体补片操作

步骤 1： 选择主菜单中的【插入】|【网格曲面】|【通过曲线网格】命令，或在【曲面】工具条中单击 按钮，系统弹出【通过曲线网格】对话框，如图 10-39 所示。

步骤 2： 在绘图区选择如图 10-40 所示的边界作为 Primary Curvel(主曲线 1)，单击鼠标中键选择主曲线 1；接着选择另一侧作为 Primary Curve2(主曲线 2)，单击鼠标中键选择主曲线 2，在【通过曲线网格】对话框中展开【交叉曲线】卷展栏，接着单击 NEW 选项；然后选择如图 10-41 所示的边界作为 Cross Curvel(交叉曲线 1)，最后选择右侧边界作为 Cross Curve2(交叉曲线 2)，其余参数采用系统默认设置，单击【确定】按钮完成网格曲面操作，结果如图 10-42 所示。

图 10-39 【通过曲线网格】对话框

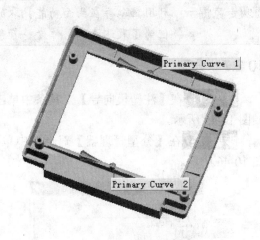

图 10-40 主曲线对象

图 10-41 交叉曲线对象

图 10-42 通过曲线网格结果

步骤 3： 在【模具工具】工具条中单击□按钮，系统弹出【选择片体】对话框，如图 10-43 所示。

步骤 4： 在绘图区选择步骤 2 中创建的片体对象作为选择片体对象，单击【确定】按钮完成存在曲面操作，结果如图 10-44 所示。

图 10-43 　【选择片体】对话框　　　　　　图 10-44 　抽取曲面结果

野火专家提示：利用抽取存在曲面功能抽取的面的颜色会发生改变，系统默认的是白色，但为了表达清晰，作者将颜色改为黑色显示。

10.2.7　分型

步骤 1： 在【注塑模向导】工具条中单击 按钮，系统弹出【分型管理器】对话框，如图 10-45 所示。

步骤 2： 在【分型管理器】对话框中单击 按钮，系统弹出【分型线】对话框，如图 10-46 所示。

图 10-45 　【分型管理器】对话框　　　　图 10-46 　【分型线】对话框

步骤 3： 在【分型线】对话框中单击【自动搜索分型线】按钮，系统弹出【搜索分型线】对话框，如图 10-47 所示。在此不做任何更改，直接单击【应用】按钮，此时绘图区会显示搜索到的分型线，如图 10-48 所示，接着单击两次【确定】按钮完成分型线操作。

图 10-47 【搜索分型线】对话框 　　　　图 10-48 自动搜索结果

步骤 4：在【分型管理器】对话框中单击 按钮，系统弹出【分型段】对话框，如图 10-49 所示。

步骤 5：在【分型段】对话框中单击 按钮，系统弹出【编辑过渡对象】对话框，如图 10-50 所示。接着在绘图区选择四个角落的圆弧作为过渡对象，如图 10-51 所示，单击【确定】按钮完成分型线过渡操作，系统返回【分型段】对话框，再单击【确定】按钮返回【分型管理器】对话框。

图 10-49 【分型段】对话框 　　图 10-50 【编辑过渡对象】对话框

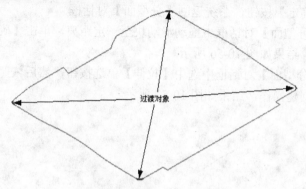

图 10-51 编辑过渡对象结果

步骤 6：在【分型管理器】对话框中单击 按钮，系统弹出【创建分型面】对话框，如图 10-52 所示。

步骤 7：在【创建分型面】对话框中单击【创建分型面】按钮，系统弹出【分型面】对话框，如图 10-53 所示，此时绘图区会高亮显示分型线段，如图 10-54 所示。

步骤 8：在【分型面】对话框中单击【拉伸方向】按钮，系统弹出【矢量】对话框，如图 10-55 所示。

图 10-52　【创建分型面】对话框

图 10-53　【分型面】对话框

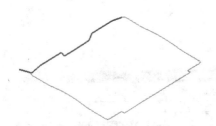

图 10-54　高亮显示分型线

图 10-55　【矢量】对话框

步骤 9：在【类型】卷展栏的下拉列表框中选择【-XC 轴】选项，其余参数采用系统默认设置，单击【确定】按钮，系统返回【分型面】对话框。

步骤 10：在【分型面】对话框中拖动滑动块至一定距离，单击【确定】按钮完成第一个分型面创建操作，结果如图 10-56 所示。

步骤 11：在【分型面】对话框中选中【拉伸】单选按钮，然后依照上述操作过程，完成第二个分型面的创建操作，结果如图 10-57 所示。

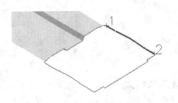

图 10-56　第一分型面

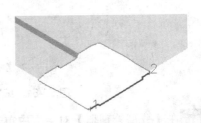

图 10-57　第二分型面

步骤 12：用同样的方法，完成剩余分型面的创建操作，结果如图 10-58 所示。

步骤 13：在【创建分型面】对话框中单击【连结曲面】按钮，系统弹出【选择分型片体】对话框，如图 10-59 所示，单击【确定】按钮完成分型面的连接操作。

图 10-58　分型面创建结果　　　　图 10-59　【选择分型片体】对话框

步骤 14：在【分型管理器】对话框中单击 按钮，系统弹出【区域和直线】对话框，如图 10-60 所示。

步骤 15：在【区域和直线】对话框中选中【边界区域】单选按钮，单击【确定】按钮，系统弹出【抽取区域】对话框，如图 10-61 所示；在此不做任何更改，单击【确定】按钮完成边界区域操作。

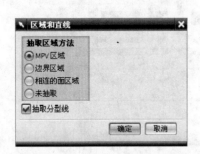

图 10-60　【区域和直线】对话框　　　　图 10-61　【抽取区域】对话框

步骤 16：在【分型管理器】对话框中单击 按钮，系统弹出【型芯和型腔】对话框，如图 10-62 所示。

步骤 17：在【型芯和型腔】对话框中单击【自动创建型腔型芯】按钮，系统开始自动计算分割型芯和型腔，结果如图 10-63 所示。

精通模具数控系列

图 10-62　【型芯和型腔】对话框　　　　　图 10-63　分型结果

10.3　模架加载

在 UG 中调用模架时，一个部件只能调用一次模架。这样在用户调用模架时，编辑功能就显得很重要，比如用户用错了模架，那就得进行编辑相关选项参数，而不是删除后再加载。

步骤 1： 在【注塑模向导】工具条中单击 按钮，系统弹出【模架管理】对话框，如图 10-64 所示。

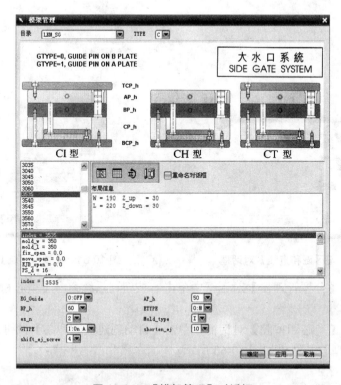

图 10-64　【模架管理】对话框

步骤 2： 在【类型】下拉列表框中选择 C 系列模架类型，在模架索引列表中选择 3535 模架规格，在选项数据选项组中设置 AP_h 为 50mm，BP_h 为 60mm，Mold_type 设置为 I，其余参数采用系统默认设置，单击【确定】按钮，系统开始加载模架，结果如图 10-65 所示。

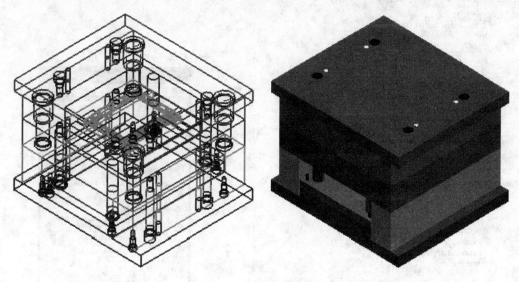

图 10-65　模架加载结果

10.4　标　准　件

注塑模向导中的标准件管理系统是一个常用的组件库，同时也是一个能安装与调整组件的系统。

10.4.1　顶针加载

步骤 1： 利用装配导航器操作，设置绘图区仅显示型芯作为工作层，其余为不可见的层。

步骤 2： 在【注塑模向导】工具条中单击■按钮，系统弹出【标准件管理】对话框，如图 10-66 所示。

步骤 3： 在【目录】下拉列表框中选择 DME_MM 选项，在【分类】下拉列表框中选择 Ejection 选项，在 CATALOG_DIA 下拉列表框中选择 5 选项，在 CATALOG_LENGTH 下拉列表框中选择 160 选项，其余参数采用系统默认设置，单击【确定】按钮，系统弹出【点】对话框，如图 10-67 所示。

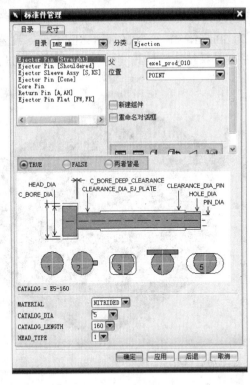

图 10-66　【标准件管理】对话框　　　　　图 10-67　【点】对话框

步骤 4：接着在坐标 XC 文本框中输入-65，YC 文本框中输入-72，利用相同方法完成如下数字输入(-65，72)、(-65，72)、(-65，30)、(-65，-30)、(50，62)、(50，-62)完成 ϕ 5 顶针加载，结果如图 10-68 所示。

步骤 5：在 CATALOG_DIA 下拉列表框选取 3 选项，在 CATALOG_LENGTH 下拉列表框中选择 160，其余参数参考默认尺寸，单击【确定】按钮，系统弹出【点】对话框。

步骤 6：在 XC 和 YC 坐标对话框中输入如下数字：(62，-64)、(62，-80)、(62，64)、(62，80)，完成 ϕ 3 顶针加载，结果如图 10-69 所示。

图 10-68　ϕ 5 顶针加载结果　　　　　图 10-69　顶针加载结果

10.4.2 顶针修剪

步骤 1: 在【注塑模向导】工具条中单击 ■ 按钮,系统弹出【顶杆后处理】对话框,如图 10-70 所示。

步骤 2: 在绘图区框选所有顶针作为目标对象,单击【确定】按钮完成顶杆的修剪,结果如图 10-71 所示。

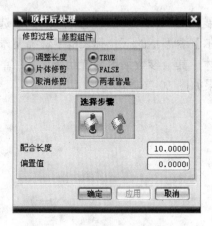

图 10-70 【顶杆后处理】对话框

图 10-71 顶杆修剪结果

10.4.3 拉料杆创建

步骤 1: 在【注塑模向导】工具条中单击 ■ 按钮,系统弹出【标准件管理】对话框,如图 10-66 所示。

步骤 2: 在【目录】下拉列表框中选择 DME_MM 选项,在【分类】下拉列表框中选择 Ejection 选项,在 CATALOG_DIA 下拉列表框中选择 8,在 CATALOG_LENGTH 下拉列表框中选择 160,其余参数采用系统默认设置,单击【确定】按钮,系统弹出【点】对话框,如图 10-67 所示。

步骤 3: 在 XC 文本框中输入 0,在 YC 文本框中输入 0,单击【确定】按钮,完成拉料杆创建操作,结果如图 10-72 所示。

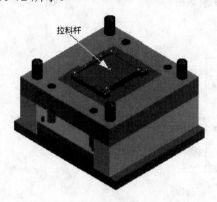

拉料杆

图 10-72 拉料杆创建结果

步骤 4: 利用装配导航器操作功能,将拉料杆设为显示部件。选择主菜单中的【插入】|

精通模具数控系列

【设计特征】|【拉伸】命令，或在【特征操作】工具条中单击██按钮，系统弹出【拉伸】对话框，如图 10-73 所示。

步骤 5： 在【截面】卷展栏中单击██按钮，系统弹出【创建草图】对话框，如图 10-74 所示，接着选择 XC-ZC 平面作为草图平面，单击【确定】按钮，系统进入草图环境，在草图环境中创建草图线段，单击【完成草图】按钮，系统返回【拉伸】对话框，如图 10-75 所示。

步骤 6： 在【拉伸】对话框的【偏置】卷展栏的下拉列表框中选择【两侧】选项，接着在终点的【距离】文本框中输入 5；在【布尔】卷展栏的下拉列表框中选择【求差】选项，接着在绘图区选择拉料杆对象作为求差的体，其余参数采用系统默认设置，单击【确定】按钮完成拉料杆修剪操作，拉料杆修剪结果如图 10-76 所示。

图 10-73　【拉伸】对话框

图 10-74　【创建草图】对话框

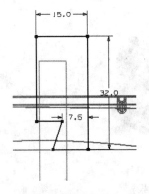

图 10-75　草图线段

图 10-76　创建拉料杆

10.4.4 复位弹簧加载

步骤 1: 在【注塑模向导】工具条中单击 ![按钮] 按钮,系统弹出【标准件管理】对话框,如图 10-77 所示。

步骤 2: 在【目录】下拉列表框中选择 MSUMI 选项,在【分类】下拉列表框中选择 Coil Springs 选项,在目录列表中选择 WY (Wire Spring)选项。

步骤 3: 在【标准件管理】对话框中单击【尺寸】标签,切换到【尺寸】选项卡,如图 10-78 所示。

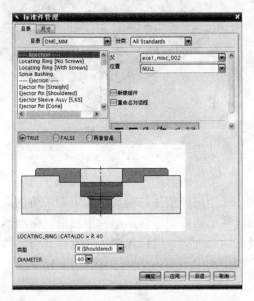

图 10-77 【标准件管理】对话框

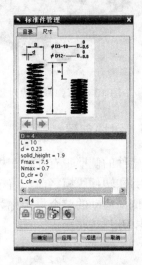

图 10-78 【尺寸】选项卡

步骤 4: 在 D 文本框中输入 35,在 L 文本框中输入 40,在 d 文本框中输入 4,在 solid_height 文本框中输入 20,其余参数采用系统默认设置,单击【确定】按钮,系统弹出【选择一个面】对话框,如图 10-79 所示。

步骤 5: 在绘图区选择顶针面板作为添加标准件的平面,系统弹出【点】对话框,如图 10-80 所示。

图 10-79 【选择一个面】对话框

图 10-80 【点】对话框

步骤 6: 在【类型】卷展栏的下拉列表框中选择【圆弧中心/椭圆中心/球心】选项,在绘图区选择复位杆的圆心作为弹簧放置点,单击【确定】按钮完成弹簧加载操作,结果如图 10-81 所示。

步骤 7: 用同样的方法,完成剩余复位杆弹簧操作,结果如图 10-82 所示。

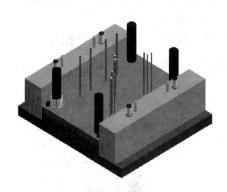

图 10-81　弹簧加载对象

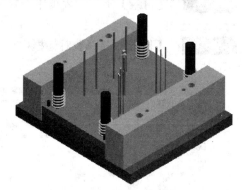

图 10-82　弹簧加载结果

10.4.5　滑块创建

当塑件的侧壁带有孔、凹槽或凸台时,成型这类塑件的模具结构需制成可侧向移动的零件,并在塑件脱模之前,将模具的可侧向移动的成型零件从塑件中抽出。带动侧向成型零件作侧向移动的整个机构称为侧向分型与抽芯机构,简称侧向抽芯机构或滑块结构。如图 10-83 所示。

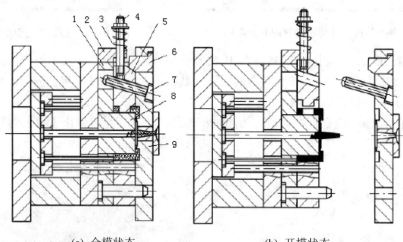

(a) 合模状态　　　　　　　　　(b) 开模状态

1—推板;2—挡块;3—弹簧;4—螺杆;5—侧型芯滑块;

6—楔紧块;7—斜导柱;8—凸模型芯;9—定模板

图 10-83　斜导柱侧抽芯注射模结构

1. 创建滑块操作

步骤 1： 利用装配导航器操作功能，将所有顶针组件隐藏，激活型腔组件为工作组件。

步骤 2： 选择主菜单的【插入】|【设计特征】|【拉伸】命令，或在【特征操作】工具条中单击 按钮，系统弹出【拉伸】对话框，如图 10-84 所示。

步骤 3： 在绘图区选择侧面边界为拉伸对象，如图 10-85 所示。

步骤 4： 在终点的【距离】文本框中输入 30，其余参数采用系统默认设置，单击【确定】按钮完成拉伸操作，结果如图 10-86 所示。

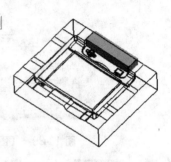

图 10-84 【拉伸】对话框　　　　10-85 拉伸边界　　　　图 10-86 拉伸结果

步骤 5： 在【模具工具】工具条中单击 按钮，系统弹出【分割实体】对话框，如图 10-87 所示。

步骤 6： 在绘图区选择型腔对象为目标体，在【分割实体】对话框中选择【由实体、片体、基准平面分割】选项，接着在绘图区选择绿色实体作为工具体，其余参数采用系统默认设置，单击【确定】按钮完成分割实体操作，结果如图 10-88 所示。

图 10-87 【分割实体】对话框　　　　图 10-88 分割实体结果

步骤 7：选择主菜单中的【格式】|【图层设置】命令，或在【实用工具】工具条中单击 按钮，系统弹出【图层设置】对话框，如图 10-89 所示。

步骤 8：设置 25 层作为可选层，其余参数采用系统默认设置，单击【确定】按钮完成图层设置操作，结果如图 10-90 所示。

图 10-89　【图层设置】对话框

图 10-90　滑块头显示结果

步骤 9：选择主菜单中的【插入】|【组合体】|【求和】命令，或在【特征操作】工具条中单击 按钮，系统弹出【求和】对话框，如图 10-91 所示。

步骤 10：在绘图区选择滑块头作为目标体对象，接着选择分割实体作为工具体对象，其余参数采用系统默认设置，单击【确定】按钮完成求和操作，结果如图 10-92 所示。

图 10-91　【求和】对话框

图 10-92　求和结果

步骤 11：选择主菜单中的【格式】|WCS|【定向】命令，或在【实用工具】工具条中单击 按钮，系统弹出 CSYS 对话框，如图 10-93 所示。

步骤 12: 在【类型】卷展栏的下拉列表框中选择【自动判断】选项，在绘图区选择型腔右视图的面作为 CSYS 放置面，如图 10-94 所示，其余参数采用系统默认设置，单击【应用】按钮完成 WCS 定向操作，结果如图 10-95 所示。

步骤 13: 在【类型】卷展栏的下拉列表框中选择【动态】选项，同时绘图区高亮显示 WCS，如图 10-96 所示。

步骤 14: 在绘图区单击 YC 和 ZC 之间的旋转点，并在弹出的角度文本框输入-90°，其余参数采用系统默认设置，单击【确定】按钮完成 WCS 动态操作，结果如图 10-97 所示。

图 10-93 CSYS 对话框

图 10-94 CSYS 放置面

图 10-95 自动判断坐标结果

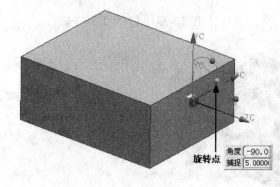

图 10-96 高亮显示坐标

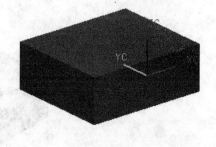

图 10-97 动态旋转坐标结果

步骤 15: 在【注塑模向导】工具条中单击■按钮，系统弹出【标准件管理】对话框，如图 10-98 所示。

步骤 16: 在【目录】下拉列表框中选择 MEUSBURGER_DEUTSCH 选项，在【分类】下拉列表框中选择 Schieber 选项，在目录列表框中选择 Schieberkoerper f. Backer 选项，在【位置】下拉列表框中选择 WCS 选项。

步骤 17: 在【标准件管理】对话框中单击【尺寸】标签，切换到【尺寸】选项卡，如图 10-99 所示。

步骤 18: 在 B 文本框中输入 132，在 L 文本框中输入 60，在 S 文本框中输入 40，在 B2 文本框中输入 5，其余参数采用系统默认设置，单击【确定】按钮完成滑块主体标准件加载，结果如图 10-100 所示。

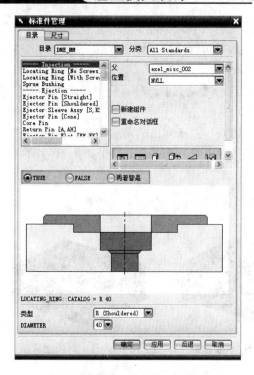

图 10-98　【标准件管理】对话框

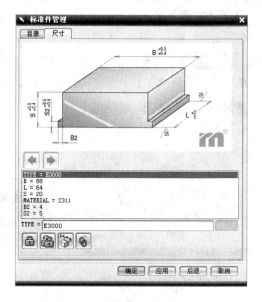

图 10-99　【尺寸】选项卡

图 10-100　滑块主体标准件加载结果

野火专家提示：利用标准滑块基座设计时，应该注意工作坐标系的放置，一般-YC 方向就是滑块开模方向，具体的要视情况而定。

2. 滑块与滑块头链接

步骤 1：在绘图区双击滑块主体对象或在装配导航器中双击 exel_e3000_067 部件，此时绘图区高亮显示滑块主体。

步骤 2：在【装配】工具条中单击 按钮，系统弹出【WAVE 几何链接器】对话框，如图 10-101 所示。

图 10-101 【WAVE 几何链接器】对话框

步骤 3：在【类型】卷展栏的下拉列表框中选择【体】选项，在绘图区选择滑块头作为要复制的体，如图 10-102 所示。其余参数采用系统默认设置，单击【确定】按钮完成 WAVE 几何链接器操作，结果如图 10-103 所示。

图 10-102 高亮显示复制对象

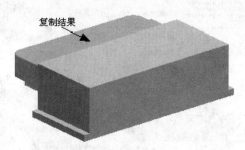

图 10-103 WAVE 几何链接结果

步骤 4：选择主菜单中的【插入】|【组合体】|【求和】命令，或在【特征操作】工具条中单击 按钮，系统弹出【求和】对话框，如图 10-104 所示。

步骤 5：在绘图区选择滑块主体作为目标体对象，接着选择滑块头作为工具体对象，其余参数采用系统默认设置，单击【确定】按钮完成求和操作，结果如图 10-105 所示。

图 10-104 【求和】对话框

图 10-105 求和结果

10.4.6 斜导柱创建

步骤 1：在【注塑模向导】工具条中单击 按钮，系统弹出【标准件管理】对话框，如图 10-106 所示。

步骤 2： 在【目录】下拉列表框中选择 DME_MM 选项，在【分类】下拉列表框中选择【滑动】选项，在【位置】下拉列表框中选择 WCS 选项。

步骤 3： 在【标准件管理】对话框中单击【尺寸】标签，切换到【尺寸】选项卡，如图 10-107 所示。

步骤 4： 在 CATALOG 文本框中输入 12，在 LENGTH 文本框中输入 90，在 ANGLE 文本框中输入 18，在 SET_BACK 文本框中输入 0，在 PLATE_HEIGHT 文本框中输入 25，在 SLIDE_HEIGHT 文本框中输入 40，在 SLIDE_HOLE_DIA 文本框中输入 CATALOG_DIA+1，在 HEAD_TYPE 文本框中输入 1。

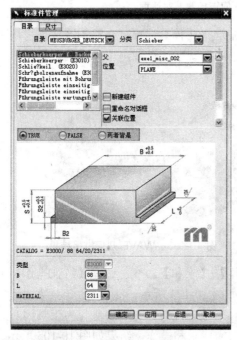

图 10-106　【标准件管理】对话框

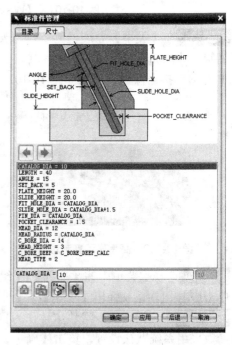

图 10-107　【尺寸】选项卡

步骤 5： 选择主菜单中的【格式】|WCS|【动态】命令，或在【实用工具】工具条中单击 按钮，系统高亮显示坐标系，如图 10-108 所示。

步骤 6： 在绘图区选择 Y 轴绕 X 轴旋转 90 度。接着单击 YC 轴方向的箭头，系统弹出文本框，如图 10-109 所示。

步骤 7： 在【距离】文本框中输入 45，接着按 Enter 键，单击 XC 轴方向的箭头，系统弹出文本框，如图 10-109 所示。

步骤 8： 在【距离】文本框中输入 20，接着按 Enter 键，然后单击鼠标中键完成 WCS 动态创建，结果如图 10-110 所示。

步骤 9： 在【标准件管理】对话框中单击【确定】按钮完成斜导柱加载，结果如图 10-111 所示。

步骤 10： 用同样的方法，完成另一侧斜导柱创建，创建结果如图 10-112 所示。

图 10-108　高亮显示 WCS　　　图 10-109　文本框　　　图 10-110　WCS 放置结果

图 10-111　斜导柱加载结果　　　　　　图 10-112　斜导柱最终结果

野火专家提示：斜导柱的放置方向与 XC 方向一致，因此在加载斜导柱时应该将工作坐标系统预先放置好。

10.4.7　压块创建

步骤 1：选择主菜单中的【格式】|WCS|【动态】命令，或在【实用工具】工具条中单击　按钮，系统高亮显示坐标系，如图 10-113 所示。

步骤 2：在绘图区选择如图 10-114 所示的中心点作为坐标放置点，单击 XC 轴方向的箭头，系统弹出文本框，如图 10-115 所示。

步骤 3：在【距离】文本框中输入 5，接着按 Enter 键，然后选择 X 轴绕 Y 轴旋转 180度，最后单击鼠标中键完成 WCS 动态创建，结果如图 10-116 所示。

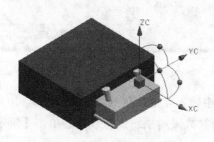

图 10-113　高亮显示 WCS

图 10-114　WCS 放置点

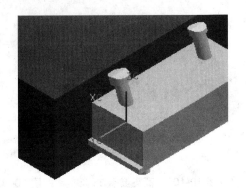

距离 [-5.000]
捕捉 [0.0000]

图 10-115　文本框　　　　　　　　　图 10-116　坐标放置结果

步骤 4： 在【注塑模向导】工具条中单击 按钮，系统弹出【标准件管理】对话框，如图 10-117 所示。

步骤 5： 在【目录】下拉列表框中选择 MEUSBURGER_DEUTSCH 选项，在【分类】下拉列表框中选择 Schieber 选项，在【位置】下拉列表框中选择 WCS 选项，在【标准件管理】对话框中单击【尺寸】标签，切换到【尺寸】选项卡，如图 10-118 所示。

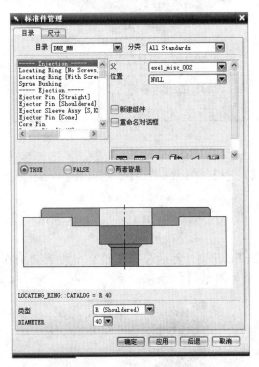

图 10-117　【标准件管理】对话框

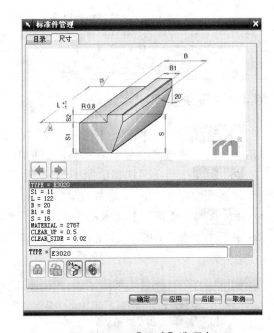

图 10-118　【尺寸】选项卡

步骤 6： 在 S1 文本框中输入 35，在 L 文本框中输入 132，在 B 文本框中输入 40，在 B1 文本框中输入 20，在 S 文本框中输入 45，其余参数采用系统默认设置，单击【确定】按钮完成压块的创建，结果如图 10-119 所示。

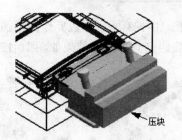

压块

图 10-119 压块加载结果

10.4.8 滑块后续处理

滑块创建后，还要进行相关的开孔及切割等操作，因此这里主要介绍滑块的后续处理工作。

1. 创建斜导柱孔及倒圆操作

步骤 1： 在【注塑模向导】工具条中单击 按钮，系统弹出【腔体管理】对话框，如图 10-120 所示。

步骤 2： 在绘图区选择滑块对象作为目标体，单击鼠标中键；接着选择所有斜导柱部件作为工具体。在【腔体管理】对话框中选中【打断关联性】复选框，其余参数采用系统默认设置，单击【确定】或【应用】按钮完成腔体设计操作，结果如图 10-121 所示。

图 10-120 【腔体管理】对话框   图 10-121 创建斜导柱孔结果

步骤 3： 在绘图区双击滑块部件，此时滑块部件成为工作部件。

步骤 4： 选择主菜单的【插入】|【细节特征】|【边倒圆】或在【特征操作】工具条中单击【边倒圆】按钮，系统弹出【边倒圆】对话框，如图 10-122 所示。

图 10-122 【边倒圆】对话框

步骤 5：在绘图区选择如图 10-123 所示的边界作为倒圆边界，在【半径 1】文本框中输入 2，单击【确定】按钮完成边倒圆操作，结果如图 10-124 所示。

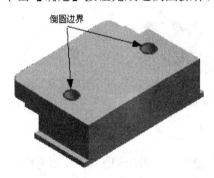
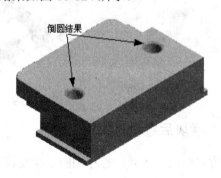

图 10-123　倒圆边界　　　　　　　　　　图 10-124　边倒圆结果

2. 创建滑块斜面

步骤 1：在【装配】工具条中单击 按钮，系统弹出【WAVE 几何链接器】对话框，如图 10-125 所示。

图 10-125　【WAVE 几何链接器】对话框

步骤 2：在【类型】卷展栏的下拉列表框中选择【复合曲线】选项，接着在绘图区选择如图 10-126 所示的边界作为复合曲线对象，其余参数采用系统默认设置，单击【确定】按钮完成复合曲线的操作，结果如图 10-127 所示。

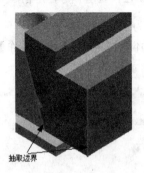

图 10-126　边界对象　　　　　　　　　　图 10-127　复合曲线结果

步骤 3：选择主菜单中的【插入】|【曲线】|【基本曲线】或在【曲线】工具条中单击 按钮，系统弹出【基本曲线】对话框，如图 10-128 所示。

步骤 4：在绘图区选择复合曲线的端点作为直线的起点，接着选择另一端作为终点，单击鼠标中键完成第一段直线创建，结果如图 10-129 所示。

图 10-128　【基本曲线】对话框

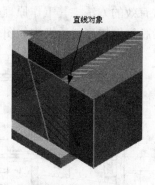

图 10-129　直线创建结果

步骤 5：用同样的方法，完成其余线段的创建，结果如图 10-130 所示。

图 10-130　基本曲线最终结果

步骤 6：选择主菜单中的【插入】|【设计特征】|【拉伸】命令，或在【特征操作】工具条中单击![按钮]按钮，系统弹出【拉伸】对话框，如图 10-131 所示。

步骤 7：在绘图区选择本例操作步骤 2 中创建的曲线段作为截面曲线，在开始【距离】文本框中输入-10，接着在终点【距离】文本框中输入150，在【布尔】卷展栏的下拉列表框中选择【求差】选项，接着在绘图区选择滑块作为求差的体，其余参数采用系统默认设置，单击【确定】按钮完成滑块斜面创建，结果如图 10-132 所示。

图 10-131　【拉伸】对话框

图 10-132　滑块斜面创建结果

精通模具数控系列

319

10.4.9 斜顶创建

斜顶也称内抽芯机构，当制品侧壁内表面或制品顶端内表面出现倒扣时，采用斜顶往往是非常有效的方法。其工作原理是在顶出制品的同时受斜面限制，同时作横向移动，从而使制品脱离倒扣，斜顶机构如图 10-133 所示。

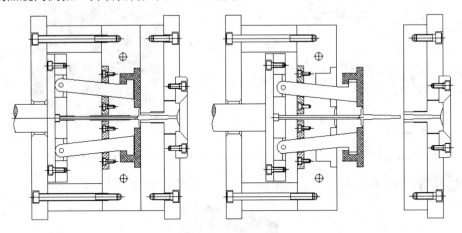

图 10-133   斜顶机构

步骤 1： 在主菜单工具栏中选择【编辑】|【显示和隐藏】|【隐藏】命令或在【实用工具】工具条中单击【隐藏】按钮 ，系统弹出【类选择】对话框，如图 10-134 所示。接着在绘图区选择型腔以及滑块组件作为隐藏对象，单击【确定】按钮完成隐藏操作，结果如图 10-135 所示。

步骤 2： 在主菜单工具栏中选择【格式】|【图层设置】命令或在【实用工具】工具条中单击【图层设置】按钮 ，系统弹出【图层设置】对话框，如图 10-136 所示。

步骤 3： 在【图层/状态】列表框中选择 25 作为可选层，单击【确定】按钮完成图层设置操作，显示结果如图 10-137 所示。

图 10-134   【类选择】对话框

图 10-135   隐藏对象结果

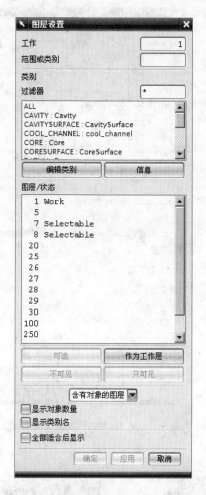

图 10-136 【图层设置】对话框

图 10-137 斜顶头

步骤 4：在【注塑模向导】工具条中单击■按钮，系统弹出 Slider/Lifter Design 对话框，如图 10-138 所示。

步骤 5：在目录列表框中选择 Dowel Lifter 选项，接着在 Slider/Lifter Design 对话框中切换到【尺寸】选项卡，系统显示简图及相关表达式选项，如图 10-139 所示。

步骤 6：在 riser_angle 文本框中输入 6，接着按 Enter 键。用同样的方法，在 cut_width 文本框中输入 0.2，接着按 Enter 键，在 riser_top 文本框中输入 20，接着按 Enter 键，在 shut_angle 文本框中输入-3，接着按 Enter 键，在 start_level 文本框中输入 0，接着按 Enter 键，在 wide 文本框中输入 10.06，接着按 Enter 键，其余参数采用系统默认设置。

步骤 7：在主菜单工具栏中选择【格式】|【WCS】|【动态】命令或在【实用工具】工具条中单击 WCS 动态按钮■，此时绘图区高亮显示工作坐标系，如图 10-140 所示。

步骤 8：在绘图区选择如图 10-141 所示的中点作为 WCS 的放置点，接着绕着 ZC 轴旋转 180，单击鼠标中键完成 WCS 动态操作，结果如图 10-142 所示；最后在 Slider/Lifter Design 对话框中单击【应用】按钮完成一侧斜顶创建，结果如图 10-143 所示。

步骤 9：用同样的方法，完成另一侧斜顶创建，最终结果如图 10-144 所示。

精通模具数控系列

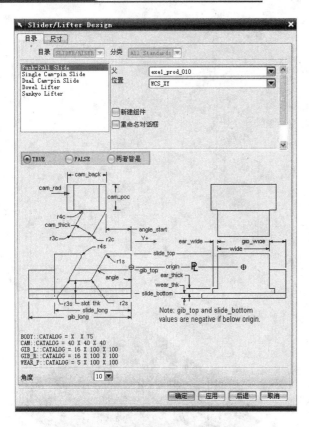

图 10-138　Slider/Lifter Design 对话框

图 10-139　简图及表达式

图 10-140　高亮显示 WCS

图 10-141　WCS 放置点

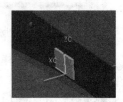

图 10-142　动态 WCS 操作结果

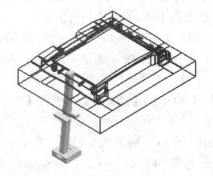

图 10-143　斜顶创建操作

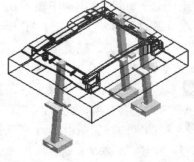

图 10-144　斜顶创建结果

野火专家提示：Y 轴的负方向即斜顶的开模方向。

10.4.10 斜顶后续处理

步骤 1： 在【注塑模向导】工具条中单击▦按钮，系统弹出【模具修剪管理】对话框，如图 10-145 所示。

步骤 2： 在【模具修剪管理】对话框中切换到【修剪过程】选项卡，在【选择步骤】选项组中单击▦按钮，接着在绘图区选择斜顶组件作为目标体，在【选择步骤】选项组中单击▦按钮，在此不做任何更改，单击【确定】按钮完成斜顶多余部分修剪，结果如图 10-146 所示。

步骤 3： 在【注塑模向导】工具条中单击▦按钮，系统弹出【腔体管理】对话框，如图 10-147 所示。

步骤 4： 在【设计步骤】选项组中单击▦按钮，接着在绘图区选择型芯作为目标体，在【设计步骤】选项组中单击▦按钮，接着在绘图区选择斜顶组件作为工具体，在【腔体管理】对话框中选中【打断关联性】复选框，其余参数采用系统默认设置，单击【确定】按钮完成型腔设计操作，结果如图 10-148 所示。

图 10-145　【模具修剪管理】对话框

图 10-146　模具修剪结果

图 10-147　【腔体管理】对话框

图 10-148　腔体管理结果

步骤 5： 在绘图区双击斜顶组件，此时绘图区斜顶组件高亮显示，其他组件灰色显示，如图 10-149 所示。

精通模具数控系列

步骤6：在【装配】工具条中单击　按钮，系统弹出【WAVE 几何链接器】对话框，如图 10-150 所示。

步骤7：在【类型】卷展栏的下拉列表框中选择【体】选项，接着在绘图区选择斜顶头为几何链接体，其余参数采用系统默认设置，单击【确定】按钮完成 WAVE 几何链接器操作，如图 10-151 所示。

步骤8：选择主菜单中的【插入】|【组合体】|【求和】命令，或在【特征操作】工具条中单击　按钮，系统弹出【求和】对话框，如图 10-152 所示。

步骤9：在绘图区选择斜顶组件作为目标体，接着在绘图区选择斜顶头作为工具体，单击【确定】按钮完成求和操作，结果如图 10-153 所示。

步骤10：用同样的方法，完成另一斜顶操作，最终结果如图 10-154 所示。

图 10-149　高亮显示对象

图 10-150　【WAVE 几何链接器】对话框

图 10-151　几何链接结果

图 10-152　【求和】对话框

图 10-153　求和结果

图 10-154　斜顶求和结果

10.5　浇 注 系 统

浇注系统的创建过程如下。

步骤 1： 在装配导航器中选择 exel_cavity_01 组件，接着单击鼠标右键，系统弹出快捷菜单，如图 10-155 所示。

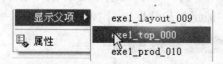

图 10-155　快捷方式

步骤 2： 在快捷菜单中选择【显示父项】命令，接着选择 exel_top_000 组件作为显示父部件，系统返回顶部部件并显示对象。

步骤 3： 在【注塑模向导】工具条中单击 按钮，系统弹出【标准件管理】对话框，如图 10-156 所示。

步骤 4： 在【目录】下拉列表框中选择 HASCO_MM 标准选项，在【分类】下拉列表框中选择 Location Ring 类型，在目录选项栏选择 K100C 选项，其余参数采用系统默认设置，单击【确定】按钮完成法兰标准件加载，法兰加载结果如图 10-157 所示。

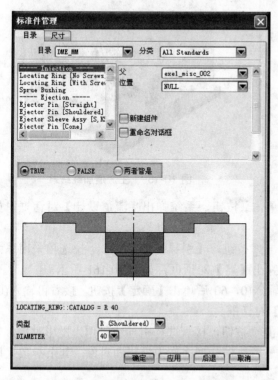

图 10-156　【标准件管理】对话框

图 10-157　法兰加载结果

步骤 5：在【注塑模向导】工具条中单击 🔳 按钮，系统弹出【标准件管理】对话框，如图 10-158 所示。

步骤 6：在【目录】下拉列表框中选择 HASCO_MM 标准选项，在【分类】下拉列表框中选择 Injection 类型，在目录列表框中选择 Sprue Bushing [Z50，Z51，Z511]选项，在【标准件管理】对话框中切换到【尺寸】选项卡，系统显示尺寸相关选项，如图 10-158 所示。

步骤 7：在尺寸表达式列表框中单击 CATALOG_LENGTH=46 选项，接着在 CATALOG_LENGTH 文本框中输入 54，其余参数采用系统默认设置，单击【确定】按钮完成主流道标准件加载，主流道加载结果如图 10-159 所示。

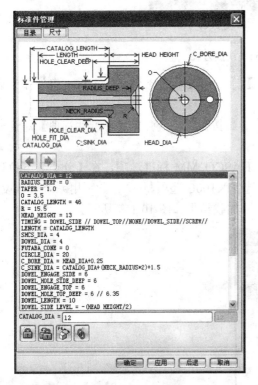

图 10-158　尺寸相关选项

图 10-159　主流道加载结果

步骤 8：在【注塑模向导】工具条中单击 🔳 按钮，系统弹出【流道设计】对话框，如图 10-160 所示。

步骤 9：在【定义方法】选项组中单击 🔳 按钮，【引导线串形状】下拉选项采用系统默认设置，单击【点子功能】按钮，系统弹出【点】对话框，如图 10-161 所示。

步骤 10：在 XC 和 YC 坐标文本框中输入(0，60)后单击【确定】按钮，接着再输入(0，-60)，单击【确定】按钮返回【流道设计】对话框。

步骤 11：在【设计步骤】选项组中单击 🔳 按钮，接着选择引导线段作为投影对象，然后在【设计步骤】选项组中单击 🔳 按钮，最后选择分型面作为投影面对象，其余参数采用系统默认设置，单击【应用】按钮完成投影操作。

步骤 12：在【设计步骤】选项组中单击 🔳 按钮，在 A 文本框中输入 8，其余参数采用系统默认设置，单击【确定】或【应用】按钮完成主分流道设计操作，结果如图 10-162 所示。

图 10-160 【流道设计】对话框

图 10-161 【点】对话框

图 10-162 主分流道结果

步骤 13： 在【注塑模向导】工具条中单击█按钮，系统弹出【浇口设计】对话框，如图 10-163 所示。

步骤 14： 在【类型】下拉列表框中选择 rectangle 选项，浇口尺寸改为：L=7，H=0.3，B=2，单击【应用】按钮，系统弹出【点】对话框，如图 10-164 所示。

步骤 15： 在绘图区选择主分流道的圆心作为浇口放置点，如图 10-165 所示，同时系统弹出【矢量】对话框，如图 10-166 所示。

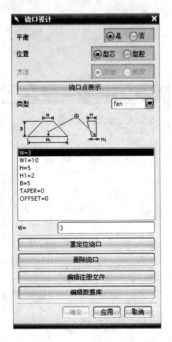

图 10-163　【浇口设计】对话框

图 10-164　【点】对话框

图 10-165　浇口放置点

图 10-166　【矢量】对话框

步骤 16：在【矢量】对话框中单击 ⬛ 按钮，接着单击【确定】按钮完成浇口设计操作，结果如图 10-167 所示。

步骤 17：用同样的方法，完成另一侧的浇口创建操作，结果如图 10-168 所示。

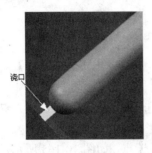

图 10-167　浇口结果

图 10-168　浇口最终结果

10.6 冷 却 系 统

由于对模具型腔进行填充的塑胶材料温度高达 220°～230°，甚至更高。并且为了达到高速生产成型，那么，必须在很短的时间内完成一系列的工作，顶出时的塑胶产品温度也只有 50°～60°；这时就必须考虑一个冷却的问题，因此，在模具设计中就出现了冷却系统。

在塑胶模具设计当中，常用的冷却方式一般有以下几种。

- ❧ 用水冷却模具，这种方式最常见，运用最多。
- ❧ 用油冷却模具，不常见。
- ❧ 用压缩空气冷却模具。
- ❧ 自然冷却。对于非常简单的模具，注塑完毕之后，依据空气中与模具的温差来冷却。

型芯冷却系统的创建操作如下。

步骤 1： 在【注塑模向导】工具条中单击 ▤ 按钮，系统弹出【冷却方式】对话框，如图 10-169 所示。

图 10-169　【冷却方式】对话框

步骤 2： 在【冷却方式】对话框中单击【管道设计】按钮，系统弹出【冷却管道设计】对话框，如图 10-170 所示。

步骤 3： 在绘图区选择前视图作为放置面，接着单击【创建/编辑引导线轨迹位置】按钮，系统弹出【创建/编辑引导线轨迹位置】对话框，如图 10-171 所示。

图 10-170　【冷却管道设计】对话框　　　**图 10-171　【创建/编辑引导线轨迹位置】对话框**

步骤 4：在绘图区选择放置面的右侧边界作为参考边界 1，并在 D1 文本框中输入 15；接着选择放置面的底面边界作为参考边界 2，并在 D2 文本框中输入 15，单击【确定】按钮完成轨迹位置定位。在绘图区选择右视图作为放置面，接着在【位置】文本框中输入 15，然后在 LENGTH 文本框中输入 70；选择后视图作为放置面，接着在【位置】文本框中输入 175；选择左视图作为放置面，接着在【位置】文本框中输入 15，然后在 LENGTH 文本框中输入 70，创建结果如图 10-172 所示。

步骤 5：在【管道设计步骤】选项组中单击 按钮，系统显示管道选项，在【开始类型[从面]】下拉列表框中选择 (沉头孔末端)选项，在【沉头孔直径】文本框中输入 8，在【沉头孔深度】文本框中输入 8；在【端点类型】下拉列表框中选择 (沉头孔末端)选项，在【沉头孔直径】文本框中输入 8，在【沉头孔深度】文本框中输入 8。其余参数按系统默认，单击【应用】按钮完成冷却管道设计操作，结果如图 10-173 所示。

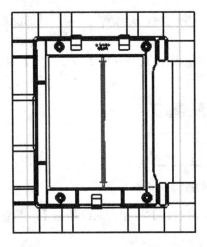
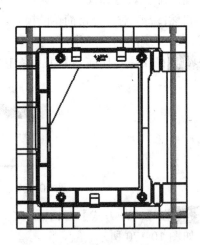

图 10-172　引导线创建结果　　　图 10-173　冷却管道设计结果

步骤 6：在【注塑模向导】工具条中单击 按钮，系统弹出【冷却方式】对话框，如图 10-169 所示。

步骤 7：在【冷却方式】对话框中单击【管道设计】按钮，系统弹出【冷却管道设计】对话框，如图 10-170 所示。

步骤 8：在绘图区选择前视图作为放置面，接着在 LENGTH 文本框中输入 20，在【冷却方式】对话框中单击【创建/编辑引导线轨迹位置】按钮，系统弹出【创建/编辑引导线轨迹位置】对话框，如图 10-171 所示。

步骤 9：在绘图区选择放置面的右侧边界作为参考边界 1，并在 D1 文本框中输入 60；接着选择放置面的底面边界作为参考边界 2，并在 D2 文本框中输入 15，单击【确定】按钮完成轨迹位置定位。在【管道设计步骤】选项组中单击图标 按钮，系统显示管道选项，在【开始类型[从面]】下拉列表框中选择 (平直端)选项，在【端点类型】下拉列表框中选择 (密封端)选项，其余参数按系统默认，单击【应用】按钮完成冷却管道设计操作，结果如图 10-174 所示。

步骤 10：用同样的方法，完成另一侧操作，创建冷却进水口与出水口。最终结果如图 10-175 所示。

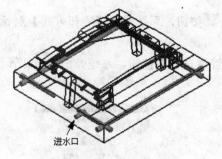
进水口

图 10-174 冷却进水口

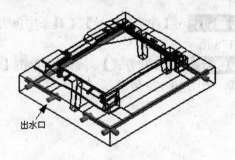
出水口

图 10-175 冷却进、出水口

型腔冷却系统的创建操作如下。

步骤 1： 利用装配导航器功能将相关的部件进行隐藏，然后在装配导航器中双击 exel_prod_010 组件，将其设为工作组件。

步骤 2： 选择主菜单中的【插入】|【曲线】|【基本曲线】命令，或在【曲线】工具条中单击 按钮，系统弹出【基本曲线】对话框，如图 10-176 所示。

步骤 3： 在【跟踪条】对话框中的 XC 文本框中输入 80，YC 文本框中输入-110，ZC 文本框中输入 35，接着按 Enter 键。接着依次输入(80，100，35)、(80，100，20)、(-80，100，20)、(-80，-100，20)、(80，-100，20)和(80，-100，35)，创建结果如图 10-177 所示。

图 10-176 【基本曲线】对话框和【跟踪条】对话框

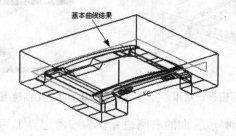
基本曲线结果

图 10-177 基本曲线结果

精通模具数控系列

步骤 4：在【注塑模向导】工具条中单击  按钮，系统弹出【冷却方式】对话框，如图 10-178 所示。

步骤 5：在【冷却方式】对话框中单击【管道设计】按钮，系统弹出【冷却管道设计】对话框，如图 10-179 所示。

图 10-178　【冷却方式】对话框

图 10-179　【冷却管道设计】对话框

步骤 6：在【定义方法】选项组中单击 按钮，接着在绘图区选择如图 10-177 所示的线段作为添加 UG 的线段，单击【应用】按钮完成线段添加操作，在【管道设计步骤】选项组中单击 按钮，在【开始类型[从面]】下拉列表框中选择 (平直端)选项，在【端点类型】下拉列表框中选择 (延伸的密封端)选项，接着在【延伸】文本框中输入 5，其余参数按系统默认，单击【应用】按钮完成冷却管道设计操作，结果如图 10-180 所示。

步骤 7：在【注塑模向导】工具条中单击 按钮，系统弹出【冷却方式】对话框，如图 10-178 所示。

步骤 8：在【冷却方式】对话框中单击【管道设计】按钮，系统弹出【冷却管道设计】对话框，如图 10-179 所示。

步骤 9：在绘图区选择前视图作为放置面，接着在 LENGTH 文本框中输入 20，在【冷却管道设计】对话框中单击【创建/编辑引导线轨迹位置】按钮，系统弹出【创建/编辑引导线轨迹位置】对话框，如图 10-181 所示。

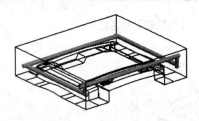

图 10-180　冷却管道设计结果

图 10-181　【创建/编辑引导线轨迹位置】对话框

步骤 10：在绘图区选择放置面的右侧边界作为参考边界 1，并在 D1 文本框中输入 60；接着选择放置面的顶面边界为参考边界 2，并在 D2 文本框中输入 30，单击【确定】按钮完成轨迹位置定位。

步骤 11：在【管道设计步骤】选项组中单击 按钮，系统显示冷却水道选项，在【开始类型[从面]】下拉列表框中选择 (平直端)选项，在【端点类型】下拉列表框中选择 (密封端)选项，其余参数按系统默认，单击【应用】按钮完成冷却管道设计操作，结果如图 10-182 所示。

步骤 12：用同样的方法，完成另一侧操作，最终结果如图 10-183 所示，至此型腔冷却系统操作完毕。

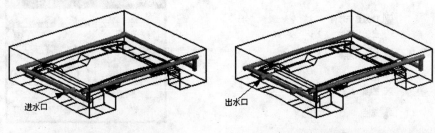

图 10-182　进水口结果　　　　　图 10-183　型腔冷却结果

野火专家提示：①设计冷却系统时应避免与顶出机构对象发生冲突。②创建冷却管道的默认方法是标准件方法，如果要使用管道设计的方法，则要将注塑模向导的默认文件 MW_CoolUserInterface: 1 改为 2。

10.7　线切割镶件创建

一般是在当骨位比较深或者是电火花放电时难于加工时，则可采用线切割加工。下面将向读者介绍本例一些常用的线割镶件创建方法。线切割加工有如下好处。

- 线切割的镶件加工方便。
- 便于拆装及更换。
- 在模具排气工艺得到改善。

10.7.1　分割实体法

分割实体是指利用 UG 注塑模向导中的模具工具创建线切割镶件，下面介绍其操作的详细过程。

步骤 1：在 prod 组件下找到 exel_core_013 组件，接着单击鼠标右键，系统弹出快捷菜单，如图 10-184 所示，然后选择【转为显示部件】命令，系统跳至 exel_core_013 窗口。

步骤 2：在【模具工具】工具条中单击 按钮，系统弹出【创建箱体】对话框，如图 10-185 所示。

步骤 3：在【类型】卷展栏的下拉列表框中选择【对象边框】选项，在 Default Clearance (默认值)文本框中输入 0mm，在绘图区选择如图 10-186 所示的面作为对象线框，其余参数采用系统默认设置，单击【确定】按钮完成创建箱体操作，结果如图 10-187 所示。

步骤 4：在【模具工具】工具条中单击 按钮，系统弹出【修剪实体】对话框，如图 10-188 所示。

步骤 5：在【修剪实体】对话框中单击 按钮，接着选中【现有框】单选按钮，然后在绘图区选择绿色实体作为现有框，在【修剪实体】对话框中单击按钮，接着在绘图区选择如图 10-189 所示的面作为修剪面，在【修剪实体】对话框中单击【交换】按钮，其余参数采用系统默认设置，单击【确定】按钮完成修剪实体操作，结果如图 10-190 所示。

步骤 6： 在【模具工具】工具条中单击按钮，系统弹出【延伸实体】对话框，如图 10-191 所示。

图 10-184　快捷菜单

图 10-185　【创建箱体】对话框

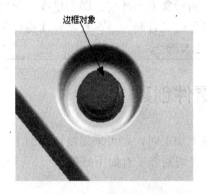

图 10-186　选择边框对象

图 10-187　创建箱体结果

图 10-188　【修剪实体】对话框

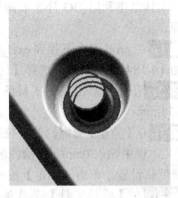

图 10-189　选择修剪面

图 10-190 分割实体结果

图 10-191 【延伸实体】对话框

步骤 7： 在绘图区选择绿色实体底面作为延伸面，在【偏置值】文本框中输入 40，在【延伸实体】对话框中选中【拉伸】复选框，其余参数采用系统默认设置，单击【确定】按钮完成延伸实体操作，结果如图 10-192 所示。

步骤 8： 在【模具工具】工具条中单击 按钮，系统弹出【分割实体】对话框，如图 10-193 所示。

图 10-192 延伸实体结果

图 10-193 【分割实体】对话框

步骤 9： 在绘图区选择型芯作为目标体，接着在【分割实体】对话框中选择【由实体、片体、基准平面分割】选项；然后在绘图区选择延伸实体作为工具体，其余参数采用系统默认设置，单击【确定】按钮完成分割实体操作，结果如图 10-194 所示。

步骤 10： 依照上述操作过程，完成剩余对象的线切割镶件操作，结果如图 10-195 所示。

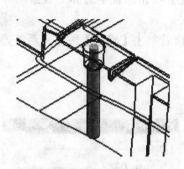

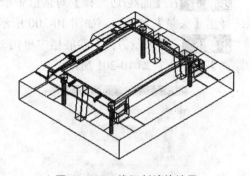

图 10-194 分割实体结果

图 10-195 线切割镶件结果

野火专家提示： 线切割制作的镶件，如果有方向定位要求，则要做定位装置。

10.7.2 轮廓拆分法

步骤 1： 在【模具工具】工具条中单击  按钮，系统弹出【刀具轮廓拆分】对话框，如图 10-196 所示。

步骤 2： 在【刀具轮廓拆分】对话框中取消选中【允许非关联的】复选框，在绘图区选择型芯为轮廓拆分体，接着单击【确定】按钮，系统弹出【开始遍历】对话框，如图 10-197 所示。

图 10-196　【刀具轮廓拆分】对话框

图 10-197　【开始遍历】对话框

步骤 3： 在【开始遍历】对话框中取消选中【按面的颜色遍历】复选框，接着在绘图区选择如图 10-198 所示的边界作为遍历边界起始边，同时系统弹出【曲线/边选择】对话框，如图 10-199 所示。

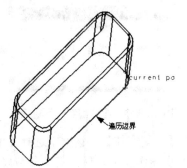

图 10-198　遍历边界起始对象

图 10-199　【曲线/边选择】对话框

步骤 4： 在【曲线/边选择】对话框中单击【接受】按钮，直至边界形成封闭环，同时系统弹出【矢量】对话框，如图 10-200 所示。

步骤 5： 在【矢量方向】卷展栏中单击  按钮，接着单击【确定】按钮，系统弹出【拉伸距离】对话框，如 10-201 所示。

图 10-200　【矢量】对话框

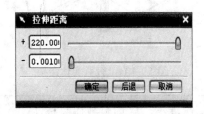

图 10-201　【拉伸距离】对话框

步骤 6: 在负号文本框中输入 30，其余参数采用系统默认设置，单击【确定】按钮完成轮廓拆分操作，结果如图 10-202 所示。

步骤 7: 用同样的方法，完成另一侧线切割镶件操作，结果如图 10-203 所示。

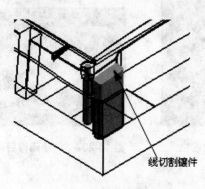

图 10-202　线切割镶件结果

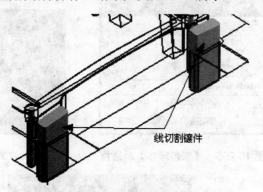

图 10-203　线切割镶件最终结果

10.8　电极设计

本节将介绍工具电极的拆分，以及工具电极基准的创建技巧。

步骤 1: 在 prod 组件下找到 exel_core_013 组件，接着单击鼠标右键，系统弹出快捷菜单，如图 10-204 所示，然后选择【转为显示部件】命令，系统跳至 exel_core_013 窗口。

图 10-204　快捷方式

步骤 2: 在【模具工具】工具条中单击 📦 按钮，系统弹出【创建箱体】对话框，如图 10-205 所示。

步骤 3: 在【类型】卷展栏的下拉列表框中选择【对象边框】选项，在 Default Clearance (默认值)文本框中输入 0mm，在绘图区选择如图 10-206 所示的面作为对象线框，单击【确定】按钮完成创建箱体操作，结果如图 10-207 所示。

步骤 4: 选择主菜单中的【插入】|【组合体】|【求差】命令，或在【特征操作】工具条中单击 📦 按钮，系统弹出【求差】对话框，如图 10-208 所示。

步骤 5: 在绘图区选择铜公作为目标体，接着选择型芯作为工具体，在【设置】卷展栏中选中【保持工具】复选框，其余参数按系统默认，单击【确定】按钮完成求差操作，结果如图 10-209 所示。

图 10-205　【创建箱体】对话框

图 10-206　对象线框

图 10-207　创建箱体结果

图 10-208　【求差】对话框

图 10-209　铜公头创建结果

步骤 6： 在【模具工具】工具条中单击■按钮，系统弹出【延伸实体】对话框，如图 10-210 所示。

步骤 7： 在绘图区选择绿色实体的顶面作为延伸面对象，如图 10-211 所示。

步骤 8： 在【延伸实体】对话框中选中【拉伸】复选框，在【偏置值】文本框中输入 3，其余参数采用系统默认设置，单击【确定】按钮完成铜公避空位的操作，结果如图 10-212 所示。

图 10-210　【延伸实体】对话框

图 10-211　延伸面选择对象

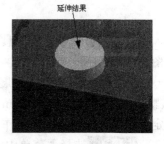

图 10-212　铜公避空位结果

步骤 9： 在【模具工具】工具条中单击■按钮，系统弹出【创建箱体】对话框，如

图 10-213 所示。

步骤 10：在【类型】卷展栏的下拉列表框中选择【对象边框】选项，在 Default Clearance(默认值)文本框中输入 5mm，绘图区选择铜公表面作为对象线框，同时与电极表面接触距离为 0，其余距离为 5，单击【确定】按钮完成创建箱体操作，创建铜公避空位结果如图 10-214 所示。

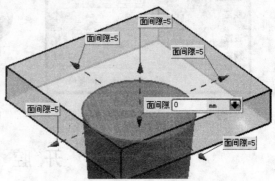

图 10-213 【创建箱体】对话框　　　　图 10-214 创建电极基座结果

步骤 11：选择主菜单中的【插入】|【组合体】|【求和】命令，或在【特征操作】工具条中单击 按钮，系统弹出【求和】对话框，如图 10-215 所示。

步骤 12：在绘图区选择电极基座作为目标体，接着在绘图区选择电极头作为工具体，其余参数采用系统默认设置，单击【确定】按钮完成电极头与电极基座的合并操作，结果如图 10-216 所示。

图 10-215 【求和】对话框　　　　图 10-216 电极合并结果

步骤 13：选择主菜单中的【插入】|【细节特征】|【倒斜角】命令，或在【特征操作】工具条中单击 按钮，系统弹出【倒斜角】对话框，如图 10-217 所示。

步骤 14：在【距离】文本框中输入 3，接着在绘图区选择电极右下角的边界作为倒斜角边界，其余参数采用系统默认设置，单击【确定】按钮完成倒斜角操作，结果如图 10-218 所示。

图 10-217　【倒斜角】对话框　　　　图 10-218　电极基准角创建结果

10.9　开 腔 设 计

开腔设计是把模架中和模仁部分重合的部分去除，本例将利用腔体管理和特征工具来完成。

10.9.1　型腔设计开腔操作

步骤 1： 在装配导航器中展开 exel_moldbase_mm_019 部件，装配导航会显示两个装配组件，如图 10-219 所示。

步骤 2： 取消 exel_fixhalf_022 部件前面的勾，完成定模部件隐藏操作。

步骤 3： 用同样的方法，完成型腔和产品部件等定模组件的隐藏操作，最终在绘图区只显示型芯及动模组件，如图 10-220 所示。

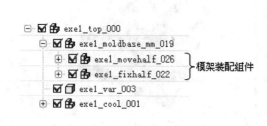

图 10-219　模架装配组件　　　　图 10-220　动模组件显示

步骤 4： 在【注塑模向导】工具条中单击 按钮，系统弹出【腔体管理】对话框，如图 10-221 所示。

步骤 5： 在绘图区选择 B 板、型芯部件及顶针面板为目标体，单击鼠标中键；接着选择所有顶针部件作为工具体，在【腔体管理】对话框中选中【打断关联性】复选框，其余参数采用系统默认设置，单击【确定】或【应用】按钮完成腔体设计操作，结果如图 10-222 所示。

步骤 6： 用同样的方法，完成主分流道的腔体设计操作，结果如图 10-223 所示。

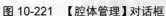

图 10-221　【腔体管理】对话框　　　图 10-222　腔体设计结果　　　图 10-223　腔体设计最终结果

10.9.2　拉伸创建开腔操作

步骤 1： 在装配导航器中双击 exel_b_plante_045 组件，将其设为工作组件。

步骤 2： 在【装配】工具条中单击 按钮，系统弹出【WAVE 几何链接器】对话框，如图 10-224 所示。

步骤 3： 在【类型】卷展栏的下拉列表框中选择【复合曲线】选项，在绘图区选择型芯底面边界作为复合曲线对象，如图 10-225 所示。

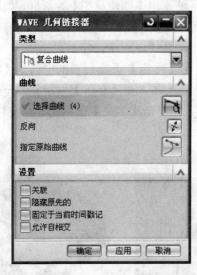
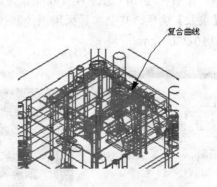

图 10-224　【WAVE 几何链接器】对话框　　　图 10-225　复合曲线对象边界

步骤 4： 在【设置】卷展栏中选中【固定于当前时间戳记】复选框，其余参数采用系统默认设置，单击【确定】按钮完成复合曲线操作。

步骤 5： 选择主菜单中的【插入】|【设计特征】|【拉伸】命令，或在【特征操作】工具条中单击 按钮，系统弹出【拉伸】对话框，如图 10-226 所示。

步骤 6：在绘图区选择复合曲线对象作为拉伸对象，展开【限制】卷展栏，接着在终点的【距离】文本框中输入 40，在【布尔】卷展栏的下拉列表框中选择【求差】选项，其余参数采用系统默认设置，单击【确定】按钮完成拉伸操作，结果如图 10-227 所示。

图 10-226　【拉伸】对话框　　　图 10-227　拉伸开腔设计结果

步骤 7：选择主菜单中的【插入】|【设计特征】|【拉伸】命令，或在【特征操作】工具条中单击■按钮，系统弹出【拉伸】对话框。

步骤 8：在【截面】卷展栏中单击■按钮，系统弹出【创建草图】对话框，如图 10-228 所示，在此不做任何更改，单击【确定】按钮系统进入草图环境，在草图环境中绘制如图 10-229 所示的曲线段，单击【完成草图】按钮，系统返回【拉伸】对话框。

步骤 9：在【方向】卷展栏中单击■按钮，在【终点】下拉列表框中选择【直到被延伸】选项，接着在绘图区选择 B 板底面作为延伸终止面，在【布尔】卷展栏的下拉列表框中选择【求差】选项，其余参数采用系统默认设置，单击【确定】按钮完成型腔切口创建，结果如图 10-230 所示。

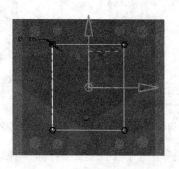

图 10-228　【创建草图】对话框　　图 10-229　创建草图线段　　图 10-230　创建切口结果

步骤 10： 用同样的方法，完成剩余组件的腔体设计操作，创建最终结果如图 10-231 所示。

图 10-231 腔体设计结果

10.10 加 载 螺 钉

为了将型腔、型芯组件固定在 A、B 板上，必须对型腔、型芯组件加载相关的螺钉对象。

步骤 1： 在【注塑模向导】工具条中单击 按钮，系统弹出【标准件管理】对话框，如图 10-232 所示。

步骤 2： 在【目录】下拉列表框中选择 HASCO.MM 选项，在【分类】下拉列表框中选择 Screws 选项，在【目录】列表框中选择 SHCS[Auto]选项，SIZE 下拉选项选择 12 选项，其余参数采用系统默认设置，单击【确定】按钮，系统弹出【选择一个面】对话框，如图 10-233 所示。

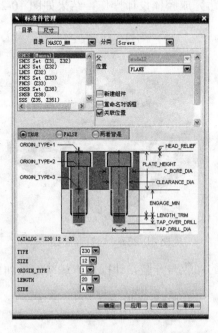

图 10-232 【标准件管理】对话框

图 10-233 【选择一个面】对话框

步骤 3: 在绘图区选择模架面板为放置面，系统弹出【点】对话框，如图 10-234 所示。

步骤 4: 依序在【点】对话框中的 XC 和 YC 文本框中输入如下数字：(80，95)、(−80，95)、(−80，−95)和(80，−95)，最终完成结果如图 10-235 所示。

图 10-234　【点】对话框   图 10-235　加载螺钉结果

步骤 5: 螺钉开腔设计。在【注塑模向导】工具条中单击 按钮，系统弹出【腔体管理】对话框，如图 10-236 所示。

步骤 6: 在绘图区选择面板、型腔部件作为目标体，单击鼠标中键；接着选择所有螺钉部件作为工具体，在【腔体管理】对话框中选中【打断关联性】复选框，其余参数采用系统默认设置，单击【确定】或【应用】按钮完成腔体设计操作，结果如图 10-237 所示。

图 10-236　【腔体管理】对话框   图 10-237　螺钉开腔结果

步骤 7: 用同样的方法，完成动模螺钉的加载与开腔设计操作，最终结果如图 10-238 所示。

图 10-238　螺钉加载结果

10.11　模具总装图

下面将演示本例模具总装图的设计，包括模具总装图、散件图、线切割图、电极加工图等。

步骤 1： 在【注塑模向导】工具条中单击■按钮，系统弹出【创建/编辑模具图纸】对话框，如图 10-239 所示。

步骤 2： 在【创建/编辑模具图纸】对话框中不做任何更改，单击【应用】按钮系统自动创建图框，并激活【视图】选项卡。

步骤 3： 在【创建/编辑模具图纸】对话框中切换到【可见性】选项卡，在【属性名】下拉列表框中选择 MW_SIDE，在【属性值】下拉列表框中选择 A 侧，接着在绘图区选择型腔、定模部分等部件作为 A 侧显示对象，单击【应用】按钮完成上模侧操作。

步骤 4： 在【属性值】下拉列表框中选择 B 侧，接着在绘图区选择型芯、动模部分等部件作为 B 侧显示对象，单击【应用】按钮完成下模侧操作。

步骤 5： 在【创建/编辑模具图纸】对话框中切换到【视图】选项卡，在【比例】文本框中输入 1，其余参数采用系统默认设置，单击【应用】按钮，系统自动产生动模俯视图，如图 10-240 所示。

步骤 6： 在列表中选择 CAVITY 选项，单击【应用】按钮，系统自动产生上模仰视图，如图 10-241 所示。

步骤 7： 在列表中选择 FRONTSECTION 选项，单击【应用】按钮，系统弹出【剖切线创建】对话框，如图 10-242 所示，接着在绘图区选择相关对象作为剖切对象，最终完成前视图剖切操作，结果如图 10-243 所示。

步骤 8： 用同样的方法完成右视图剖切，结果如图 10-244 所示，完成最终模具装配工程图如图 10-245 所示。

步骤 9： 选择【文件】|【全部保存】命令，完成模具装配工程图操作。

精通模具数控系列

图 10-239　【创建/编辑模具图纸】对话框

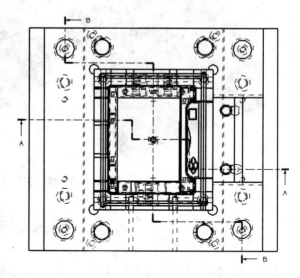

图 10-240　动模对象

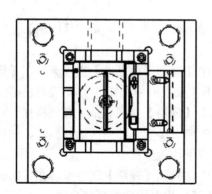

图 10-241　定模对象

图 10-242　【剖切线创建】对话框

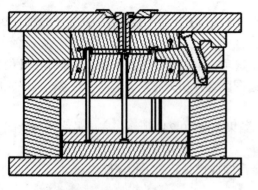

图 10-243　前视图对象

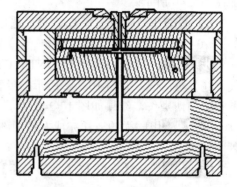

图 10-244　右视图对象

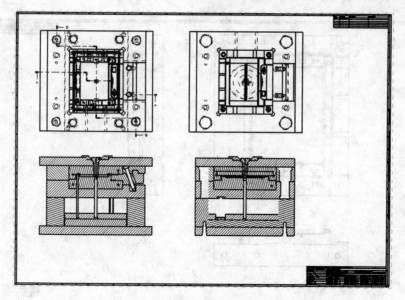

图 10-245 模具总装图

10.12 模具散件图

通过模具总装图可以让机加工者了解一整套模具的结构及整体的模具排位，而模具散件图就是机加工的依据。

步骤1：在【注塑模向导】工具条中单击 按钮，系统弹出【组件图纸】对话框，如图 10-246 所示。

步骤2：在列表框中选择 exex_core_013 选项，单击【确定】按钮，系统跳至图纸管理选项，如图 10-247 所示。

图 10-246 【组件图纸】对话框

图 10-247 管理选项

步骤3：在【新图纸名】文本框中输入 core，在【模板名称】下拉列表框中选择 template_a3_comp_mm.prt 选项，其余参数采用系统默认设置，单击【创建】按钮系统开始自动创建型芯工程图，单击【确定】按钮完成模具散件图操作，结果如图 10-248 所示。

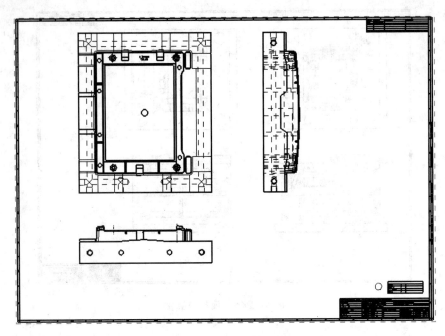

图 10-248　模具散件图结果

10.13　删除文件

注塑模向导自动列出不包含在设计装配中的项目目录部件文件，因此可以进行删除文件操作。

步骤1： 在【注塑模向导】工具条中单击 按钮，系统弹出【未使用的部件管理】对话框，如图 10-249 所示。

步骤2： 在【未使用的部件管理】对话框中选中【全选】复选框，接着单击 按钮，系统弹出确定信息，如图 10-250 所示。

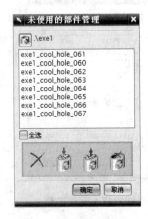

图 10-249　【未使用的部件管理】对话框

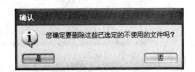

图 10-250　确认信息

步骤3： 单击【是】按钮完成删除文件操作，结果如图 10-251 所示。

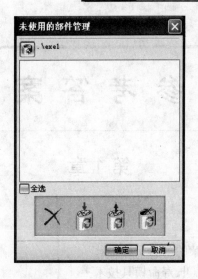

图 10-251 删除文件结果

10.14 本 章 小 结

本章主要向读者介绍了面盖的模具设计操作过程，从 UG 注塑模向导中的项目初始化开始一直到整套模具工程图的操作做出了详细的讲解，同时各个工艺流程做出了相关的技巧提示。

10.15 习 题 精 练

填空题

1. 塑胶模具的顶出系统有_____的作用。
2. 模具型腔布局必须遵从_____原则。

选择题

1. 本章中的滑块创建采用( )方法创建。
   A. 前模滑块　　　　　　　　　　B. 前模内置滑块
   C. 分型面滑块　　　　　　　　　D. 后模内置滑块
2. 本章中显示器面板采用了( )冷却方案。
   A. 阶梯式　　　　　　　　　　　B. 喷泉式
   C. 直接插入模仁　　　　　　　　D. 前模采用阶梯式，后模采用隔水片

简答题

1. 试述 UG 注塑模向导的分模过程。
2. 常用的冷却方式有哪几种？

精通模具数控系列

参考答案

第1章

填空题

1. 形状　尺寸
2. 基石　促进社会繁荣的动力　金钥匙
3. 大型、精密、复杂、长寿命模具技术上
4. 广东和浙江　江苏、上海　安徽、山东

选择题

1. B　　2. C　　3. D　　4. D

第3章

填空题

1. 当前 WCS　产品体中心　边界面中心
2. 均匀　轴对称　常规
3. 是使用注塑模向导的第一步，在初始化的过程中，注塑模向导将自动产生一个模具装配结构，此装配结构是由模具所必需的标准组件组成
4. 先利用 UG 中的工作坐标系定义到规定的位置，然后才单击 按钮加载模具坐标

选择题

1. AB　　2. ABC　　3. ABCD

第4章

填空题

1. 标准模架　可互换的模架　通用模架
2. 能安装调整组件
3. 塑料在填充模腔时从主浇道流向浇口的
4. 滑块基座、导轨、底板等

第 6 章

填空题

1. 创建块方法创建电极　专业电极设计创建电极
2. 加强筋
3. 电极面

选择题

1. D　2. A　3. D　4. AC

第 7 章

选择题

1. CD　2. A

第 8 章

选择题

1. A　2. B　3. C

第 9 章

填空题

1. 桥梁
2. $50°\sim60°$

选择题

1. B　2. A

第 10 章

填空题

1. 顶出产品，循环生产
2. 平衡排布

选择题

1. D　2. A

广东野火科技·新东粤模具工业学校合作单位名单

- 野火科技培训基地广东惠州新东粤模具工业学校

- 湖南常宁职业中专模具数控培训中心新东粤第一分校

- 广州水利电力职业技术学院

- 东莞北京精雕科技有限公司

- 湖南理工大学易成函授站

- 中南大学材料研究学院

持野火科技编写的书籍到新东粤模具工业学校培训基地可享受免费培训一周的服务
(一本书只允许一人参加培训，最终解释权归野火科技所有)

野火科技·广东惠州新东粤模具工业学校培训基地
地址：广东省惠州市仲恺大道仲恺五路 33 号汇佳广场斜对面
电话：0752-3087988 3087937　邮政编码：516229
官方网站：www.yahocax.com　www.xdyms.com.cn

读者回执卡

欢迎您立即填妥回函

您好！感谢您购买本书，请您抽出宝贵的时间填写这份回执卡，并将此页剪下寄回我公司读者服务部。我们会在以后的工作中充分考虑您的意见和建议，并将您的信息加入公司的客户档案中，以便向您提供全程的一体化服务。您享有的权益：

★ 免费获得我公司的新书资料；

★ 寻求解答阅读中遇到的问题；

★ 免费参加我公司组织的技术交流会及讲座；

★ 可参加不定期的促销活动，免费获取赠品；

读者基本资料

姓　　名＿＿＿＿＿＿＿＿　性　别□男　□女　年　　龄＿＿＿＿＿＿＿

电　　话＿＿＿＿＿＿＿＿　职　业＿＿＿＿＿＿　文化程度＿＿＿＿＿

E-mail＿＿＿＿＿＿＿＿　邮　编＿＿＿＿＿＿

通讯地址＿＿＿＿＿＿＿＿＿＿＿＿＿

请在您认可处打√（6至10题可多选）

1、您购买的图书名称是什么：＿＿＿＿＿＿＿＿＿＿

2、您在何处购买的此书：＿＿＿＿＿＿＿＿

3、您对电脑的掌握程度：　□不懂　□基本掌握　□熟练应用　□精通某一领域

4、您学习此书的主要目的是：　□工作需要　□个人爱好　□获得证书

5、您希望通过学习达到何种程度：　□基本掌握　□熟练应用　□专业水平

6、您想学习的其他电脑知识有：　□电脑入门　□操作系统　□办公软件　□多媒体设计

　　　　　　　　　　　　　　　□编程知识　□图像设计　□网页设计　□互联网知识

7、影响您购买图书的因素：　□书名　□作者　□出版机构　□印刷、装帧质量

　　　　　　　　　　　　　□内容简介　□网络宣传　□图书定价　□书店宣传

　　　　　　　　　　　　　□封面，插图及版式　□知名作家（学者）的推荐或书评　□其他

8、您比较喜欢哪些形式的学习方式：　□看图书　□上网学习　□用教学光盘　□参加培训班

9、您可以接受的图书的价格是：　□20元以内　□30元以内　□50元以内　□100元以内

10、您从何处获知本公司产品信息：　□报纸、杂志　□广播、电视　□同事或朋友推荐　□网站

11、您对本书的满意度：　□很满意　□较满意　□一般　□不满意

12、您对我们的建议：＿＿＿＿＿＿＿＿＿＿＿＿＿＿

请剪下本页填写清楚，放入信封寄回，谢谢！

1 0 0 0 8 4

北京100084—157信箱

读者服务部　　　　　　　　收

贴邮

票处

邮政编码：□□□□□□

技术支持与课件下载：http://www.tup.com.cn   http://www.wenyuan.com.cn

读 者 服 务 邮 箱：service@wenyuan.com.cn

邮 购 电 话：(010)62791865   (010)62791863   (010)62792097-220

组 稿 编 辑：黄 飞

投 稿 电 话：(010)62788562-314

投 稿 邮 箱：tupress03@163.com

检7